Andrea Froh

# WATT FÜR EIN GLÜCK

Roman

W0006218

Bibliografische Information der Deutschen Nationalbibliothek:
Die Deutsche Nationalbibliothek verzeichnet diese Publikation in der
Deutschen Nationalbibliografie; detaillierte bibliografische Daten sind
im Internet über http://dnb.dnb.de abrufbar.

Korrektorat: Christine
Covergestaltung: Konstantin

Bildnachweis: iStock - PPAMPicture (Stock-Fotografie-ID:108274933)

Herstellung und Verlag: BoD – Books on Demand, Norderstedt

ISBN: 9783752683868

Hinweise, Anregungen oder Fragen an: andrea.froh@gmx.de

www.andreafroh.de

# EINS

«**M**usst du deine verdammten Treter immer mitten im Flur stehenlassen!», brumme ich wütend, nehme die schwarzen Business-Schuhe, die etwas müffeln, und stelle sie ins Schuhregal. Ich bin abgespannt, denn der Tag im Büro war anstrengend, sodass meine Nerven blank liegen und mich jede kleinste Unstimmigkeit auf die Palme bringt.

«Was? Ich habe dich nicht verstanden», ruft Elias mir aus der Küche zu.

«Das heißt, wie bitte», korrigiere ich ihn, verschwinde im Badezimmer, knalle die Tür hinter mir zu und freue mich auf ein duftendes Bad, das mich zumindest etwas von der Palme herunterbringen kann.

Während ich mich im heißen Wasser zu entspannen versuche, steckt mein Freund seinen Kopf zur Tür hinein. «Möchtest du auch eine Pizza? Ist das nicht ein bisschen viel Schaum?»

«Ich esse Salat. Kannst du bitte die Tür schließen. Ich meditiere gerade», fahre ich Elias in einem gereizten Ton an und puste ihm eine Schaumwolke hinterher.

«Sorry! Dann schiebe ich mir jetzt eine Pizza rein ...»

In letzter Zeit bin ich von meinem Verlobten oftmals genervt. Wir streiten uns über jede Kleinigkeit und verbringen nur noch wenig Zeit zusammen. Unsere arbeitsintensiven Berufe dominieren unser Leben.

Am Abend bin ich müde und am Wochenende finde ich auch keine Ruhe, da ständig etwas anliegt. Mein Leben plätschert dahin, wie ein kleines Bächlein, das kurz vorm Austrocknen ist. Die leidenschaftliche Liebe, die starke Sehnsucht nacheinander ist schon längst verpufft. Hin und wieder frage ich mich, was uns überhaupt noch zusammenhält. Das Gefühl, dass ich nur noch lebe, um zu arbeiten, ergreift immer mehr Besitz von mir und bringt mich in den letzten Wochen vermehrt dazu, mein Leben zu überdenken.

«Hast du den Pizzaroller gesehen?» Elias wühlt in einer vollen Schublade und flucht leise.

«Warum legst du ihn nicht immer in die rechte Schublade? Vielleicht ist er ja auch noch im Geschirrspüler?»

Da ich mich über Elias Unordnung ärgere, bin ich unkonzentriert und schneide mir mit dem Messer, das viel zu scharf und gefährlich für Hobbyköche ist, ins Fleisch. Der Tomatensaft brennt in der offenen Wunde. Ich stecke mir den Finger in den Mund und sehe Elias dabei zu, wie er im schmutzigen Besteck sucht. «Die Maschine stinkt bestialisch!», stellt er mit gerümpfter Nase fest.

«Du hast ja gestern deinen Teller, auf dem Thunfisch lag, nicht abgespült. Ist kein Wunder, dass es stinkt.»

«Da ist er auch nicht!»

Ich rolle mit den Augen, öffne eine Schublade und hole das gesuchte Objekt hervor.

Schweigend stopfe ich die knackigen Salatblätter in meinen Mund und sehe Elias plötzlich als alten Mann vor mir. Mit wenigen grauen Haaren an den Schädelseiten, mit tiefen Stirnfalten und farblosen, trüben Augen hinter einer Brille, die schief auf der Nase sitzt. Das Bild erschreckt mich, ich lasse meine Gabel fallen und tupfe mir das Dressing von den Lippen.

«Ist was?» Elias sieht mich verwundert an und kaut mit halb geöffnetem Mund, was mich auf einmal schrecklich stört. In letzter Zeit stört mich so viel an dem Mann, den ich bald heiraten wollte.

«Nein, ich ... bin total müde und lege mich schon mal aufs Sofa.»

Gerade als ich meine Augen geschlossen habe und kurz vorm Einschlafen bin, reißt mich das Gedudel des Telefons aus dem

Halbschlaf. Ich bin zu träge, um mich zu erheben und rufe: «Elias, kannst du mal rangehen!»

Mein Freund reagiert nicht, da er vermutlich in seinem Arbeitszimmer sitzt und sich bei einem Computerspiel entspannt. Es ist mir ein Rätsel, wie man sich bei einem Rennspiel oder einer Jagd nach goldenen Sternen entspannen kann.

Schwerfällig erhebe ich mich, wie eine alte Frau und sehe auf dem Display, dass es meine Freundin Amelie ist. Eigentlich habe ich keine Lust auf ein Frauengespräch, aber da ich weiß, dass Amelie nicht lockerlassen und später noch mal anrufen wird, greife ich zum Hörer und drücke ihn fest gegen mein Ohr.

«Hi, Emilia, störe ich beim Essen oder Kuscheln?»

«Wir haben schon gegessen und kuscheln tun wir nur noch selten», informiere ich sie gähnend und ziehe mir eine Decke über meinen müden Körper.

«Ich wollte dich fragen ... du kannst auch nein sagen, wenn du ...», druckst sie herum und spielt vermutlich mit ihren langen, glänzenden Haaren, so wie sie es immer tut, wenn sie nervös ist.

«Ich soll auf Marlon aufpassen.»

«Das wäre ganz toll. Passt es dir morgen Abend? Da er schlafen wird, musst du ja auch nicht aufpassen, sondern nur die Stellung halten.»

«Und was machst du, während ich die Stellung halte?», will ich wissen und ziehe mir die Decke bis zum Kinn.

«Meine Exkollegen haben mich zum Essen eingeladen. Ich habe große Lust, sie mal wieder zu sehen.»

«Ja, dann mach das doch. Ich passe gerne auf den Kleinen auf und wenn er schläft, kann ich ja auch schlafen.»

«Ich besorge dir auch Sushi und stelle dir deinen Lieblingswein hin.»

«Keine Umstände. Dann komme ich morgen. Wann soll ich bei dir sein?»

«Passt es dir ab 20 Uhr?»

«Ja, das geht. Einen schönen Abend.»

Ich schalte den Fernseher an, zappe mich durch hundert Programme und finde nichts Gescheites. Elias sitzt an seinem Computer, hält den Controller fest umklammert und bemerkt mich nicht, da er Kopfhörer trägt und ganz in seinem Spiel steckt.

Als ich mich abschminke und kritisch in mein junges Gesicht sehe, schleichen sich wieder grundlegende Fragen in meinen müden Kopf: Bin ich glücklich? Werde ich bis zu meiner Rente in Werbeagenturen arbeiten? Will ich diesen Job, der ziemlich aufreibend ist und in unserer Agentur bereits einige Burnout Fälle zur Folge hatte, weiterhin ausüben? Elias möchte nicht unbedingt Kinder haben und verlangt von mir, dass ich ihn davon überzeuge, warum man Kinder in die Welt setzen sollte. Ich arbeite bereits seit Monaten an einer Pro-Kinder-Liste, die jedoch noch nicht besonders lang ist. Amelies Sohn ist leider ein abschreckendes Beispiel, der manches Mal selbst meinen Kinderwunsch in Frage stellt.

Da ich kurz vor meiner Periode bin, weiß ich, warum ich eine leichte depressive Stimmung habe und nach dem Sinn des Lebens und dem Glück, das jeder sucht, frage.

*

«Nach der Arbeit gehe ich direkt zu Amelie zum Babysitten», informiere ich Elias, der sich gerade rasiert, während ich meinen Espresso hinunterstürze und eine Banane verschlinge, die mir fast im Hals stecken bleibt. Ich drücke meinem Freund einen Kuss auf seine - mit Rasierwasser benetzte - Wange, sodass ich den herben, bitteren Duft auf meinen Lippen schmecke.

«Viel Spaß mit dem kleinen Racker. Vielleicht treffe ich mich heute Abend mit Bosse.»

Es ist Mai, aber das Wetter gebärdet sich wie im Februar. Der Himmel trägt ein hässliches Grau und die Temperatur ist einstellig. Ich trotze der Kälte und verzichte auf meinen Wintermantel, Schal und Handschuhe. Mein Fahrrad scheint wöchentlich immer schwerer zu werden. Angestrengt schleppe ich es aus dem Keller ins Erdgeschoss und brauche eine kurze Verschnaufpause, bevor ich mich auf den Sattel schwinge. Gerade als ich in die Pedale treten will, kommt meine Nachbarin Frau Meyer-Schnurrhahn, die täglich um diese Zeit mit ihrem Paulchen spazieren geht, aus unserem Haus. Da ich nicht unhöflich sein möchte, steige ich wieder ab, begrüße die alte Dame und knie mich zu Paulchen, einem sehr betagten Rauhaardackel, der nur noch wenige Schritte laufen kann und daher meistens in einem ausgepolsterten Bollerwagen transportiert wird. Paulchens Tierarzt hatte vor drei Jahren prognostiziert, dass der Dackel nur noch ein paar Monate zu leben hat. Offenbar will er sein Frauchen nicht alleine lassen, das vor zwei Jahren ihren Mann an den Himmel abgeben musste.

«Kindchen, Sie laufen ja herum wie im Hochsommer. Hoffentlich erkälten Sie sich nicht», macht die alte Dame sich Sorgen um mich und berührt prüfend meine eiskalte Hand.

«Ich bin nicht so empfindlich und nachher soll es ja auch wärmer werden. Wie geht es Paulchen denn heute?»

«Ach, eigentlich ganz gut. Er hat es gestern sogar bis zur Wiese geschafft.»

«Prima! Ich muss jetzt ins Büro und wünsche Ihnen einen schönen Tag Frau Meyer-Schnurrhahn.»

«Das wünsche ich Ihnen auch und grüßen Sie ihren Mann.»

Ich habe unserer Nachbarin bereits mehrmals erklärt, dass wir noch nicht verheiratet sind, aber vermutlich hat sie es vergessen.

Wie immer bin ich die Erste im Büro und genieße die Ruhe vor dem Sturm. In zwei Stunden wird in dem Großraumbüro die Hölle los sein.

Seit vier Jahren arbeite ich in der gut laufenden Werbeagentur, in der sehr kreative Köpfe rauchen und eine Menge fette Aufträge an Land gezogen werden. Der Termin- und Leistungsdruck ist hoch. Mit Selbstverständlichkeit häufen wir Überstunden an, bearbeiten Anfragen noch kurz vorm Schlafengehen und opfern Stunden unserer Urlaubszeit. Jeder, außer mir, greift zu Zigaretten, die teilweise durch E-Zigaretten ersetzt wurden. Die fünf Kaffeemaschinen produzieren den ganzen Tag über eine sehr schwarze Brühe, die manch einem auf den Magen schlägt. Aber es gibt ja Magentabletten, die das richten können.

Unser Chefpärchen, Peter und Benedikt, das glücklich verheiratet ist, hat die erfolgreiche Agentur vor zehn Jahren gegründet. Im Sommer wird es eine große Jubiläumsparty geben. Ort und Ablauf ist noch geheim.

Nach dem Studium wollte ich einen kreativen Beruf ausüben und entschied mich dafür, Werbetexterin zu werden, ohne eine Ahnung davon zu haben, wie der Job in der Praxis aussieht. Im ersten Jahr war ich noch hochmotiviert und überaus stolz, in einer der bekanntesten Agenturen mitarbeiten zu dürfen, im zweiten Jahr schlichen sich die erste Unzufriedenheit und Zweifel ein, die ich versuchte zu ignorieren. Seit ein paar Wochen denke ich ernsthaft daran, die Agentur zu verlassen, da ich das Gefühl habe, dass mich der Job mit Haut und Haaren auffrisst. Bisher habe ich nur Amelie von meinem Vorhaben erzählt, die mich in meinem Entschluss bestärkt hat.

Ich mag meine Kollegen und auch meine Chefs sind lieb und nett, aber ich glaube, dass ich für diese Branche nicht robust genug bin.

Kurz bevor ich den Job voller Eifer antrat, hatte mein Vater mich gewarnt und gemeint: «Niemand blutet heute mehr für Werbung, die nur nervt und die sowieso niemand sehen will.» Jetzt gebe ich meinem Vater recht und ärgere mich, dass ich nicht auf ihn gehört habe.

Die Mittagspause fällt mal wieder ins Wasser, da Peter mich zu sich ruft und für zwei Stunden in seinen Klauen behält. Ich kann froh, sein, dass ich vor acht das Büro verlassen darf und muss kräftig in die Pedale treten, damit ich rechtzeitig bei Amelie zum Babysitten bin.

Ich freue mich auf das Sushi und ein Glas Wein und hoffe, dass Marlon bereits tief und fest schlummert, damit ich mir einen netten Film ansehen kann, bei dem ich vermutlich einschlafen werde.

Mittags kam die Sonne raus und erwärmte die Luft auf über 18 Grad. Am Abend ist es schon wieder kühler, sodass ich in meiner Sommerkleidung fröstele. Gerne hätte ich am Tage im nahegelegenen Park ein bisschen Sonne getankt, da mein Vitamin D Speicher vermutlich komplett leer ist.

Amelie steht in der offenen Tür und trommelt mit ihren Fingern auf den Türrahmen. Ihr Sohn, der verweinte Augen hat und mir die Zunge zur Begrüßung entgegenstreckt, hängt an Mutters Blusenzipfel. Wieso ist das Kind noch nicht im Bett?

«Da bist du ja endlich! Hattest du einen Platten?», wundert sich die junge Mutter, weil ich mich um sieben Minuten verspätet habe.

«Nein, ich musste solange ar ...»

Ehe ich mich versehe, habe ich den Buben auf dem Arm, der gegen meine Brust trommelt, was ziemlich weh tut, denn der Kleine hat seine immense Kraft offenbar von seinem Daddy, der erfolgreicher Kickboxer ist, geerbt.

Amelie zieht sich geschwind einen Trench an, wickelt einen Schal um ihren langen Schwanenhals, knipst ein Foto von sich, postet es mit dem Text: «Mama geht aus!» und gibt mir klare Anweisungen für ihr streng erzogenes Kind: «Kein Fernsehen, auch nicht, wenn Marlon so laut schreit, dass die Nachbarn gegen die Wände trommeln, keine Süßigkeiten, keine angsteinflößenden Geschichten und keine Versprechungen.»

«Alles klar! Wird gemacht. Wünsche dir viel Spaß. Weißt du schon, wie lange …»

«Keine Ahnung! Wie lange kann ich denn …»

«Solange wie du möchtest und danke für das Sushi!», rufe ich ihr hinterher und freue mich auf das Essen, über das ich mich sofort hermachen werde, da ich keine Zeit zum Mittagessen hatte.

«Ach! Ich habe nichts bestellt. Du hast doch gesagt, dass ich mir keine Umstände machen soll. Wolltest du was essen?»

«Nein, schon gut.»

Super! Das kann ja ein richtig schöner Abend werden. Das Kind ist noch wach, es gibt nichts zu essen … Marlon zerrt an meinem Rock und zieht ein weinerliches Gesicht, weil seine geliebte Mutter ihn mit der bösen Tante alleine lässt. Er will die Haustür öffnen, um Amelie zu folgen, aber vorweislich habe ich die Tür abgeschlossen und den Schlüssel in einer Schublade versteckt. Mit seinen kleinen Fäusten haut Marlon mit aller Kraft gegen die Haustür und ruft laut nach seiner Mama. Was für eine Horrorvorstellung, wenn der Junge aus der Wohnung türmen würde!

«Marlon, komm mal zu mir. Ich habe dir etwas mitgebracht», locke ich ihn zu mir. Aus der Agentur habe ich ein paar Gadgets mitgenommen, mit denen ich ihn vielleicht ablenken kann. Aber nein, der Dickkopf rennt ins Wohnzimmer, schiebt einen Stuhl ans Fenster und haut mit voller Kraft gegen die Fensterscheibe. Amelie hört ihn zum Glück nicht und ist nicht mehr zu sehen.

«Marlon, ich bringe dich jetzt ins Bett und lese dir noch eine schöne Geschichte vor.»

«Nein, ich will nicht. Ich will zu Mama.»

«Mama geht heute mal ohne dich aus.»

«Ich mag dich nicht.»

«Warum magst du mich denn nicht?» Marlon mag niemanden, außer seiner hübschen Mama. Ich bin froh, dass er mir nicht sagt, dass ich hässlich bin.

«Weiß nicht. Hast du Schokolade mitgebracht?»

«Nein, weil deine Mutter nicht möchte, dass du Süßigkeiten isst.»

«Zeig mir mal deine Handtasche.»

Das kann ich nicht tun, weil ich immer ein paar Schokoriegel und Bonbons in meiner riesigen Handtasche mit mir herumtrage.

«Die ist nicht aufgeräumt.»

«Das stört mich nicht. In meinem Zimmer ist es auch nicht aufgeräumt.»

«Lass uns mal in dein Zimmer gehen. Wollen wir vielleicht ein bisschen aufräumen?»

«Nein, das macht keinen Spaß.»

Blitzschnell rennt der Kleine in den Flur, schnappt sich meine Tasche und leert sie aus. Was da alles drin ist, verblüfft mich selbst.

«Und was ist das?» Marlon hält einen Schokoriegel in die Höhe.

«Ach! Den hatte ich vergessen. Den kann man aber nicht mehr essen, der ist schon lange abgelaufen.»

«Schokolade kann nicht schimmeln hat Mama gesagt.»

«Nein, aber sie schmeckt dann ganz scheußlich.»

Ich will dem Frechdachs die Schokolade aus der Hand nehmen, schaffe es jedoch nicht, da er in sein Zimmer rennt, die Tür schließt und seinen kleinen Körper gegen die Tür drückt. Unglaublich, was er für Kräfte besitzt! Langsam schiebe ich die Tür auf und stemme meine Hände in die Hüften, um etwas autoritärer auszusehen. «Marlon, gib mir jetzt bitte den Schokoriegel. Erstens darfst du den gar nicht essen und zweitens kann dir davon ganz schlecht werden, sodass du dich erbrechen musst», versuche ich ihm Angst zu machen.

«Wenn ich jetzt fernsehen darf, dann gebe ich dir die Schokolade.»

«OK, aber nur eine halbe Stunde und du darfst es auf keinen Fall deiner Mutter sagen.»

«Mach ich!» Er wirft mir die Süßigkeit, die noch ein Jahr haltbar ist, vor die Füße und rennt ins Wohnzimmer, schmeißt sich aufs Sofa und schnappt sich die Fernbedienung.

«Moment! Ich muss dir erstmal den Kinderkanal raussuchen.»

«Ich weiß, wo der ist.»

«Ich dachte, dass du nicht fernsehen darfst», wundere ich mich.

«Doch, darf ich», behauptet er sehr überzeugend.

«Das ist aber kein Kinderkanal! Gib mir mal die Fernbedienung.»

Ich habe keine Ahnung, ob zu dieser Uhrzeit überhaupt noch etwas für Kleinkinder ausgestrahlt wird und zappe mich durch die vielen Sender.

«Ich glaube, dass es am Abend kein Kinderprogramm mehr gibt, da ja alle braven Kinder jetzt schon im Bett sind.»

Ich schalte den Fernseher aus. Sofort schreit Marlon los und trampelt mit seinen Füßen auf dem Holzboden herum, sodass ich Sorge habe, dass gleich die Nachbarn klingeln werden.

«Mach den Fernseher wieder an oder ich schreie so laut ich kann», droht mir der Kleine und pustet seine Backen auf.

«Wir können auch etwas spielen?», schlage ich ihm verzweifelt vor und möchte nicht länger auf den kleinen Terroristen, dem offenbar der Vater fehlt, aufpassen.

«Keine Lust.»

«Ich kann dir eine ganz spannende Geschichte erzählen.»

«Deine letzte war langweilig.»

«Wenn du jetzt ins Bett gehst, kaufe ich dir ein ganz tolles Spielzeug. Was wünschst du dir denn?»

«Einen Porsche von Lego.»

«OK! Musst du nochmal auf die Toilette?»

«Ich hab doch eine Windel.»

«Die Zähne sind auch schon geputzt?»

«Ja.» Er zeigt mir seine kleinen Beißerchen.

«Wann krieg ich den Porsche?»

«Nächste Woche. Diese Woche komme ich nicht mehr zum Einkaufen.»

«Du kannst ihn auch jetzt im Internet bestellen. Wir können an Mamas Computer gehen.»

«Das mache ich morgen. Du musst jetzt ins Bett, sonst wird deine Mama böse.»

Endlich flitzt Marlon in sein Zimmer, legt sich brav ins Bettchen und schließt seine Äuglein. Ich bin erleichtert und versuche, nicht auf das Spielzeug zu treten, das im gesamten Zimmer verstreut herumliegt.

«Soll ich dir noch etwas vorlesen?»

«Nein, deine Stimme ist immer so komisch.»

«OK! Dann gehe ich jetzt ins Wohnzimmer und wenn was sein sollte, meldest du dich.»

«Wann kommt Mama wieder?»

«Bald. Träum etwas Schönes.»

«Danke für den Porsche.»

«Ja, gerne. Schlaf gut.»

Müde und geschafft vom langen Arbeitstag lege ich mich aufs Sofa und schalte den Fernseher an. Mein Magen macht sich knurrend bemerkbar. Ich werfe einen Blick in den riesigen Kühlschrank, der nicht viel hergibt und nehme mir zwei Scheiben veganen Käse, eine Tomate und suche nach Brot, das es nicht gibt, da Amelie gerade eine Low-Carb Ernährung ausprobiert. Ein schöner Abend! Ich bin zu müde, um mir die Nummer vom Pizzaservice rauszusuchen und schlafe schnell ein. Nach einem kurzen Nickerchen spüre ich eine Hand auf meiner Wange und fahre erschrocken hoch. Benommen blicke ich in Marlons Augen, die sich direkt vor den meinen befinden.

«Marlon! Was ist los?» Mein Herz rast und mein Nacken ist steif, da ich mit abgeknicktem Kopf eingeschlafen bin.

«Ich kann nicht schlafen. Wann kommt Mama?»

«Moment! Ich gucke mal eben, wie spät es ist.»

Es ist zehn Uhr und ich habe keine Ahnung, wann Amelie zurückkommen wird. Sie hat mir bisher auch noch keine Nachricht geschickt.

«Ich kann dir eine Mondmilch machen. Die hat meine Mutter mir früher immer gemacht, wenn ich nicht schlafen konnte.»

«Milch ist nicht vakanz und Honig auch nicht.»

«Du meinst vegan. Ja, stimmt. Soll ich dir einen Tee kochen?» Ich reibe meine müden Augen und wünsche mir Amelie herbei, wünsche mich in mein Bett und sehne mich nach Schlaf und Ruhe vor diesem Kind, das mich noch dazu bringt, kinderlos zu bleiben.

«Ich mag keinen Tee. Erzählst du mir eine Geschichte? Mit Schafen, die mag ich gerne.»

«Klar, das mache ich. Ich kenne eine ganz schöne Geschichte mit drei Schäfchen …»

Der Kleine nimmt mich sogar an die Hand und zieht mich in sein Zimmer.

«Es war einmal ein kleines, weißes Schäfchen mit einem schwarzen Köpfchen. Das hieß Lammi …»

Obwohl ich ein kreativer Kopf bin, fällt es mir schwer, mir zu so später Stunde und völlig übermüdet eine kindgerechte Geschichte auszudenken, in der Friede, Freude, Eierkuchen herrschen.

Nachdem ich über zwanzig Minuten eine ganz nette Story entwickelt habe, sehe ich, dass Marlons Augen sich endlich schließen, wieder öffnen, schließen … Ich warte einen Moment ab, schleiche mich aus dem Zimmer, trete dummerweise auf ein Quietschtier und höre Marlon weinen.

Ich bin am Ende meiner Kräfte und könnte heulen. Am nächsten Tag steht mir ein anstrengender Tag bevor, an dem ich einen wachen Verstand brauchen werde.

Sanft streichle ich dem Jungen über das warme Köpfchen, singe ein Schlaflied mit einem völlig neuen Text, und quetsche mich neben Marlon in das kleine Bettchen.

«Emilia!», höre ich eine leise Stimme in weiter Ferne. Im ersten Moment wundere ich mich, dass Amelie in meinem Bett liegt, erinnere mich jedoch rasch an den schrecklichen Abend, rappele mich auf, trete auf einen Bauklotz und unterdrücke einen Schmerzschrei, damit ich das Kind nicht wecke.

«Wie spät ist es?», frage ich gähnend und spüre meine schmerzenden Knochen, da ich auf der harten Bettkante gelegen habe.

«Es tut mir wirklich leid, dass es so spät geworden ist, aber es war ein so netter Abend und die Zeit ist verflogen.»

«Macht ja nichts, aber ich muss jetzt schnell ins Bett.»

«War Marlon denn lieb?»

«Ja, total. Er ist schnell eingeschlafen und ich auch. Ich mach mich dann mal auf den Weg.»

«Danke, du hast etwas gut bei mir.» Amelie drückt mich an ihr tiefes Dekolletee und setzt mir einen dicken Kuss auf die Wange.

Als ich im Treppenhaus bin, werfe ich einen Blick auf meine Uhr und vermute, dass sie stehengeblieben ist. Es ist zwei Uhr! Ich kann nur noch fünf Stunden schlafen, was definitiv zu wenig ist. Schlaftrunken radele ich die kurze Strecke nach Hause und werfe mich sofort ins Bett, neben den schnarchenden Mann, der mein Herz schon lange nicht mehr in Wallung bringt.

# ZWEI

Wie erwartet, bin ich am nächsten Morgen nicht ausgeschlafen und verfluche den Wecker, auf den ich kräftig schlage.

«Willst du heute nicht zur Arbeit gehen?», höre ich Elias Stimme, die etwas belegt klingt.

«Doch, aber ich brauche noch ein paar Minuten. Kannst du mir schon mal einen Kaffee kochen?», bitte ich ihn, da meine Beine sich einfach nicht auf den Boden stellen wollen.

«Mache ich. Soll ich dir auch ein Toast schmieren?»

«Nein, danke. Ich mache mir ein Müsli.»

Der herrliche Duft des frisch gebrühten Kaffees treibt mich aus dem Bett und das heiße Wasser, das ich mir minutenlang über den Kopf laufen lasse, löst meine Verspannung.

«Wann bist du denn nach Hause gekommen?»

«Es war nach zwei.»

«Und wie war es mit dem kleinen Teufel?» Elias schmunzelt und nippt an der dampfenden Tasse.

«Es war nett und Marlon war sehr lieb. Er ist sofort ins Bett gegangen. Ich habe ihm noch eine Geschichte erzählt und dann ist er rasch eingeschlafen.»

«Ich treffe mich heute Abend mit Peer. Wir wollen etwas rudern. Oder wolltest du mit mir etwas unternehmen? Ich kann auch noch absagen.»

«Nein, ich muss wieder lange arbeiten und bin heute Abend sicherlich müde.»

«Wollen wir uns in der Mittagspause bei «Marcello» treffen?»

«Keine Zeit! Vielleicht morgen. Heute wird es nochmal stressig.»

«OK, ich muss schon mal los. Mach's gut!» Mein Freund drückt mir einen Kuss auf meine blassen Lippen und streicht flüchtig über meine Schulter.

«Du auch und grüß Peer von mir. Er kann gerne mal wieder vorbeikommen.»

Am liebsten würde ich zuhause bleiben, mich ins Bett verkriechen, meinen nicht vorhandenen Hobbys nachgehen oder einfach mal nichts tun.

Mein Leben kommt mir vor wie ein Marathonlauf, bei dem ich nur kurze Pausen einlegen kann, um danach weiterzulaufen, immer weiter. Irgendwann werde ich erschöpft zusammenbrechen und kraftlos auf der Strecke liegenbleiben. Wann wird das sein?

Kurz vor der Mittagspause, die ich mal wieder nicht haben werde, spüre ich, dass mir Schlaf fehlt. Ich bemühe mich, meinen Kopf nicht auf den Schreibtisch zu betten oder mich auf Peters Designersofa zu legen, das nicht besonders bequem ist. Der superstarke Kaffee zeigt auch keine Wirkung mehr und so esse ich einen schrumpeligen Apfel aus dem elterlichen Garten und knabbere ein paar Nüsse.

Mein Bruder Darius schickt mir eine Nachricht, in der er mir mitteilt, dass unsere Eltern uns am Wochenende sehen wollen, was nicht so häufig vorkommt, da sie noch beschäftigter sind als ich. Ich bin froh, als ich das Büro verlasse und freue mich auf einen ruhigen Abend. Auf dem Weg nach Hause kaufe ich in einem neuen Bio-Supermarkt ein, denn Amelie hat mich mit ihrem Gesundheitswahn etwas infiziert.

Als ich auf unserem kleinen Balkon genüsslich meine Buddha Bowl essen möchte, klingelt mein Handy. Es ist Amelie, die mich stört.

«Sag mal, hast du Marlon einen Porsche versprochen?», fragt sie mich in einem bösen Ton.

«Guten Abend, Amelie! Geht es dir gut?» Ich kann es nicht leiden, wenn meine Mitmenschen gleich mit der Tür ins Haus fallen und sich nicht an die Höflichkeitsregeln halten.

«Hallo, sorry, aber ich bin etwas geladen.»

«Das merke ich. Ich habe Marlon ja lange nichts geschenkt und dachte …»

«Weißt du, was der Porsche kostet?»

«Ne, zwanzig Euro?», vermute ich und sehe auf meine Bowl, die ich endlich essen möchte.

Meine Freundin lacht und sagt: «Über zweihundert Euro!»

«Wie bitte? Ich wollte ihm keinen echten Porsche kaufen. Das wusste ich nicht. Dann werde ich wohl …»

«Hat Marlon dich etwa erpresst?», errät sie ganz richtig.

«Nein … ja, das hat er. Er wollte nicht ins Bett und da habe ich ihm dummerweise …»

«Mensch, Emilia, du machst meine ganze Erziehung zunichte.»

«Entschuldige, aber ich … es ist echt nicht leicht mit einem Kind und ich bewundere dich, wie du das alleine alles meisterst. Es wird nicht wieder vorkommen. Und was machen wir jetzt mit dem Porsche?»

«Den schenkst du ihm natürlich nicht. Zudem kann er den noch gar nicht alleine bauen und ich mach das bestimmt nicht. Ich werde mit Marlon reden und ihm erklären, dass man Menschen auf gar keinen Fall erpressen darf.»

«Ich könnte ihm ja vielleicht einen ganz kleinen Porsche …»

«Nein, das lässt du bitte bleiben. Es tut mir leid, dass es gestern so spät geworden ist. Ich wollte schon viel früher gehen, aber meine Kollegen haben mich überredet zu bleiben und …»

«Hast du jemanden kennengelernt?»

«Ja, ich erzähle dir später mehr. Ich muss mit Marlon jetzt noch eine Höhle bauen. Komm doch morgen Abend bei uns vorbei.»

«Ja, mal sehen, ob ich Zeit habe. Ich melde mich.»

Ausgehungert mache ich mich über das Essen her, lege meine Füße auf die Brüstung und schaue den Nachbarskindern zu, die Ball spielen und beobachte zwei ältere Damen, die sich einen Küchenstuhl ins Freie gestellt haben und ratschen.

Elias kommt spät nach Hause und versucht leise zu sein, als er sich neben mich legt. Unser Verlangen nacheinander hat in den letzten Jahren rapide abgenommen. Ich fühle mich bereits wie eine ältere Frau, die ihre Silberne Hochzeit und die schönsten Jahre hinter sich hat. Dabei haben wir ja noch alles vor uns, die Hochzeit, vielleicht Kinder, viel Arbeit und schöne Reisen …

Warum muss ich in letzter Zeit ständig über mein Leben nachdenken? Tut man das nicht nur, wenn man unzufrieden mit seinem Dasein ist? Will ich weiterhin als Texterin arbeiten? Will ich wirklich Kinder haben? Will ich bis an mein Lebensende mit Elias zusammenbleiben? Soll das mein Leben sein? Diese Fragen drängen sich seit Wochen in meinen Kopf, wenn er nicht damit beschäftigt ist, sich coole Werbesprüche auszudenken.

# DREI

Der Wecker holt mich am nächsten Morgen nicht aus dem Schlaf, denn ich komme ihm zuvor. Ich habe über acht Stunden geschlafen und fühle mich gut gewappnet für einen neuen Arbeitstag, für mein Hamsterrad, aus dem ich gerne mal ausbrechen würde. Vielleicht sollte ich ein Sabbatical machen?

Der Morgen fängt nicht besonders gut an, denn die vier Espressobohnen reichen nicht mehr für eine ordentliche Tasse, mein Fahrrad hat einen Plattfuß und der Bus fährt mir vor der Nase weg. Im Büro herrscht miese Stimmung, weil uns ein großer Auftrag durch die Lappen gegangen ist, sodass wir Peters schlechte Laune deutlich zu spüren bekommen. Wie gerne würde ich das laute, verrauchte Büro einfach mal für eine Stunde verlassen, in den Park gehen, den Tauben beim Betteln und den Kindern beim Toben zusehen. Stattdessen beiße ich mich unzufrieden durch den Tag, schreibe Elias, dass ich nach der Arbeit kurz zu Amelie gehen werde und laufe nach Feierabend dreißig Minuten durch die laue Mai Luft. Die Natur ist zu dieser Jahreszeit am schönsten, denn das zarte Grün sieht noch frisch aus, die Blumen leuchten besonders kräftig und die Luft duftet nach Frühling.

Amelie sieht umwerfend aus. Sie trägt ein weißes, langes Kleid, ihre dunklen Haare glänzen, genau wie ihre hübschen braunen Augen, die mit einem braunen Lidschatten perfekt betont sind.

«Hi, ich bin gerade mit meinem Video fertig.»

Amelie ist eine super erfolgreiche Influencerin und vermarktet sich als alleinerziehende, perfekte, happy Mami, die ihre vielen Follower an ihrem gesamten, gesundheitsbewussten Leben teilhaben lässt, was ich niemals tun würde, aber Amelie verdient mehr Geld als ich und muss nicht den ganzen Tag im Büro hocken und den Kollegen dabei zusehen, wie sie sich krank arbeiten. Meiner Freundin ist es wichtig, dass man Marlons Gesicht nicht sieht, auf das sie meist einen Teddykopf bastelt oder sie zeigt nur seine Rückansicht.

«Ich habe uns einen Powershake gemixt. Habe ihn eben vor laufender Kamera gemacht und habe schon die ersten positiven Kommentare. Schau mal!» Sie zeigt mir stolz ihr Handy, auf das ich nur einen flüchtigen Blick werfe. «Toll!»

Wir setzen uns mit dem giftgrünen Powershake auf Amelies beeindruckende Dachterrasse, zwischen zwei Meter hohe Palmen. Marlon darf noch etwas in seiner Sandkiste buddeln, die mit feinem, weißem Sand gefüllt ist, der vielleicht aus der Karibik stammt?

«Du siehst etwas gestresst aus», bemerkt die Super Mami und saugt an ihrem Strohhalm, der natürlich nicht aus Plastik ist, da Amelie streng auf Nachhaltigkeit achtet, was ihre Follower ihr besonders hoch anrechnen.

«Ich arbeite ja auch den ganzen Tag», rutscht es mir heraus, da ich schon etwas neidisch auf ihr Bilderbuchleben bin. Ich arbeite weitaus mehr und verdiene viel weniger. Wo ist da die Gerechtigkeit?

«Ich auch!», faucht sie mich an und funkelt mit ihren hübschen Augen.

«Ja, ich weiß, dein Job ist hart und du musst jeden Tag abliefern, auch wenn dir nicht danach zumute ist. In letzter Zeit denke ich ständig über mein Leben nach. Ich komme mir vor, wie in einer Tretmühle und es macht mir Angst, dass mein Leben sich nicht verändert, dass ich auf diesem Level stehenbleibe. Ich kann doch nicht über dreißig Jahre in Agenturen arbeiten. Und mit Elias ist es auch irgendwie so langweilig geworden. Abends sind wir beide abgespannt. Elias spielt und ich schlafe vor dem Fernseher ein. Ist das nicht erschreckend?»

«Ja, ein bisschen schon, aber wenn ihr erstmal Kinder habt, dann ändert sich alles. Es wird total anders werden, wird reicher und macht euch glücklicher.»

«Du weißt, dass Elias noch nicht davon überzeugt ist, Kinder in die Welt zu setzen?» Vor allem, wenn er an Marlon denkt.

«Das wirst du schon hinkriegen. Ich wollte dir doch von gestern erzählen.»

«Ich bin schon sehr neugierig. Dein Shake schmeckt übrigens gar nicht schlecht, aber erzähle mir lieber nicht, was da alles drin ist. Hast du vielleicht noch was zum Knabbern?»

«Ja, ich habe heute Power Cracker mit wenig Salz, viel Protein und mega viel Ballaststoffen gebacken.»

Das hört sich oberlecker an. Eine Tüte Chips wären mir lieber.

Amelie schwebt in ihrer weißen Hülle in die Wohnung und kommt mir wie ein Engel vor. Warum haben einige Menschen so viel Glück im Leben?

Ich lege meine Beine auf einen Hocker, schließe die Augen und lausche dem abendlichen Vogelkonzert.

«Kaufst du mir den Porsche nicht mehr?», höre ich Marlons kindliche Stimme in mein Ohr dringen und denke zunächst, dass ich träume. Marlon steigt aus der Sandkiste und erinnert mich an ein paniertes Cordon bleu, das Elias so gerne isst und das ihm jedes Mal anbrennt, wenn er es brät.

«Hat deine Mama mit dir noch nicht über Erpressung gesprochen?», wundere ich mich und darf mich nicht wieder von dem Kind weichklopfen lassen.

«Doch, aber du hast es mir versprochen.» Der Kleine kommt mir sehr nah und sieht mich mit seinen großen braunen Augen, die er eindeutig von seiner Mutter geerbt hat, herausfordernd an. Unglaublich, wie berechnend kleine Kinder schon sein können.

«Ich hätte es dir nicht versprechen dürfen. Es war ein Fehler von mir und in Zukunft werde ich mich auf so einen Handel nicht mehr einlassen. Zudem habe ich nicht gewusst, dass der Porsche, an den du gedacht hast, so teuer ist.»

«Aber du hast doch viel Geld. Dein Freund arbeitet doch auch und ihr habt keine Kinder.»

«Ja, schon, aber …» Zum Glück kommt Amelie und wuschelt ihrem Sohn durch die braunen Locken.

«Marlon, du darfst dir zwei Cracker nehmen und danach geht es zum Zähneputzen.»

Marlon greift mit seinen sandigen Händen in die Schüssel, nimmt sich fünf Kekse und springt wieder in die Sandkiste zurück.

Amelie redet sehr leise, damit ihr Kind sie nicht hört. «Also, ich habe gestern einen Mann kennengelernt, bei dem ich dieses Gefühl hatte, dass er zu mir und Marlon passen könnte. Er saß am Nebentisch mit seinem Freund, der mich erkannte, denn seine Freundin ist ein großer Fan von mir und wollte ein Foto mit mir machen, was ich natürlich zugelassen habe. Das gehört ja zu meinem Job dazu. Wir kamen ins Gespräch und es stellte sich heraus, dass sein Freund Fotograf ist. Meine Kollegen verabschiedeten sich und dann saß ich später mit Noel alleine und habe mich sehr nett mit ihm unterhalten.» Sie wird immer leiser, sodass ich den letzten Satz kaum verstehen kann.

«OK! Und werdet ihr euch wiedersehen?»

«Ja, nächste Woche und ich wollte dich um etwas bitten.» Sie reicht mir die Schale mit den Crackern, als könnte sie mich damit bei Laune halten.

«Ich kann mir schon denken, was das ist.» Ich bin nicht begeistert, aber Amelie ist meine beste Freundin und hat mir auch schon so oft geholfen. Ich muss Marlon gegenüber einfach autoritärer auftreten, wenn das noch möglich ist.

«Du bekommst auch deinen Lieblingsduft oder diesen neuen BH, der sich so schön an den Busen schmiegt.»

«Schon gut. Ich mache es ja gerne. Aber bis zwei Uhr halte ich nicht durch. Es wäre gut, wenn du spätesten um zwölf zurücksein könntest.»

«Klar, das werde ich. Du bist ein Schatz.»

«Wie heißt dein Fotograf?»

«Noel Remus.»

«Ist er Franzose?»

«Seine Mutter ist Französin.»

Ich googele und werde schnell fündig. «Der hier?»

«Ja, genau. Sieht der nicht süß aus?»

«Ja, schon, aber wie alt ist er denn?»

«Ein paar Jahre älter als ich.»

«Hier steht, dass er 1975 geboren ist oder ist das ein Fehler? Der könnte dein Vater sein.»

«Was? Bist du dir sicher, dass er so alt ist?»

«Ja, schau mal! Hier steht sein Geburtsdatum.»

«Da muss es sich um eine falsche Angabe handeln. Ich schätze ihn auf Mitte dreißig. Aber das Alter spielt ja auch keine Rolle. Ich muss Marlon jetzt ins Bett bringen. Ich beeile mich. Möchtest du noch was von dem Shake haben?»

«Hast du auch Wein?»

«Ja, aber nur veganen. Kommt gleich.»

Ich höre den Kleinen lauthals schreien. Offensichtlich möchte er noch nicht schlafen gehen. Amelie kommt nach einer halben Stunde genervt mit einer Flasche Wein und zwei Gläsern auf die Terrasse zurück und rollt mit den Augen.

«Manchmal könnte ich ihn …»

«Jetzt weißt du, warum ich ihm den Porsche versprochen habe.»

Nachdem ich zwei Gläser von dem süßlichen Rotwein getrunken habe, werde ich müde und rufe mir ein Taxi. Elias sitzt im Arbeitszimmer vorm Computer und streckt sich als ich das Zimmer betrete.

«Hallo, wie war dein Tag?», erkundige ich mich und massiere seine Schultern, die vom vielen Sitzen verspannt sind.

«Anstrengend. Ah, das tut gut. Etwas weiter unten, bitte.» Nach einer kurzen Massage verabschiede ich mich ins Bett und freue mich aufs Wochenende.

# VIER

Der Freitagabend ist der schönste Tag der Woche, an dem die Anspannung ein bisschen von mir abfällt und ich mich aufs Ausschlafen und Nichtstun freue. Elias holt samstags frische Brötchen, während ich den Tisch decke und Eierspeisen zubereite.

Am Anfang unserer Beziehung haben wir uns beim Frühstück noch angeregt unterhalten, haben uns verliebt angelächelt und Küsschen über den Tisch ausgetauscht, mittlerweile sieht es so aus, dass wir nur noch wenig reden und stattdessen auf unsere Tablets starren. Wie wird es in zehn, zwanzig, dreißig Jahren beim Frühstück bei uns aussehen?

«Morgen sind wir bei meinen Eltern eingeladen. Oder willst du nicht mit?»

«Was? Entschuldige, ich lese gerade …»

«Kommst du morgen mit zu meinen Eltern?»

«Ja, klar! Weißt du, was es zu essen gibt?»

«Keine Ahnung. Vielleicht schlachten sie ja ein krankes Huhn?»

*

Anstatt Blumen besorge ich für meine Eltern als Mitbringsel Tierfutter. Elias hat seinen neuen Wagen auf Hochglanz gebracht. Würde er doch mal unser Badezimmer mit so großer Leidenschaft putzen.

«Kommt dein Bruder auch?»

«Ja, meine Eltern haben uns beide eingeladen, weil sie etwas zu verkünden haben.»

«Vielleicht wollen sie einen zweiten Gnadenhof eröffnen?», vermutet mein Freund feixend.

Meine Eltern bewohnen einen alten Gutshof, auf dem sie auch ihre Tierarztpraxis eingerichtet haben. Auf dem großen Grundstück stehen diverse Ställe und viele Tiere bewegen sich frei und fröhlich auf dem eingezäunten Areal. Tiere gehörten von klein auf zu meinem Leben, denn ich bin auf dem Stück Land, auf dem kranke, ausgesetzte oder misshandelte Tiere aufgenommen und gepflegt werden, glücklich aufgewachsen. Ich kann Kühe und Ziegen melken, kleine Wunden verarzten und mit Tieren sprechen.

Meine Eltern waren sehr verwundert, dass ich nicht auch Tierärztin werden wollte, um irgendwann ihre Praxis zu übernehmen. Nach dem Abitur hatte ich jedoch den Wunsch, etwas ganz anderes zu machen, weil das, was man immer macht, irgendwann langweilig wird. Da meine Deutschlehrerin von meinen Aufsätzen überaus begeistert war und mir nahelegte, Germanistik zu studieren, tat ich es und absolvierte mein Studium mit einer Bestnote. Nach einem Praktikum in einer Werbeagentur landete ich ein halbes Jahr später bei Peter und Benedikt.

Mein jüngerer Bruder Darius ist auch überaus tierlieb, aber sein Bestreben war es, von klein auf, ein berühmter Clown zu werden. Er war ein Jahr in New York, hat sich dort ein bisschen umgesehen und bei einem berühmten Clown assistiert, hat seine Requisiten geschleppt, die Kostüme geflickt und Schminke bestellt. Ich weiß nicht, wie man auf die Idee kommt, ein Clown zu werden. Vielleicht waren wir als Kinder zu oft im Zirkus gewesen? Darius arbeitet als ehrenamtlicher Clown in drei Kliniken, was ihm sehr viel Spaß macht, ihn sehr berührt und oftmals traurig stimmt.

Als wir auf das Grundstück meiner Eltern fahren, kommen sofort mehrere große und kleine Hunde angelaufen, die aufgeregt bellen und an Elias poliertem Wagen hochspringen. Mein Freund bekommt eine Zornesfalte und flucht, denn das Auto ist neu und sein ganzer Stolz. «Kann man den Kötern nicht mal beibringen, dass sie nicht an Autos springen?», sagt er wütend und betrachtet sich die Türen, die leichte Kratzer abbekommen haben.

«Du kannst doch das nächste Mal draußen parken», schlage ich ihm vor und muss schmunzeln, da ein Auto für mich ein Gebrauchsgegenstand und kein Schmuckstück ist.

«Dann müssen wir so weit laufen. Toll! Die ganze Seite ist verschrammt.»

«Meine Eltern sind gut versichert. Hi, ihr Süßen, ich habe euch etwas Leckeres mitgebracht», spreche ich die Vierbeiner an, die ich noch nicht alle kenne, da wöchentlich neue Hunde und andere Tiere bei meinen Eltern abgegeben werden.

Elias Laune ist im Keller. Er kann sich für Tiere leider nicht begeistern, es sei denn, sie liegen gut angerichtet auf seinem Teller.

Darius steht im Türrahmen des schmucken Gutshauses und trägt eines seiner Clownskostüme, die er allesamt selbst schneidert.

«Hi, kleiner Bruder!» Ich drücke ihm einen Kuss auf sein geschminktes Gesicht und wische mir die weiße Farbe von den Lippen.

«Hi, große Schwester!»

«Bekommen wir gleich eine Privatvorstellung?»

«Wenn ihr wollt. Ich komme gerade aus dem Krankenhaus und hatte noch keine Zeit mich abzuschminken. Die beiden sind noch im OP. Lucy hat sich am Stacheldraht verletzt.»

«OK! Weißt du schon, was sie uns verkünden wollen?»

«Keine Ahnung. Hi, Elias. Wie geht's?» Der Clown legt seinen Arm um meinen Freund, der noch sauer ist.

«Geht so. Die Hunde haben mir gerade meinen Wagen zerkratzt, an dem bisher noch keine einzige Schramme war.»

Darius muss lachen und haut Elias auf die Schulter.

«Was gibt es zu essen?», will ich wissen und nehme einen kleinen Hund auf den Arm, der ein drolliges Gesicht hat.

«Hoffentlich nicht Lucy», bemerkt Elias trocken.

«Hallo, ihr Lieben! Entschuldigt bitte, aber wir hatten noch einen kleinen Eingriff. Ihr Stadtpflanzen seht aber blass aus. Kommt ihr gar nicht an die frische Luft?», fragt Mutter und umarmt uns herzlich.

«Leider viel zu wenig. Mama, du hast Blut an deiner Bluse.»

«Ach! Hätte ich mir mal einen Kittel angezogen. Habt ihr Hunger?» Mutter versucht den Fleck zu verreiben.

«Ja, schon, wir haben ja nur gefrühstückt», informiere ich sie. Ich habe mich auf ein deftiges Sonntagsessen mit Fleisch und Klößen gefreut.

«Ich hatte keine Zeit zum Kochen. Papa fährt gleich zum Italiener und besorgt uns etwas. Sucht euch mal was von der Karte aus. Ich ziehe mir mal eine frische Bluse an.»

Vater kommt mit dem frisch verarzteten Kaninchen zu uns und drückt ihm ein heilendes Küsschen zwischen die Ohren.

«Arme Lucy!» Ich nehme ihm das verängstigte Tier ab und drücke meine Nase in das weiche Fell.

«Schön, dass ihr gekommen seid. Geht es euch gut?» Vater wischt sich die weißen Tierhaare von seinem schwarzen T-Shirt und sieht mich forschend an.

«Ja, alles bestens», lüge ich, denn ich bin total gefrustet von meinem Leben und hätte vielleicht doch Tierärztin oder Tierpflegerin werden sollen.

Eine Stunde später sitzen wir an dem rustikalen Holztisch und genießen das Essen, während meine Eltern über ihre komplizierten Fälle aus der Praxis berichten. Beim Tiramisu kommen sie dann endlich zum Grund ihrer Einladung.

«Leider ist Tante Rike vor ein paar Wochen verstorben. Wir hatten ja gar keinen Kontakt mehr zu ihr, weil … Nun ist etwas sehr Verwunderliches passiert. Sie hat Vater ihr Haus vererbt», berichtet Mutter, während Vater ein trauriges Gesicht zieht.

«Ach! Das ist ja nett von ihr», bemerke ich überrascht und versuche, mich an Rikes Haus zu erinnern, in dem ich wenige Male als Kind gewesen bin.

«Wo steht das Haus?», will Elias wissen und denkt vielleicht schon freudig an eine Villa mit Elbblick in Blankenese.

«Es ist auf Amrum.»

«Ach!», sagt mein Freund enttäuscht und wendet sich wieder dem Dessert zu.

«Ich kann mich überhaupt nicht an das Haus erinnern», bemerkt Darius und kratzt die Süßspeise aus dem Schälchen.

«Die Frage ist nun, was wir mit dem Haus machen werden? Hat einer von euch beiden Interesse? Wenn nicht, würden wir es verkaufen», wirft Vater in die Runde und scheint von Rikes Tod bewegt zu sein.

Darius schüttelt sofort den Kopf, während ich überlege und versuche, mich an die Insel zu erinnern. Ich rieche das Meer, fühle den feinen Sand unter meinen Füßen, spüre den kräftigen Wind, der mit meinen Haaren spielt und zum Drachensteigen oder Surfen ideal ist.

«Ich hätte Interesse!», rufe ich laut. Elias sieht mich verwundert an und runzelt seine Stirn.

«Was willst du mit dem Haus anstellen?», will er wissen und tut so, als wenn ich mir einen Schrebergarten in Wilhelmsburg zulegen möchte.

«Auf der Insel kann man sich hervorragend entspannen und den Kopf frei bekommen. Ich werde mir Rikes Haus auf jeden Fall mal ansehen, also bitte nicht verkaufen.»

«Gut, dann geben wir dir den Schlüssel und du schaust es dir an. Wenn es dir gefällt, kannst du es behalten», informiert Vater mich und bemerkt den Clown, der etwas verwundert guckt.

«Rike hat auch eine nicht unwesentliche Summe angespart. Keine Sorge, Darius, du bekommst auch deinen Teil.

Auf der Heimfahrt zeigt sich mein Freund noch immer verwundert. «Was wollen wir mit einem alten, kleinen Haus auf einer winzigen Insel, auf der nichts los ist? Würde das Haus auf Sylt stehen, wäre es ja etwas anderes.»

«Bist du schon mal auf Amrum gewesen?»

«Nein, aber ich ...»

«Und Rikes Haus hast du auch noch nicht gesehen oder?»

«Nein.» Elias guckt ernst und reibt sich sein Kinn.

«Wir fahren nächstes Wochenende dort gemeinsam hin und dann kannst du dir ein Bild machen.»

«Nächstes Wochenende geht nicht. Da habe ich mein Golfturnier.»

«Gut, dann fahre ich erstmal alleine, mache Bilder oder drehe einen Film und dann kannst du mir deine Meinung mitteilen.»

«Klar, das kannst du machen. Aber glaube nicht, dass ich dort jedes Jahr meinen Urlaub verbringen werde. Mir sind die Sommer in Deutschland einfach zu schlecht und langweilig.»

«Wir werden sehen.»

# FÜNF

I ch kann es kaum erwarten, mir Rikes Haus, das sich auf der viertgrößten der Nordfriesischen Inseln südlich von Sylt befindet, anzusehen. Zwar finde ich es schade, dass Elias mich nicht begleitet und kein großes Interesse zeigt, aber ich habe die leise Hoffnung, dass ihm die Insel und das Haus gefallen werden. Ich habe keine Ahnung, in welchem Zustand sich das Objekt befindet, das meine Eltern zuletzt vor zwanzig Jahren gesehen haben. Leider kam es zwischen meinem Vater und seiner Tante zum Bruch. Vater hat uns nie erzählt, was zwischen ihm und Rike vorgefallen ist, aber ich werde es sicherlich noch herausbekommen.

*

Als ich mich von Elias verabschiede, habe ich den Eindruck, dass er eingeschnappt ist, dass er mein Interesse an Tante Rikes Haus nicht verstehen kann. Jedoch lasse ich mich nicht beirren, denn es zieht mich magisch auf die Insel, auf der ich mir etwas erhoffe, das mein Leben in eine neue Richtung bringen könnte.

Ich lade mein kleines Auto mit Bettwäsche, Handtüchern und Lebensmitteln voll und bin traurig, dass ich ohne Elias fahren muss. Aufregung und Neugier wühlen mich so sehr auf, dass ich unkonzentriert fahre und auf der Autobahn beinahe einen Unfall verursache. Immer wieder versuche ich, mich an Rike und ihr Haus zu erinnern, aber es kommen keine Bilder von unseren Besuchen in meinen Kopf.

Mittags erreiche ich Dagebüll, «Das Tor zur Nordsee», wo die Fähren nach Amrum und Föhr, sowie die Bäderschiffe nach Helgoland ablegen. Amrum ist nur mit der Fähre zu erreichen. Als ich aussteige, begrüßt mich ein schwacher, kühler Wind und die Nordsee zeigt sich von ihrer ruhigen Seite. Ich atme die frische Seeluft bis in die tiefen Spitzen meiner Lunge ein. Die Sonne lässt sich alle paar Minuten hinter bauschigen Wolken blicken und gibt eine wohlige Wärme ab. Ich dehne meine steif gewordenen Glieder und warte auf die Fähre, für die ich mir einen Platz im Internet gebucht habe. Mit mir warten eine Handvoll Touristen, die die Ruhe auf der kleinen Insel zu schätzen wissen. Ich schreibe Elias eine kurze Nachricht, dass ich gut am Hafen angekommen bin. Er meldet sich nicht, da er vermutlich mitten im Turnier steckt.

Dann geht die Überfahrt los. Je näher ich meinem Ziel komme, desto aufgeregter werde ich. Auf dem Oberdeck sind noch freie Plätze. Ich setze mich entgegen der Fahrtrichtung, sodass ich das Festland sehen kann und auf das, von den Motoren aufgewühlte, Wasser blicke. Das Schiff schaukelt leicht. Möwen fliegen kreischend hinter der Fähre her und hoffen auf fliegendes Brot, das sie an diesem Tag nicht bekommen.

Rund zwei Stunden dauert die Überfahrt vom Festland durch das Wattenmeer, vorbei an den Halligen und der Nachbarinsel Föhr. Für mich ist die Schifffahrt bereits pure Erholung und ich spüre, wie sich meine Anspannung langsam löst.

Da ich nicht weiß, wo sich Rikes Haus genau befindet, bemühe ich mein Navi. Das Objekt liegt in Norddorf, welches der nördlichste Ort der Insel ist. Vom Fähranleger nach Norddorf sind es nur zehn Minuten. Ich fahre sehr langsam, um mir die Umgebung anzusehen. Die Verkehrsführung der Insel ist einfach. Von Nord nach Süd führt eine Hauptstraße, von der links und rechts, wie bei einer Fischgräte, Straßen abgehen.

«Sie haben Ihren Zielort erreicht», informiert mich die freundliche Stimme aus dem Gerät, ohne dass ich manchmal aufgeschmissen wäre.

«Das kann doch nicht das Haus von Tante Rike sein!», flüstere ich erstaunt und schlage meine Hand vor den Mund. Ich steige irritiert aus, öffne das weiße Friesentor und gehe langsam auf das Grundstück, auf dem ein wunderschöner Bauerngarten, wie man ihn aus Hochglanzmagazinen kennt, angelegt ist. Die hübsche Friesentür ist ein Hingucker und entzückt mich. Das Reetdach ist frisch gedeckt und leuchtet hell in der Sonne. Vermutlich hat sich das Navi geirrt. Ich suche die Hausnummer oder ein Namensschild, um sicher zu gehen, dass ich vor dem richtigen Haus stehe. Es ist tatsächlich Rikes Haus, denn am Briefkasten steht der Name meiner verstorbenen Großtante. Ich bin begeistert und hätte nicht damit gerechnet, dass Tante Rike so ein schmuckes Häuschen besitzt, das von außen einen äußerst gepflegten Eindruck macht.

Es ist Liebe auf den ersten Blick, in mir tobt ein Glücksgefühl, das mich zum Juchzen bringt. Bevor ich den Schlüssel aus dem Auto hole, gehe ich durch den zauberhaften Garten, ums Haus herum bis zur Terrasse. Es gibt einen grandiosen Meerblick. Das Haus grenzt an eine bizarre Dünenlandschaft, die mich ein bisschen an einen fremden Planeten erinnert. Tränen der Freude bilden sich in meinen Augen und ich sehe mich begeistert in dem großen Garten um. Das alles gehört jetzt mir! Schade, dass Elias nicht mitgekommen ist, er wäre positiv überrascht und hätte sich bestimmt auch sofort in das wunderschöne Haus am Meer verliebt.

Ich entferne die Hülle vom Strandkorb, setze mich in den kuscheligen Sitzplatz und versuche meinen Puls runterzubekommen. Dieser Blick ist unglaublich und pure Erholung! Ich könnte den ganzen Tag über in dieser Loge am Meer sitzen und einfach nur auf die Nordsee schauen. Welcher Ort kann schöner sein? Zudem verwöhnt die Sonne auch noch die kleine Insel, auf der es beschaulich zugeht und die nicht von Menschenmassen überschwemmt wird wie Sylt. Ich knipse mehrere Bilder und schicke sie Elias, meinen Eltern und Amelie.

Nachdem ich den fantastischen Blick einige Zeit genossen habe, gehe ich beschwingt zu meinem Auto, das ich auf der Straße geparkt habe. Neben meinem Wagen steht eine alte Frau, die einen sehr krummen Rücken hat. Sie stützt sich auf einen schmucken Stock. Ich muss an Hänsel und Gretel denken, genauso habe ich mir die böse Hexe als Kind vorgestellt.

Die Frau bemerkt mich nicht und guckt neugierig in das Innere meines Wagens. «Guten Tag!», rufe ich ihr zu, während ich durch den Vorgarten gehe.

Erschrocken hebt die Frau ihren grauen Kopf und sieht mich aus trüben, kleinen Augen an.

«Gud dai! Daaling as en neten dai.»

Das muss Amrumer Friesisch sein. Ich verstehe kein Wort.

«Moin, entschuldigen Sie, aber ich kann leider kein Friesisch.»

«Das spricht kaum einer mehr. Sind Sie eine Maklerin?», will sie wissen und tritt ein paar Schritte dichter an mich heran, um mich vielleicht besser zu verstehen.

«Nein, das Haus gehörte meiner Großtante.»

«Ach! Ich habe Sie hier aber noch nie gesehen.»

Die Frau scheint sehr aufmerksam zu sein.

«Ich bin lange nicht auf der Insel gewesen.»

«Rike hatte nie Besuch vom Festland.»

«Und Sie sind eine Nachbarin?»

«Ja, ich wohne in dem Haus dort drüben. Das mit der Windmühle im Garten.» Sie zeigt auf ein kleines, schlichtes Backsteinhaus.

«Waren Sie mit meiner Tante befreundet?»

«Früher ja, aber als Carl, Rikes Mann, gestorben ist, da hat Rike sich total abgekapselt. Ich habe sie kaum noch gesehen, weil sie den ganzen Tag gemalt hat. Sie ging auch nicht mehr selbst einkaufen. Das hat der Piet für sie gemacht. Sein Vater und er wohnen direkt neben mir.» Sie deutet mit ihrem Stock auf ein großes Haus.

«Ist Rike in ihrem Haus gestorben?»

«Ja, wissen Sie das denn nicht? Piet hat ihr, wie jeden Morgen, Brötchen und die Zeitung bringen wollen. Er hat mehrmals geklingelt, aber es tat sich nichts. Zudem waren die Fensterläden geschlossen. Dann hat er seinen Vater geholt, der wiederum die Polizei gerufen hat. Ja und dann haben sie Rike mausetot im Bett gefunden. Sie ist wohl ganz friedlich eingeschlafen. Es war das Herz, das nicht mehr wollte. Für den lütten Piet war das besonners schlimm.»

«Ein schöner Tod», flüstere ich und stelle mir Rike vor, wie sie mit einem Lächeln auf den Lippen in ihrem Bett lag und nicht damit gerechnet hatte, dass sie in dieser Nacht aus dem Leben scheiden wird.

«Und wer bekommt jetzt das Haus?», fragt sie neugierig und tritt noch näher an mich heran.

«Mein Vater hat es geerbt. Ich bin übrigens Emilia Schöne.»

«Das ist ja schön. Ich bin Stine Carlson. Deinen Vater kenne ich. Ich habe ihn zuletzt, meine Güte, das muss zwei Jahrzehnte her sein, gesehen. Ein netter, junger Mann mit langen Haaren. Rike mochte ihn sehr, bis ...» Stine zerdrückt mit ihrer Stockspitze einen schwarzen Käfer, was mir sehr wehtut, da ich niemals Tiere töte, nicht einmal Mücken, die mich um den Schlaf bringen.

Ich sehe meine Nachbarin mit großen Augen an und spüre, wie mein Herz galoppiert. Was hat mein Vater angestellt? Was ist zwischen den beiden vorgefallen? Ich tue so, als wenn ich wüsste, warum es zum Bruch gekommen ist.

«Ich freue mich, Sie kennengelernt zu haben und wünsche Ihnen noch einen schönen Tag, Frau Carlson.»

«Den wünsche ich Ihnen auch. Bleiben Sie ein paar Tage auf der Insel?»

«Nur bis Montag.»

Nun weiß ich, wie Rike gestorben ist und kenne bereits meine direkte Nachbarin, die einen netten, wenn auch neugierigen Eindruck macht.

Mit zitternder Hand stecke ich den Schlüssel ins Schloss. Die schwere Tür knatscht etwas und kann einen Schluck Öl vertragen. Ein angenehmer Duft von Lavendel kommt mir entgegen. Ich bin erleichtert, dass es in dem verschlossenen Haus nicht nach Tod riecht, denn mein Näschen ist äußerst sensibel und verträgt nur schlecht unangenehme Gerüche.

Ich stehe in einer geräumigen Diele und schließe die Tür. Es ist stockdunkel im Haus, da alle Fensterläden geschlossen sind. Ich knipse das Licht an und entdecke unzählige Bilder an den weißen Wänden. Langsam gehe ich weiter ins Wohnzimmer und sehe mich in dem großen Raum, in dem es auch einen Kachelofen gibt, aufgewühlt um. Ich bin positiv überrascht, wie gut das Haus in Schuss ist. Die Einrichtung ist geschmackvoll und gemütlich. In meiner Vorstellung geisterten Bilder von einem heruntergekommenen, feuchten Häuschen, das mit dunklen Eichenmöbel ausgestattet ist und in dem der stramme Seewind sich durch die Fensterritzen drängt.

Die geräumige Küche, in der es eine Sitzecke mit vier Stühlen gibt, ist im typischen Friesenstil und sieht aus wie unbenutzt. Ich öffne von innen den Fensterladen und schaue voller Begeisterung in den prächtigen Vorgarten. Vom Küchenfenster aus kann ich auf die Straße schauen, auf der kaum Verkehr ist.

In der Spüle steht eine benutzte Tasse, in der ein Teebeutel hängt. Hatte Rike sich in der Nacht einen Tee gekocht, weil ihr vielleicht nicht gut war? Auch in der Küche hängen viele Bilder. Ich erinnere mich daran, dass Vater erzählte, dass Rike gut zeichnen konnte. Ich betrachte mir ein Bild, auf dem die Nordsee von ihrer aufgewühlten Seite zu sehen ist. Auf dem Bild entdecke ich das Kürzel R.P. Wie begabt Rike gewesen ist, wie wunderbar sie die Amrumer Landschaft in Szene setzen konnte. Hat sie ihre Bilder auch verkauft? Ich bin traurig, dass ich so wenig über meine Großtante weiß und bin auch sauer auf meinen Vater, der den Kontakt zu ihr abgebrochen hat. Was ist zwischen den beiden vorgefallen? Ich muss dringend mit Vater reden, möchte alles über Rike erfahren, denn schließlich werde ich ihr Haus übernehmen, in dem ich mich sofort wohl und zuhause fühle.

Im Erdgeschoss befindet sich ein weiterer Raum, in dem ein Sofa, ein Schreibtisch und noch mehr Bilder stehen. Zudem gibt es ein kleines Badezimmer mit einer Dusche und einen Abstellraum. Ich erklimme die weiße Holztreppe, die unter meinen Füßen knarrt. Im Obergeschoss gibt es drei weitere Räume und ein Badezimmer. Nacheinander betrete ich alle Zimmer, werfe einen Blick aus den Fenstern und stehe vor Rikes Bett, in dem sie friedlich eingeschlafen ist. Auf dem Nachttisch steht ein Wasserglas, ein Buch über die Malerei im 18. Jahrhundert, in dem ein Lesezeichen steckt, und eine Handcreme. Ich öffne das Fenster, stütze mich mit den Ellenbogen auf der Fensterbank ab und kann von dem Blick auf die Nordsee, die man hören und riechen kann, nicht genug bekommen.

Mein Handy stört mich bei der Hausbesichtigung. Elias Gesicht ist auf dem Display zu sehen.

«Moin, Elias!»

«Hallo, Emilia. Bist du gut angekommen? Und wie ist die Hütte?»

«Sie ist … ein Traum. Du kannst dir nicht vorstellen, wie schön es hier ist. Der Meerblick ist unglaublich.»

«Hast mir ja Bilder geschickt», sagt er mit wenig Begeisterung.

«Und zudem ist das Haus bestens in Schuss. Selbst das Reetdach ist neu. Und dann der Garten. Es ist einfach nur wunderschön», schwärme ich und bekomme glasige Augen, da meine Emotionen in mir hochkochen.

«Aber auf der Insel ist nicht viel los?»

«Doch. Der Strand ist voll. Es gibt Surfschulen, Restaurants, Cafés und sogar ein Kino.»

«Fein! Das Turnier geht gleich weiter. Viel Spaß in der Einöde. Ich melde mich später.»

Ich bin etwas enttäuscht, dass Elias meine Freude nicht teilt, dass er die Schönheit Amrums nicht zu schätzen weiß und die Ruhe auf der Insel als etwas Negatives sieht. Wenn er erstmal hier ist und mit einem Bierchen im Strandkorb sitzt, wird er sicherlich genauso begeistert sein wie ich.

Ich räume mein Auto aus. Als ich die letzte Tasche ins Haus tragen will, kommt ein Junge, den ich auf dreizehn schätze, auf einem nagelneuen Fahrrad daher und bremst scharf vor mir ab.

«Moin, ich bin Piet. Meine Nachbarin hat mir eben erzählt, dass hier jemand in Rikes Haus ist.»

«Moin, Piet! Schön dich kennenzulernen. Du hast dich also um meine Tante gekümmert?»

«Ja, sie war sehr nett und ich bin sehr traurig, dass sie ...»

«Hast du Zeit und Lust auf einen Tee? Ich habe auch Kekse.»

«Ja, gerne. Ich komme gerade aus der Schule. Zwar wartet mein Vater auf mich, aber zehn Minuten habe ich noch.»

Piet schiebt sein Rad aufs Grundstück und lässt seinen Schulranzen auf dem Gepäckträger.

Er zieht im Flur seine Schuhe aus, holt Pantoffeln aus einer Kommode und grinst mich an.

Der aufgeweckte Junge hat strohblonde Haare, wache blaue Augen und eine kräftige Statur. Er ist ein richtiger Naturbursche, der dem rauen Wetter trotzt und vermutlich bei Sturm und Regen vor die Tür geht, denn sein Gesicht ist braun und er sieht gesund aus.

«Ich bin gerade erst angekommen. Kennst du dich in Rikes Küche aus?»

«Ja, ich habe Rikes Einkäufe immer weggeräumt und hab ihr ab und zu einen Pfannkuchen oder eine Suppe gekocht. Sie mochte so gerne Kartoffelsuppe mit frischen Krabben.«

«Dann zeig mir doch bitte, wo ich eine Teekanne finde.»

Piet streckt sich, holt zwei Tassen aus einem Oberschrank, aus einer Schublade Tee und aus dem Wohnzimmer eine Teekanne.

«Gibt es einen Wasserkocher?»

«Nein, wir müssen den Teekessel nehmen. Kannst du mit Gas umgehen?»

«Ich denke schon. Ich habe zwar noch nie auf Gas gekocht …» Ehe ich meinen Satz zu Ende sprechen kann, holt Piet einen Anzünder aus der Schublade, dreht den Gashahn auf und schon haben wir Feuer.

«Magst du Schwarzen Tee?»

«Ja, gerne», antworte ich freundlich und bin ganz angetan davon, wie patent der junge Mann ist.

Ich packe meine mitgebrachten Kekse aus und muss immer wieder in den Vorgarten gucken, in dem sich die bunten Blumen sanft im Wind wiegen. Ich kann noch immer nicht fassen, dass das alles mir gehört. Ich bin Rike so dankbar!

Während der Tee zieht, stellt Piet die Tassen und Kandis auf ein Tablett. «Wollen wir uns in den Garten setzen?», schlägt er vor und zieht den Teefilter aus dem dampfenden Wasser.

«Ja, sehr gerne.»

Ich bin froh über seinen Besuch, denn von dem Nachbarsjungen kann ich sicherlich mehr über Rike erfahren. Piet war offenbar derjenige, der mit der Verstorbenen den meisten Kontakt hatte.

Wir setzen uns in den Strandkorb, stellen unsere Tassen auf die klappbaren Tische und halten unsere Gesichter in die Sonne, die auf der Haut brennt.

«Rike war also ihre Tante», sagt er ernst und schlürft an dem heißen Tee.

«Nenn mich doch bitte Emilia. Eigentlich war sie die Tante meines Vaters. Ich bin als kleines Kind zuletzt auf Amrum gewesen, aber kann mich weder an Rike noch an das Haus so richtig erinnern. Leider hatten wir seit zwanzig Jahren keinen Kontakt mehr zu Rike.»

«Ja, ich weiß. Sie hat mir von deinem Vater und auch von seinen Kindern erzählt. Du hast noch einen Bruder?»

«Ja. Was hat sie denn über uns erzählt?», frage ich aufgebracht und rühre in meinem Becher, damit sich der Kandis auflöst.

«Sie hat mir oft von euren Besuchen erzählt und hat sich immer wieder gefragt, was aus euch geworden ist. Ich hatte ihr vorgeschlagen, euch zu schreiben und habe nach euch gegoogelt, weil ich bemerkte, dass sie traurig war.»

«Und hast du uns gefunden?»

«Klar, fast jeder ist im Internet zu finden. Du arbeitest in einer Werbeagentur und hast Germanistik studiert und dein Bruder ist ein Clown, der ehrenamtlich in Krankenhäusern auftritt und den jeder buchen kann.»

«Wow! Unglaublich!» Ich schaue Piet fassungslos an.

«Deine Eltern sind Tierärzte und kümmern sich um ausgesetzte und kranke Tiere. Das hat Rike übrigens besonders gefallen.» Piet nimmt sich einen Keks und beißt nur kleine Stücke von dem Gebäck ab. Ganz anders als Marlon, der mich beim Keksessen an das lustige Krümelmonster erinnert.

«Das hast du Rike alles aus dem Internet vorgelesen?»

«Ja. Rike fand es toll, dass dein Bruder ein Clown geworden ist. Sie wollte ihn so gerne mal in Aktion sehen. Vor zwei Wochen habe ich sie dazu überredet, euch zu schreiben. Wir haben sogar schon einen Brief aufgesetzt, den ich jedoch nicht abschicken sollte. Hätte ich es doch bloß getan, dann hättet ihr euch noch sehen können.»

Tränen bilden sich in meinen Augen, die ich verstohlen fortwische, bevor sie der junge Mann, der aufs Meer schaut, sie sehen kann.

«Mein Vater und auch ich hätten uns sehr gefreut von Rike zu hören und sie zu treffen. Ich weiß nicht, warum damals der Kontakt zu ihr abgebrochen ist. Mein Vater hat es uns nicht erzählt.»

«Das hat sie mir auch nicht gesagt.»

«Magst du mir mehr von meiner Tante erzählen?», fordere ich den Jungen auf, der sehr plietsch und wohlerzogen ist.

«Rike war eine gebildete und vornehme Frau, die immer hübsch angezogen war. Sie trug jeden Tag einen Dutt im Nacken. Nach Carls Tod hat sie sich total zurückgezogen und ist fast überhaupt nicht mehr aus dem Haus gegangen. Vor dem Tod ihres Mannes war Rike äußerst aktiv, war in mehreren Vereinen und hat sich für alles Mögliche auf der Insel engagiert. Carl ist beim Baden im Meer ertrunken. Wir haben uns alle gewundert, weil er doch Kapitän gewesen ist. Es geschah an einem nebligen und kühlen Tag, an dem kein Mensch baden geht. Carls Leiche wurde erst vier Tage nach seinem Verschwinden am Strand gefunden. Der Arzt meinte, dass Carl einen Herzinfarkt bekommen hatte. Rike war nach dem Unglück wie ausgewechselt und bat mich, ihr zu helfen, da sie wie gelähmt war. Ich habe alles Mögliche für sie gemacht. Sie hat mich großzügig bezahlt, aber mir ging es nicht ums Geld, ich fühlte mich wohl bei ihr. Rike hatte immer so viel schöne Geschichten zu erzählen, hat jeden zweiten Tag Kuchen gebacken und von morgens bis abends auf dem Dachboden Bilder gemalt, die sie mir alle gezeigt hat. Bist du schon in ihrem Atelier gewesen?»

«Nein, ich wusste nicht, dass sie auf dem Dachboden ein Atelier hat. Und außer zu dir hatte sie keine Kontakte?»

«Ab und zu ging sie zum Arzt oder besuchte ganz selten unsere Nachbarin Stine. Rike half mir auch bei den Hausaufgaben. Meine Mutter ist … vor zwei Jahren gestorben. Rike war wie eine Oma für mich und nun habe ich weder eine Mutter noch eine Oma. Mein Vater war damals noch Fischer und hat das alles auch nicht so gut verkraftet.»

Nun tröpfeln bei Piet die Tränen und es tut mir leid, dass ich Wunden aufgerissen habe, die vermutlich noch lange nicht verheilt sind. Ich lege meinen Arm um den Jungen und entwickele mütterliche Gefühle, so wie Rike, die Piet vermutlich in ihr Herz geschlossen hatte.

«Das tut mir sehr leid.» Welche tröstenden Worte kann ich dem jungen Mann sagen, der so viel durchmachen musste?

«Hast du gar keine Großeltern mehr?»

«Nein, leider nicht. Meine Mutter war in einem Heim aufgewachsen und wollte nicht über ihre Eltern sprechen. Ich hätte auch gerne einen Clown als Bruder.» Piet lacht schon wieder. Mir gefällt sein Humor und seine plietsche Art. Er wirkt sehr reif und reflektiert.

«Dein Vater hat das Haus geerbt?», lenkt er von sich ab und lässt einen Kandis in seinen Tee plumpsen.

«Ja, das stimmt. Hat Rike es dir erzählt?»

«Nein, darüber hat sie nicht mit mir gesprochen.»

«Meine Eltern möchten das Haus nicht haben, denn sie besitzen einen großen Hof mit vielen Tieren und haben keine Zeit, sich um ein zweites Haus zu kümmern. Zudem können sie ihre Tiere nicht alleine lassen. Aber das weißt du ja alles aus dem Internet.»

«Und was passiert nun mit Rikes Haus?»

«Ich werde es vermutlich nehmen. Ich bin verliebt in das Haus und den Garten und vor allem in den Blick. Wenn du Zeit und Lust hast, kannst du dich weiterhin um den Garten kümmern. Ich werde dich auch gut bezahlen.»

«Ich habe Lust und Zeit habe ich auch.»

«Hast du den Garten so schön angelegt?»

«Ja, ich mag Blumen und die Arbeit im Garten macht mir viel Spaß. Die meisten aus meiner Klasse hängen den ganzen Nachmittag am Computer, aber mich zieht es raus. Das ist auch viel gesünder als drinnen zu hocken.»

«Da hast du recht. Weißt du denn schon, was du beruflich machen möchtest?»

«Ich hatte tatsächlich daran gedacht, Landschaftsgärtner zu werden oder Gartenbau zu studieren, wenn ich mein Abi denn packe.»

«Das ist ein schöner Beruf.» Ich muss an meinen Job denken, der nicht mehr schön ist.

«Bist du verheiratet?»

«Konntest du das nicht googeln?»

«Nein!» Piet lacht schon wieder und nimmt sich noch einen Keks.

«Ich habe einen Freund. Er ist Unternehmensberater.»

«Warum ist er nicht mitgekommen?»

«Er hatte etwas Besseres vor.»

«Gehst du denn manchmal mit deinem Vater fischen?»

«Nein, mein Vater fischt nicht mehr. Seit dem Unfall mit ...» Piet bekommt einen traurigen Gesichtsausdruck und ich ärgere mich, dass ich eine falsche Frage gestellt habe.

«Mein Großvater und mein Vater waren beide Fischer und immer gemeinsam auf dem Meer. Sie waren einer der letzten Amrumer Krabbenfischer. Bei einem Sturm, bei dem man gar nicht hätte rausfahren dürfen, ist mein Großvater über Bord gegangen. Er ist ausgerutscht und trug keine Rettungsweste. Mein Vater hat ihn über zwei Stunden vergeblich gesucht.»

«Das ist ja schrecklich, was deine Familie alles durchmachen musste. Wann ist das passiert?»

«Genau ein Jahr bevor meine Mutter ihrem Krebsleiden erlag. Ich bin böse aufs Meer.»

«Das kann ich verstehen. Aber ansonsten gefällt dir das Leben auf der Insel?»

«Ja, sehr. Dennoch möchte ich auch mal auf dem Festland oder im Ausland leben, aber ich kann meinen Vater hier nicht alleine lassen.»

«Bis zum Abitur sind es ja noch ein paar Jahre. Dein Vater muss alleine zurechtkommen und das wird er bestimmt auch. Ich finde, dass Kinder keine Rücksicht auf ihre Eltern nehmen sollten. Meine Eltern haben sich gewünscht, dass wir Tiermedizin studieren und irgendwann ihre Praxis übernehmen, aber wir hatten andere Vorstellungen.»

«Macht dir deine Arbeit denn Spaß?»

«Leider nicht mehr. Die meisten Werbetexter können nicht so kreativ sein, wie sie es sich wünschen. Wir müssen die Vorstellungen und Wünsche unserer Kunden befolgen. Zudem haben wir immer Zeitdruck und Stress.»

«Dann bist du also nicht so zufrieden mit deinem Job?»

«Wenn ich ehrlich bin, nicht mehr. Ich könnte mir vorstellen, etwas ganz anderes zu machen. Den ganzen Tag über im Büro sitzen, möchte ich die nächsten dreißig Jahre nicht unbedingt.»

«Willst du auch Clown werden?»

«Nein, dazu bin ich nicht lustig genug.»

«Ich muss jetzt gehen. Mein Vater wartet bestimmt schon. Ich würde mich echt freuen, wenn du in Rikes Haus ziehst.»

«Nehmen werde ich es wohl auf jeden Fall, aber wie oft ich herkommen kann, weiß ich nicht. Danke für die nette Unterhaltung.»

«Ich gebe dir mal meine Nummer. Wenn du Hilfe brauchst, dann melde dich einfach. Ich wohne ja gleich da drüben.»

«Danke! Hast du Lust, morgen zum Abendbrot vorbeizukommen?», lade ich Piet spontan ein, um noch mehr über Rike und ihren Carl zu erfahren.

«Ja, gerne.»

Was für ein liebenswerter, bedauernswerter Junge. Ich bringe ihn an die Pforte und winke ihm hinterher. Die Sonne verschwindet hinter einer schwarzen Wolke und es wird sofort kühl.

Voller Neugier gehe ich ins Obergeschoss und suche den Aufgang zum Dachboden. In dem kleinsten Zimmer befindet sich eine unauffällige Tür, hinter der eine schmale Stiege auf den Dachboden führt. Ich bin baff! Der weiß gestrichene Raum, in dem rustikale Holzbalken das Dach stützen, ist lichtdurchflutet und behaglich. In den Giebeln befinden sich große Fenster, die viel Tageslicht hereinlassen. In der Mitte des Ateliers steht eine Staffelei und ringsherum liegen unzählige Bilder, auf denen Rike die Nordsee, das Watt, die Dünenlandschaft, Friesenhäuser und Strandkörbe festgehalten hat. Ich betrachte mir das unvollendete Werk auf der Staffelei auf dem die Künstlerin ihren Garten und das dahinterliegende Meer gemalt hat. Ich werfe einen Blick aus den beiden Fenstern. Von der einen Seite kann ich auf Piets Haus blicken und auf der anderen Seite sehe ich die Nordsee, die sich an diesem Tag von ihrer ruhigen Seite zeigt. Das Atelier ist ein wunderschöner Platz, der einen inspirieren und kreativ werden lassen kann. Ich kann mir vorstellen, hier oben einen Schreibtisch hinzustellen und vielleicht als freie Werbetexterin zu arbeiten.

Ich knipse ein Foto und schicke es Elias. Vielleicht ist er von dem Atelier mehr angetan als vom Meerblick?

Da ich nicht in Rikes Bett schlafen möchte, beziehe ich das Zimmer nebenan, in dem ein schmales Bett, ein Kleiderschrank und eine Kommode stehen. Jedes Zimmer ist aufgeräumt, sauber und selbst die Fenster sind frisch geputzt. Die Gardinen duften nach Weichspüler und sind nicht verblichen. Wäre es Rike recht gewesen, dass ich ihr Haus übernehme? Sie hatte uns nicht vergessen, hätte uns gerne wiedergesehen und wollte, dass Vater das Haus und all die Bilder bekommt, die nach dem Tod ihres Mannes offenbar ihr Lebensinhalt gewesen waren. Es stimmt mich traurig, dass Rike es nicht mehr geschafft hat uns zu sehen.

Nun lebe ich in ihrem Haus, koche in ihrer Küche, genieße ihren Blick, den sie sicherlich auch geliebt hat und erfreue mich an den Blumen, die sie beglückt haben. Ich spüre Rikes Geist in allen Räumen, spüre, dass sie mich mag, dass sie möchte, dass ich mich bei ihr wohlfühle und das Haus nicht an fremde Hände gebe. Ich spreche zu ihr, bedanke mich für das Heim, sage ihr, wie wunderschön es ist, wie wohl ich mich vom ersten Moment an gefühlt habe und verspreche ihr, ihre Bilder in Ehren zu halten.

Da ich von zuhause Lebensmittel mitgenommen habe, koche ich mir eine Kartoffelsuppe und setze mich ins Wohnzimmer an den Esstisch, auf dem eine perfekt gebügelte Damast Tischdecke liegt und ein Salz- und Pfefferstreuer stehen. Ich stelle mir Rike vor, von der ich bisher noch kein Foto gesehen habe. Sie sitzt mir gegenüber, mit geradem Rücken und einem kugelrunden, grauen Dutt im Nacken. Sie löffelt in einer vornehmen Art meine Suppe und fragt mich, wie es mir geht und ob mir ihr Haus gefällt. Ich erschrecke, als mein Handy klingelt.

«Hallo, Elias. Wie war dein Turnier?»

«Irgendwie war das heute nicht mein Tag. Und wie ist es in der Hütte?»

«Ich habe dir doch Bilder geschickt. Ich habe vorhin erst entdeckt, dass es auf dem Dachboden ein Atelier gibt. Ich wusste nicht, dass meine Tante gemalt hat.»

«Ist das Haus denn gut in Schuss?»

«Ja, es ist auf den ersten Blick sehr gepflegt und nicht renovierungsbedürftig.»

«Und wie ist die Insel?»

«Das kann ich dir noch nicht sagen. Ich bin vom Hafen direkt nach Norddorf gefahren und bin seitdem nur im Haus gewesen. Aber ich habe schon zwei Nachbarn kennengelernt. Sehr nette Leute. Du musst das nächste Mal unbedingt mitkommen und wirst alles lieben», berichte ich ihm euphorisch.

«Mal sehen! Du, wir feiern gleich noch ein bisschen. Ich muss jetzt Schluss machen. Kuss!»

Ich fürchte, dass es schwer werden wird, Elias von dem Haus als Ferienhaus zu überzeugen. Ihn zieht es in die Ferne, vor allem nach Südostasien, wo ich nicht mehr hinreisen möchte. Was ist in seinen Augen Amrum dagegen?

Nach dem Essen gehe ich wieder ins Atelier. Begeistert und gerührt sehe ich mir alle Bilder genau an. Sie haben allesamt etwas

Melancholisches. Kein Wunder, denn viele Werke entstanden nach Carls Tod, wie ich am Datum erkennen kann.

Ich möchte mehr über Rike und Carl wissen und werde vielleicht auch Fotos von den beiden finden, aber möchte noch nicht in ihren Schubladen wühlen.

Als es dunkel wird, gehe ich ums Haus herum, höre das Meer rauschen und entdecke den Mond, der ab und zu hinter dicken Wolken, die schnell über den Himmel getrieben werden, auftaucht. Es wird kühl im Haus und ich drehe die Heizung hoch. Ich habe keine Ahnung, wie man den Kachelofen befeuert und werde Piet morgen fragen. In meinem Kopf stauen sich viele Fragen auf, die mir der Nachbarsjunge vielleicht beantworten kann. Ich möchte ihm gerne etwas Gutes tun. Vielleicht möchte er etwas aus Rikes Besitz haben?

Nach neun rufe ich meine Eltern an. Vater geht ans Telefon, was gut ist, denn ich muss dringend mit ihm reden.

«Hallo, Papa. Sind alle Tiere versorgt? Ich wollte nur Bescheid geben, dass ich gut angekommen bin.»

«Prima! Und in welchem Zustand befindet sich das Haus?»

«Es ist in einem hervorragenden Zustand und sehr gepflegt. Das Dach ist frisch gedeckt und alles ist adrett. Ich fühle mich sehr wohl in Rikes Haus. Sie besaß einen guten Geschmack und war sehr ordentlich.»

«Fein, dann wirst du es also nehmen? Und was ist mit Elias?»

«Wenn ich es noch haben darf, würde ich mehr als glücklich sein, wenn ich es bekomme. Elias wird es sich das nächste Mal ansehen. Ich habe einen Nachbarsjungen kennengelernt. Er hat sich um Rike gekümmert und stell dir mal vor, Rike wollte kurz vor ihrem Tod Kontakt zu uns aufnehmen.»

«Was? Das kann ich kaum glauben, denn damals ...»

«Was ist denn passiert, dass ihr den Kontakt abgebrochen habt?», will ich endlich wissen.

«Das möchte ich dir jetzt nicht am Telefon erzählen. Ich bin erledigt. Wir hatten heute vier schwierige Operationen. Komm doch am nächsten Wochenende vorbei, dann können wir reden.»

«Ja, das werde ich tun. Grüße an Mama.»

Da sich in Rikes Haus kein Fernseher befindet, nehme ich mir ein Buch aus dem gut bestückten Bücherregal, in dem ausschließlich

Klassiker, wie Brecht, Hesse, Kafka, Mann usw. stehen, die ich noch nicht alle gelesen habe. Ich greife «Die Traumnovelle» von Arthur Schnitzler und nehme das Buch mit ins Bett.

Im Badezimmer befinden sich nur wenig Schönheitspflegeprodukte. Kein Vergleich zu meinem Kosmetiksalon, in dem hundert Tiegel und Tuben mit Cremes stehen. Ich bin überrascht, wie sauber es selbst in den Ecken ist und finde nicht mal ein Haar im Waschbecken. Auch im Badezimmer duftet es nach Lavendel. Während ich meine Zähne putze, stelle ich mir vor, wie Rike sich am Abend fürs Bett fertig gemacht hat. Sie entließ ihr langes Haar aus dem Dutt und cremte ihr Gesicht und ihre Hände mit einer Nachtcreme ein, die auf der Spiegelkonsole steht. Bevor sie sich ins Bett begab, warf sie einen Blick aufs Meer und las viele Seiten in den anspruchsvollen Büchern.

Als ich im Bett liege, höre ich Geräusche, die mir fremd sind, die mich etwas erschrecken, da ich noch nie alleine gelebt habe. Zwar bin ich abends manchmal alleine in unserer Wohnung, aber hier im Haus ist es etwas anderes. Ich kann mich nicht auf Schnitzlers Worte konzentrieren, denn immer wieder muss ich an meine Großtante denken. Wusste sie, dass sie sterben wird? Hatte sie uns deshalb kontaktieren wollen?

Meine Gedanken kommen nicht zum Stillstand, jedoch übermannt mich irgendwann die Müdigkeit und lässt mich in einen tiefen Schlaf fallen.

# SECHS

A m nächsten Morgen werde ich durch das Klappern eines Fensterladens geweckt. Ich brauche eine Weile, um zu realisieren, wo ich mich befinde. Ich habe sehr gut geschlafen, was vielleicht an der guten Seeluft liegt? Barfuß tapse ich die Treppen hinunter, ziehe die Gardinen zur Seite und sehe aufs Meer hinaus, das sich sehr aufgewühlt zeigt. Ein kräftiger Wind fegt über die Insel, zerrt am Haus und an den Blumen, die zum Teil ihre Blütenblätter verlieren und auf dem Rasen herumwirbeln.

Ich versuche den Gasherd anzuzünden, was mir auf Anhieb gelingt. Als der Teekessel laut pfeift, kommt plötzlich eine Kindheitserinnerung zurück. Das Musizieren des Teekessels hatte mich offenbar als Kind in Rikes Küche fasziniert. Ich erinnere mich daran, dass ich damals gedacht hatte, dass das Wasser vor Schmerz schreien würde. Rike hatte mir beruhigend über den Kopf gestreichelt und mir erklärt, warum der Kessel einen Ton von sich gibt. Ich bin erstaunt, dass ich mich auf einmal an diese Szene erinnern kann und versuche angestrengt mich an Rikes Aussehen zu erinnern, aber mir erscheint nur ein Foto vorm inneren Auge, das bei meinen Eltern im Esszimmer hängt.

Nachdenklich schlürfe ich Rikes Schwarzen Tee und schaue in die bizarre Dünenlandschaft, in der der feine Sand herumfliegt und neue Formen bildet. Immerhin blinzelt die Sonne ab und zu durch die weißen Wolken, die rasch über die Insel getrieben werden. Da ich keinen

Appetit auf mein mitgebrachtes Müsli habe und unbedingt die Bäcker auf der Insel ausprobieren möchte, ziehe ich mir meine neue Windjacke an und fahre mit dem Fahrrad, das ich im Schuppen gefunden habe, durch den Ort. Ich muss nicht lange suchen, um den ersten Bäcker zu finden. Er scheint gut zu sein, denn ich muss mich in eine längere Schlange einreihen und atme den Duft von frischgebackenem Brot ein, der meinen Appetit anregt.

Die Entscheidung fällt schwer, da die Auswahl groß ist. Ich lasse mir von der sehr freundlichen Bäckereifachverkäuferin zehn verschiedene Brötchen einpacken und nehme noch zwei Stückchen Kuchen mit. Freudig radele ich durch den kleinen Ort nach Hause und freue mich darauf, die gesamte Insel nach und nach kennenzulernen.

Es ist ein komisches Gefühl, an Rikes Schränke zu gehen. Irgendwie fühle ich mich noch nicht dazu berechtigt. Was hatte sich die Verstorbene dabei gedacht, als sie ihr Testament verfasste und meinen Vater als Alleinerben einsetzte? Trotz dessen, dass sie zerstritten waren, muss noch eine Verbindung bestanden haben?

Während ich die frischen Brötchen genieße, rufe ich Elias an.

«Guten Morgen, hast du gut geschlafen?», frage ich gut gelaunt.

«Ich schlafe noch. Wie spät ist es denn?», brummt mein Freund.

«Schon nach elf Uhr. Sorry, dass ich dich geweckt habe.»

«Schon gut. Ich wollte sowieso gleich aufstehen. Gestern ist es ziemlich spät geworden.»

«Schade, dass du nicht mitgekommen bist. Es ist einfach wunderschön hier. Die Sonne lacht und ich habe eben frische Brötchen geholt. Der Bäcker ist gleich um die Ecke und hat auch leckere Torten. Ich fühle mich in Rikes Haus total wohl und eigenartigerweise ist mir alles so vertraut. Gestern habe ich mich sogar an eine Szene aus meiner Kindheit erinnert. Dir wird es auch gefallen», plappere ich begeistert drauflos.

«Ja, mal sehen. Wir wollten doch nächste Woche unseren USA Trip buchen. Du musst Peter bald mal fragen, ob du im Juli drei Wochen frei bekommen kannst.»

«Elias, ich kann mir vorstellen, dass es auf Amrum im Sommer auch wunderschön ist. Es gibt hier einen unglaublich breiten Strand, der fast wie der in der Karibik aussehen soll. Ich werde ihn mir heute mal ansehen und dir Bilder schicken. Wir können unseren Urlaub auch mal hier verbringen und würden viel Geld sparen. Der Garten ist ein Traum und der Blick aufs Meer nicht zu toppen. Du könntest auch Surfen, Baden und abends könnten wir grillen und im Strandkorb den Sonnenuntergang bewundern», erkläre ich ihm euphorisch und erschrecke, da ein Fensterladen zuknallt.

«Emilia, das ist für mich kein Urlaub. Als Kind bin ich jedes Jahr in St.-Peter-Ording gewesen und es war schrecklich. Es hat ständig geregnet, selbst im Juli war es kalt und ich habe mich gelangweilt.»

«Aber in Amerika können wir auch schlechtes Wetter haben.»

«Aber da kann ich mir noch mehr ansehen. Urlaub in Deutschland kommt für mich nicht mehr in Frage.»

«Was hast du heute vor?», frage ich betrübt und bin sehr enttäuscht, dass Elias meine Begeisterung für das Haus und die Insel, die er noch nie betreten hat, nicht mit mir teilt. Ich bin mir sicher, dass er auch begeistert sein wird, wenn er erstmal die gute Seeluft geschnuppert hat und am breiten Kniepsand gelaufen ist.

«Heute mache ich die Steuern fertig und treffe mich vielleicht am Nachmittag mit Mark.»

«OK! Ich habe schon Nachbarn kennengelernt. Einen sehr netten Jungen. Er hat sich um Rike und den Garten gekümmert. Ich habe ihn zum Abendessen eingeladen.»

«Fein, du ich muss dann mal aufstehen. Dann genieße die Seeluft.»

Ich bin frustriert und wähle Amelies Nummer, um ihr von der Schönheit der Insel zu berichten, aber meine Freundin geht nicht an ihr Handy.

Ich kann es kaum erwarten, die Insel zu erkunden, ziehe mir meine Windjacke an und binde mir ein Tuch um den Kopf, damit meine Haare nicht ins Gesicht flattern. Bevor ich mich auf den Weg mache, werfe ich einen Blick in Rikes Kleiderschrank, in dem es - wie überall - sehr ordentlich aussieht. Sie trug offensichtlich nur Kleider, Röcke und Blusen, denn ich kann keine einzige Hose entdecken. Die Kleidung ist hochwertig und ich überlege, was ich mit ihr machen könnte. Vielleicht hat Stine Interesse?

Als ich die Pforte schließe, werfe ich einen Blick auf das schmucke Reetdachhaus. Ein prickelndes Glücksgefühl durchflutet meinen

Körper und ich kann es noch nicht glauben, dass ich auf einmal eine Haubesitzerin bin. Vor lauter Freude könnte ich laut schreien und alle Inselbewohner umarmen.

Bis zum Strand ist es nur ein Katzensprung. Ich laufe durch eine wunderschöne Dünenlandschaft, in der zahlreiche Vögel zu beobachten sind. Und dann liegt er vor mir, der Kniepsand, eine unendliche Sandwüste. Der Sand ist fein und weiß und sieht tatsächlich ein bisschen aus wie in der Karibik. Tränen bilden sich in meinen Augen, die nicht nur der Wind provoziert. Eine schwache Erinnerung kommt mir ins Gedächtnis. Ich sehe mich als kleines Mädchen an diesem weiten Strand sitzen und emsig einen Eimer befüllen, in dem ich kräftig mit der Schaufel rühre. Tante Rike sammelt Muscheln und legt sie auf einen Sandhügel, den mein Bruder gebaut hat.

Zahlreiche Touristen flanieren am Wasser entlang, lassen Drachen steigen oder sitzen in den bunten Strandkörben, in denen es windgeschützt ist. Ich atme tief die gute Luft ein und stoße sie aus dem Mund aus. Nach nur einem Tag auf der Insel bin ich ganz weit weg von meinem stressigen Job, von dem Lärm und der schlechten Luft der Großstadt und all dem hektischen Treiben. An diesem idyllischen Ort könnte ich länger verweilen.

Ich laufe zunächst über den Bohlenweg und bleibe alle paar Meter stehen, um ein Foto zu knipsen. Danach ziehe ich meine Schuhe aus und setze meine Füße in den weichen, kühlen Sand. Es ist ein wunderbares Gefühl barfuß zu laufen. Ich renne los, fühle mich so unendlich leicht und frei und spüre, wie all meine Anspannung und der Stress der vergangenen Wochen von mir abfallen. Die vielen bunten Strandkörbe harmonieren fantastisch mit dem weißen Sand. Ich erinnere mich an Rikes Bilder, auf denen sie Strandkörbe in allen Farben festgehalten hat.

Vom Rennen werde ich atemlos, lasse mich in den Sand fallen und lache. Leise höre ich mein Handy im Rucksack bimmeln, hole es heraus und sehe Amelies hübsches Gesicht auf dem Display.

«Hi, du hast vorhin angerufen. Ich war gerade mit Marlon in der Notaufnahme.»

«Oh, Gott! Was ist denn passiert?»

«Er ist wieder etwas wild gewesen und ist mit seinem Gesicht auf die Bettkante gefallen. War aber nur eine Platzwunde.»

«Oh, dann gute Besserung. Ich bin gerade am Kniepsand. Du kannst dir nicht vorstellen, wie schön es hier ist.»

«Was für ein Sand? Ist es nicht kalt auf der Insel?» Sie tut so, als wäre ich an den Nordpol gereist.

«Der Strand heiß Kniepsand. In der Sonne ist es herrlich. Es pustet zwar ein kräftiger Wind, aber der stört mich gar nicht.» Mir weht Sand ins Auge und trübt meine Sicht.

«Ich bin einmal mit meinen Eltern auf Föhr gewesen. Das war im Sommer und es hat jeden Tag geregnet und es war kalt wie im Herbst. Ich habe mich dort total gelangweilt.»

Alle haben schlechte Erinnerungen von ihrem Nordfrieslandurlaub, wundere ich mich.

«Ja, das kann mal sein, dennoch ist es toll hier. Das Haus ist so süß und man muss fast gar nichts dran machen. Ich habe mich auf den ersten Blick verliebt und möchte am liebsten hierbleiben.»

«Dann müssen wir dich wohl mal besuchen.»

«Marlon wird der endlose Strand gefallen. Ich habe sogar schon Kontakt zu den Nachbarn und lade heute Abend einen jungen Mann ein.»

«Was? Hast du Elias davon erzählt?»

«Der junge Mann ist dreizehn. Er ist total aufgeschlossen und knuffig. Er hat sich um Rike gekümmert.»

«Da hast du ja Glück, dass sie dem Jungen das Haus nicht vererbt hat.»

«Ich verstehe nicht, warum sie es meinem Vater, zu dem sie die letzten zwanzig Jahre keinen Kontakt mehr hatte, vererbt hat. Wenn ich zurück in Hamburg bin, soll mein Vater mir endlich erzählen, was damals zwischen ihm und Rike vorgefallen ist.»

«Dann wünsche ich dir noch viel Spaß. Kommst du am Dienstagabend auf einen Wein vorbei?»

«Ich muss mal sehen, ob ich das schaffen werde.»

Ich laufe den endlosen Strand entlang, patsche mit meinen Füßen in die kalte Nordsee und fühle mich prächtig. Mit rosigen Wangen und etwas erschöpft erreiche ich mein Heim. Was könnte ich Piet kochen? Ich habe vergessen ihn zu fragen, was er gerne isst. Mag er typische Kindergerichte wie Spaghetti oder Fischstäbchen? Da sein Vater Fischer war, mag er sicherlich nur frischen Fisch essen? Vielleicht hätte ich seinen Vater auch einladen sollen? Ich würde ihn gerne kennenlernen und könnte so noch mehr über meine Tante in Erfahrung bringen. Vielleicht erinnert er sich noch an meinen Vater, der als junger Mann sehr oft bei Rike gewesen ist?

Ich gehe die paar Schritte zu Piets Haus hinüber, dessen Grundstück von einem gepflegten Friesenwall umrahmt ist. Auf der Steinmauer blühen verschiedene Bodendecker in leuchtenden Farben. Das Haus ist offenbar sehr alt, aber bestens in Schuss. Es ist frisch geweißt und hat ein Dach aus Reet. Ich gehe durch den Vorgarten, in dem viele Blumen blühen und große, perfekt rund geschnittene Buxbäume den Kopfsteinpflasterweg säumen. An der blauen Friesentür hängt ein weißer Kranz, an dem ein paar Holzherzen baumeln. Ich drücke die Klingel und bin gespannt auf den Fischer, der so einen tollen Sohn hat, auf den er wirklich stolz sein kann. Es dauert eine Weile, bis die Haustür geöffnet wird. Ein schlanker, großer Mann mit vollem blondem Haar, blauen, wachen Augen steht in Jeans und einem weißen T-Shirt vor mir. Ist das Piets Vater? Ich habe mir den ehemaligen Fischer ganz anders vorgestellt, mit einem Rauschebart, einem Bäuchlein und einer Pfeife im rechten Mundwinkel.

«Moin, ich bin … die neue Nachbarin. Ich …»

«Ah, guten Tag! Mein Sohn hat mir schon von Ihnen erzählt. Willkommen auf unserer schönen Insel.»

Wie der Vater so der Sohn. Beide Männer sind sehr aufgeschlossen und freundlich.

«Danke. Ich habe Piet zum Abendessen eingeladen und dachte mir eben, dass ich seinen Vater auch gerne kennenlernen würde. Hätten Sie Zeit und Lust zu kommen?»

«Oh, da sage ich doch nicht nein. Piet ist gerade am Strand. Er sammelt täglich Strandgut und baut daraus die schrägsten Sachen. Unser Schuppen steht schon voll mit seiner Kunst. Bald müssen wir anbauen.» Bei seinem Lachen zeigen sich weiße, gerade Zähne, die sein hübsches Gesicht perfekt machen. Er sieht aus wie ein klassischer Surfertyp, den ich mir gedanklich mit einem, locker unterm Arm geklemmten, Board am Kniepsand vorstelle und der schmachtende Blicke von jüngeren und älteren Damen auf sich zieht.

«Wie schön, dass er so kreativ ist. Was mögen Sie und ihr Sohn denn gerne essen?» Erst jetzt bemerke ich, dass ich Rikes Puschen trage und mein Haar vom Strandspaziergang zerzaust mein gerötetes Gesicht einrahmt. Ich komme mir trutschig vor, auch wenn ich es genieße, mich leger zu kleiden und ungeschminkt das Haus zu verlassen, was ich in Hamburg niemals tue.

«Eigentlich alles, aber nicht unbedingt Fisch.» Sein Lächeln ist ansteckend und seine Art, wie er sich an den Türrahmen lehnt, ziemlich cool.

«OK, dann weiß ich Bescheid. Passt es Ihnen gegen neunzehn Uhr?»

«Ja, das passt. Soll ich noch etwas mitbringen?»

«Nein, das brauchen Sie nicht. Trinken Sie Wein oder Bier?»

«Ich bevorzuge Weißwein.»

«Gut, dann freue ich mich.»

Während ich nach Hause gehe, kann ich es kaum glauben, dass der jugendlich wirkende Mann Piets Vater ist und freue mich auf die sympathischen Männer, die sicherlich viel zu erzählen haben.

Im Internet suche ich nach besonderen Rezepten und entscheide mich für ein dreigängiges Menü, fahre in den Supermarkt, in dem ich sogar alle Zutaten bekomme. Ich muss mich zunächst mit Rikes Küche vertraut machen. Selbst in den Schubladen ist es ordentlich und kein einziger Krümel zu finden. Ich habe nicht das Bedürfnis, das Geschirr oder die Schränke zu säubern, was ich in unseren gemieteten Ferienwohnungen sonst immer getan habe.

In einer Vitrine finde ich schlichtes, weißes Geschirr und decke den Tisch, bevor ich mit dem Kochen beginne. Ich freue mich über meine ersten Gäste in meinem Haus, in dem ich mich bereits heimisch fühle, als würde ich schon Jahre hier wohnen.

Die Gerichte sind ziemlich aufwendig, sodass ich in Zeitnot gerate, zumal ich auch noch duschen und mich schick machen will. Da ich nur Jeans und Pullover dabeihabe, werfe ich einen Blick in Rikes Kleiderschrank. Ich finde eine weiße, schlichte Bluse, die mir passt und mir steht. Sie duftet stark nach Lavendel und ist perfekt gebügelt.

Der Auflauf ist im Ofen, der Vorspeisenteller ist fertig und das Dessert steht im Kühlschrank als meine Gäste Punkt sieben klingeln. Mit roten Wangen und mit einem neuen Glücksgefühl, das in mir wohnt seitdem ich das Haus betreten habe, eile ich zur Haustür. Die Männer haben sich ebenfalls schick gemacht. Sie tragen Stoffhosen und helle Hemden, die einige Falten aufweisen und überreichen mir zwei Blumensträuße, die vermutlich aus ihrem schönen Garten stammen. Piet hat noch eine Tüte dabei, die er im Flur abstellt. Die Gäste ziehen unaufgefordert ihre Schuhe aus und schlüpfen in die Pantoffeln, die Piet aus einer Kommode holt. Kein Wunder, dass es im Haus so sauber ist und ich nicht mal ein einziges Sandkorn auf dem Boden gefunden habe.

«Vielen Dank für die Einladung», sagt der Witwer und sieht sich interessiert ein Bild an, das direkt neben der Haustür hängt.

«Ja, vielen Dank. Wir haben uns sehr gefreut, weil wir nicht oft eingeladen werden», schließt Piet sich an. «Ich habe dir noch etwas mitgebracht. Ich weiß nicht, ob es dir gefällt … Ich habe es aus Strandgut gebaut.» Er holt ein kleines Kunstwerk hervor, das mich in Entzückung versetzt.

«Das ist wunderschön! Du bist ein wahrer Künstler. Vielen Dank. Dein Vater hat mir vorhin schon erzählt, dass du aus Strandgut Kunstwerke baust. Ich bin beindruckt», sage ich gerührt und betrachte mir das Geschenk von allen Seiten.

«Das riecht schon sehr gut», sagt der Vater und wartet, bis ich ins Wohnzimmer vorgehe.

«Piet, weißt du, wo Rike ihre Vasen hat?»

«Ja, die sind dort im Schrank. Ich kann sie dir holen.»

«Setzen Sie sich doch bitte! Ich serviere sofort die Vorspeise.» Ich bin ziemlich nervös, da der Fischer sehr ruhig ist und mich nicht aus seinen schönen Augen lässt.

Die Herren haben sich kräftig parfümiert, sodass der Knoblauchgeruch von dem herben Eau de Toilette überlagert wird. Schweigend nehmen sie Platz und schauen sich um, als wenn ich im Haus alles verändert hätte.

«Mögen Sie uns vielleicht Wein einschenken? Piet, was magst du trinken? Ich habe verschiedene Softdrinks besorgt.»

«Ich trinke nur Wasser.»

Wie vernünftig der Junge ist! Dabei habe ich Cola, Brause und diverse Säfte besorgt.

Ich setze mich an die Front des Tisches, hebe mein Glas und sage: «Danke, für den Besuch. Ich bin übrigens Emilia.» Ich denke, dass man sich auf der Insel duzt und unter Nachbarn ist es doch angebracht, nicht beim steifen Sie zu bleiben.

«Ich bin Magnus und nochmals danke für die freundliche Einladung.» Auch er hebt sein Glas und schaut mir direkt und sehr tief in die Augen, was mich etwas irritiert.

«Und ich bin der Piet.» Sein Vater bufft ihn zärtlich in die Seite und ich lache etwas künstlich. Die beiden kommen offensichtlich gut miteinander aus und machen einen überaus harmonischen Eindruck. Von einer Pubertät ist noch nichts zu bemerken.

Die Herren betrachten sich den aufwendig dekorierten Vorspeiseneller. Ich habe es sogar geschafft, nach einer zwanzigminütigen Anleitung aus dem Internet, aus Radieschen Blumen zu schnitzen und bin nicht ohne Stolz über meine handwerkliche Fähigkeit.

«Lasst es euch schmecken. Es gibt auch noch eine Hauptspeise und ein Dessert.»

Die beiden haben mächtigen Hunger, im Nu ist die Platte samt Dekoration verspeist. Offenbar macht die Seeluft hungrig.

«Piet hat mir erzählt, dass du Fischer gewesen bist. Gibt es denn hier noch Fischer auf der Insel?»

«Es gibt nur noch einen einzigen Krabbenfischer. Jahrhundertelang war die Fischerei die Haupteinnahmequelle auf der Insel. Ab dem 15. Jahrhundert gingen die Insulaner auf Heringsfang, aber im 17. Jahrhundert gingen die Erträge zurück und Anfang des 18. Jahrhunderts entdeckten die Amrumer den Walfang für sich. Dieser blieb bis 1860 die Haupteinnahmequelle. Danach fuhren die Insulaner als Kapitäne oder Steuerleute auf Handelsschiffen zur See. Mein Vater war einer der letzten Krabbenfischer auf Amrum», klärt Magnus mich gründlich auf und bekommt einen ernsten Gesichtsausdruck.

«Piet hat mir von dem Unglück erzählt. Es tut mir leid …», schneide ich das traurige Thema an und bereue es im Nachhinein, da er den Schmerz über den dramatischen Verlust seines Vaters vermutlich noch nicht ganz überwunden hat.

Magnus lächelt gequält und schaut in das Weinglas, das er vorsichtig schwenkt. Wie schrecklich müssen die Minuten auf rauer See für Magnus gewesen sein? Er hat sicherlich geschrien, geweint und das Meer, das so gnadenlos sein kann, verflucht.

«Ich hol dann mal die Hauptspeise.»

«Soll ich dir helfen?», bietet Piet, der immerzu aufmerksam ist, sich an.

«Nein, lass dich heute mal verwöhnen.»

Ich habe Rinderfiletspitzen in einer feurigen Paprikasauce gekocht. Dazu gibt es Spätzle und Bohnen. Das Fleisch, von dem ich bereits probiert habe, ist wunderbar zart geworden.

Die Herren unterhalten sich über Fußball, aber als ich den Raum betrete, beenden sie ihr Gespräch sofort und lächeln mich an, sodass mein Herz sich kräftig rührt, denn die beiden tun mir sehr leid. Sie machen das Beste aus ihrem Schicksal, das ihnen in so kurzer Zeit zwei geliebte Menschen genommen hat.

«Ich hoffe, dass ihr Rindfleisch mögt?»

«Ja, sehr sogar. Leider können wir beide nicht besonders gut kochen», klärt Piet mich auf.

Seine Mutter fehlt ihm, nicht nur, um ihn mit Essen zu versorgen.

«Lasst es euch schmecken.»

Die beiden essen gierig, als wenn sie lange nicht so etwas Gutes bekommen hätten.

«Das schmeckt hervorragend. Du kannst wirklich toll kochen. Meine Mutter war Köchin in einem Lokal hier auf der Insel,» erzählt der Junge mit vollem Mund und kassiert einen bösen Blick seines Vaters.

«Ich bemühe mich redlich, etwas Vernünftiges zu kochen, aber es ist nicht so leicht», verrät mir Magnus, der nach dem Tod seiner Frau viele neue Aufgaben übernehmen musste.

«Wenn ich arbeite, kann ich mittags leider nicht kochen und abends bin ich zu müde dazu. So bleiben mir nur die Wochenenden. Mir macht Kochen großen Spaß und ich probiere gerne neue Gerichte aus», erzähle ich den beiden, die mir aufmerksam zuhören und mich offensichtlich mögen.

«Was machst du beruflich?», erkundigt sich der Witwer und tupft sich seine wohl geschwungenen Lippen mit der Stoffserviette, die ebenfalls nach Lavendel duftet, ab.

«Ich arbeite als Texterin in einer Werbeagentur.»

«Oh, wie interessant.»

«Ich habe Piet schon erzählt, dass mir die Arbeit nicht mehr gefällt. Ich stehe oftmals unter Druck und muss viele Überstunden machen.»

«Ja, das ist heutzutage wohl in vielen Berufen so», sinniert Magnus und isst weiter.

«Und du bist nun kein Fischer mehr?»

Magnus legt sein Besteck auf dem Teller ab und lehnt sich zurück. «Nach dem Tod meines Vaters habe ich den Kutter verkauft und habe meine Frau gepflegt. Nach ihrem Tod habe ich dann umgeschult. Ich bin nun freier Webdesigner und arbeite von zuhause aus, was sehr praktisch ist, da ich mich ja um diesen jungen Mann hier kümmern muss.»

«Oh, das ist ja etwas ganz anderes», wundere ich mich. «Gefällt dir die Arbeit am Computer?»

«Es geht so. Ich mochte die körperliche Arbeit und vermisse hin und wieder das Tuckern des alten Kutters, den Wind, der mir um die Nase pfeift und das Kreischen der Möwen. Nun mache ich ausgedehnte Strandspaziergänge und beobachte neuerdings Vögel. Ich habe kein Boot mehr, denn das Meer ist nicht mehr mein Freund.»

«Das kann ich verstehen. Bist du auf der Insel geboren?» Ich stelle vielleicht zu viele Fragen, aber meine Neugier ist groß.

«Ja, das bin ich und ich bin hier nie weggekommen. Ich habe die Insel geliebt, auch das Fischen, aber nachdem mein Vater und meine Frau verstorben waren, wollte ich von Amrum weit weg», verrät er mir und bekommt traurige Augen.

«Aber du bist geblieben.»

«Ja, irgendwie hänge ich doch zu sehr an der Insel, an dem Haus meiner Großeltern. In vier Jahren wird Piet seinen mittleren Schulabschluss machen. Wenn er danach noch sein Abitur machen möchte, müsste er nach Föhr oder aufs Festland. Vielleicht ziehen wir dann fort. Je nachdem, was Piet möchte.»

«Ich möchte gerne mein Abitur machen, da ich vielleicht studieren will. Ist doch besser, wenn man sein Abi hat?» Piet sieht mich an und erwartet offensichtlich eine Antwort von mir.

«Ja, das ist nicht verkehrt, da sich dir dann viel mehr Möglichkeiten bieten. Wenn du noch Lust hast, weiterhin die Schulbank zu drücken, würde ich dir dazu raten.»

«Das habe ich Piet auch gesagt», stimmt der Vater mir zu und legt seine Hand fürsorglich auf den Arm seines Sohnes.

«Hast du euren schönen Garten angelegt?»

«Ja, vorher hatten wir nur Rasen und ein paar langweilige Büsche. Ich liebe Blumen, die ein Wunder der Natur sind. Rike hat unseren Garten immer sehr bewundert und mich gefragt, ob ich ihren auch mit vielen Blumen verschönern könnte. Ich habe viel Arbeit in die Umgestaltung gesteckt und es hat mir sehr großen Spaß gemacht. Rike hat sich an der Blütenpracht erfreut und mich immer wieder für meine Arbeit gelobt. Sie meinte, dass ich ein gutes Händchen für Pflanzen habe», erklärt der Junge stolz und faltet die Serviette ordentlich zusammen.

«Piet hat schon als kleiner Junge gerne in der Erde gebuddelt. Und er schafft es erstaunlicherweise, trotz des rauen Klimas, dass die Pflanzen hier bestens gedeihen.»

«Ich habe im Internet alte Sorten gefunden, die robuster sind.»

«Habt ihr noch Platz für ein Dessert?»

«Ja, ein bisschen schon», antwortet Magnus und streicht mit einer Hand über seinen flachen Bauch. Und ich hatte mir den ehemaligen Fischer mit einem dicken Bierbauch vorgestellt!

Die Männer helfen mir beim Abräumen und sehen sich in der Küche um. «Kommst du mit dem Gasherd klar?», will Piet wissen.

«Das ist gar kein Problem mehr. Rike hat eine wirklich gut ausgestattete Küche.»

«Als Carl noch lebte, hat sie gerne gekocht. Aber als sie dann alleine war, machte es ihr keine Freude mehr. Sie hat nur noch wenig gegessen und wurde immer weniger. Darum habe ich ihr ab und zu Eierkuchen gemacht, auf die ich extra viel Zucker gestreut habe.»

«Leider kann ich mich an Carl überhaupt nicht erinnern. Als wir Rike besuchten, war ich ein kleines Kind. Wie war er denn so?», versuche ich noch mehr Informationen über meine Verwandten zu erhalten.

«Carl war ein intelligenter Mann, der viel Charisma und eine besondere Ausstrahlung besaß. Er wurde in Husum geboren und stammte aus einer wohlhabenden Kaufmannsfamilie, der dieses Haus gehörte. Zuletzt war Carl Kapitän auf einem großen Containerschiff gewesen, aber ihm machte die Seefahrt keinen Spaß mehr und er ging vorzeitig in den Ruhestand.»

«Hat Rike schon immer gemalt?»

«Ja, aber erst nach Carls Tod malte Rike wie eine Besessene. Sie war Tag und Nacht in ihrem Atelier und aß den ganzen Tag über nichts. Als Rike Carl damals kennenlernte, besuchte sie die Kunsthochschule in Flensburg. Die beiden lernten sich auf Amrum kennen, wo Rike mit einer Freundin Urlaub machte. Innerhalb eines halben Jahres zog sie zu Carl, der dieses Haus von seinen Eltern geschenkt bekommen hatte und gab ihr Studium auf. Während Carl auf den Weltmeeren unterwegs war, hütete sie das Haus und arbeitete ehrenamtlich in verschiedenen Vereinen. Sie war überall beliebt und fühlte sich wohl hier», berichtet Magnus von Rike, die ich so gerne kennengelernt hätte.

«Und Kinder …?»

«Soweit ich weiß, konnten sie keine Kinder bekommen. Ich glaube, dass Rike darunter sehr gelitten hat», vermutet Magnus und sieht aus dem Fenster aufs Meer hinaus.

«Das Dessert schmeckt total lecker», schwärmt Piet und kratzt seine Schüssel gut aus.

«Du kannst noch mehr haben.»

«Nein, danke. Ich platze gleich.»

«Du wirst Rikes Haus übernehmen?», erkundigt sich Magnus und sieht mich mit seinen unglaublich klaren Augen an. Wie alt mag er sein? Er wirkt jugendlich, hat aber ein paar tiefere Falten unter seinen Augen. Ich schätze ihn auf Mitte dreißig.

«Ja, auf jeden Fall. Ich bin in das Haus, die Insel und vor allem den unendlich weiten Strand verliebt.» Aber auch in euch, denke ich und muss schmunzeln.

«Das sagen viele Touristen. Zum Glück ist es hier noch nicht so überlaufen wie auf Sylt», stellt der Vater etwas verträumt fest und schaut seinen Sohn, der mit dem Dessertlöffel spielt, liebevoll an.

«Nun muss ich nur noch meinen Freund überzeugen, dass wir auf Amrum unsere Urlaube und ein paar Wochenenden verbringen.»

«Das dürfte doch nicht schwerfallen. Er wird es bestimmt mögen», vermutet Magnus und sieht plötzlich nachdenklich aus.

«Hast du vielleicht Lust, morgen Vormittag mit mir Strandgut zu sammeln? Nach dem kräftigen Sturm gibt es viel zu finden. Ich kann dir dann auch meine kleine Sammlung zeigen», schlägt Piet mir vor und klingt sehr euphorisch.

«Gerne, ich habe morgen noch nichts vor», antworte ich begeistert und freue mich, dass der Junge Zeit mit mir verbringen möchte. Hat er keine Freunde?

«Sprecht ihr denn noch Friesisch?», frage ich die Männer, die so überaus liebenswert sind und mein Herz zum Schmelzen bringen.

«Leider nicht mehr so richtig. Ich kann nur ein paar Brocken sprechen. Meine Eltern konnten noch das Amrumer Friesisch, aber ich wollte es damals nicht lernen, da es mir zu altmodisch klang. Heute bereue ich, dass ich es nicht angenommen habe. Übertriebenes Schmeicheln bezeichnet man im Friesischen als «hoolfaagin», wörtlich «lochfegen». Eine Person, die das tut, bezeichnet man als «hoolfaager Lochfeger". «Det as man en ualen hoolfaager«, das ist nur ein alter Schmeichler. Der Ausdruck «stookleewre», wörtlich übersetzt «stockliefern», wird benutzt, wenn man jemanden zur Rede stellt oder zurechtweist. Hi hää ham ans oordag stookleewert. Das heißt, er hat ihn heftig gemaßregelt.»

Fasziniert hänge ich an Magnus Lippen und finde die friesische Sprache hochinteressant und nicht ganz einfach. Ich könnte sie erlernen, dann hätte ich hier eine Aufgabe.

«Wir werden uns mal auf den Weg machen. Luise muss ihren Abendgang machen», erklärt Magnus mir und faltet die Stoffserviette, auf der Rikes Initialen gestickt sind, ordentlich zusammen.

«Luise ist euer Hund?»

«Ja, sie ist schon etwas betagt. Meine Frau hatte Luise aus dem Tierheim geholt. Sie ist ein Golden Retriever und seitdem … ihr

Frauchen nicht mehr da ist, hat sie sich verändert. Sie leidet, genau wie wir», erklärt mir Piet, während sein Vater sich erhebt und mit seinen großen Händen durch sein blondes Haar fährt.

«Kommt Luise morgen mit? Ich würde mich freuen sie kennenzulernen. Als Kind hatte ich auch viele Hunde und noch andere Tiere. Meine Eltern sind Tierärzte und haben schon früher kranke oder ausgesetzte Tiere bei sich aufgenommen. Piet weiß das ja schon alles aus dem Internet.»

«Hast du auch einen Hund?», erkundigt sich Piet.

«Nein, ich wohne mitten in der Stadt in einer Wohnung, das möchte ich keinem Hund antun.»

«Vielen Dank nochmal für das köstliche Essen und wenn du nächstes Mal auf der Insel bist, dann bist du unser Gast», lädt Magnus mich ein und streckt mir seine Hand entgegen.

«Gerne. Mal sehen, wann ich das nächste Mal kommen kann.»


Es war ein unterhaltsamer und interessanter Abend mit lieben Menschen, die ich sofort in mein Herz geschlossen habe. Ich bin froh, dass ich Piet habe, der sich um das Haus und den Garten kümmern kann, wenn ich nicht auf der Insel bin.

Nachdem ich die Küche picobello, ganz in Rikes Sinne, aufgeräumt habe, rufe ich Elias an, der nicht an sein Handy geht. Vermutlich ist er mit Peer unterwegs.

## S I E B E N

Ich schlafe wunderbar und erwache in dem sonnendurchfluteten Raum, der früher vielleicht als Gästezimmer genutzt wurde? Das Wetter soll gut werden und der Wind hat sich gelegt, was ich am Meer erkennen kann. Ich backe mir die Brötchen vom Vortag auf und frühstücke im Strandkorb, in dem es bereits angenehm warm ist. Entspannt und überaus glücklich, schreibe ich Elias, der vermutlich noch schläft. Anbei schicke ich ihm ein Foto vom Frühstückstisch mit der Nordsee im Hintergrund.

Ich freue mich auf meine Verabredung mit Piet, ziehe mir eine Jeans und ein Sweat-Shirt an und öffne etwas zögerlich eine Schublade im Schlafzimmer, da ich einen leichten Schal suche. Einen Schal finde ich nicht, stattdessen entdecke ich einen Stapel mit Briefen, die mit einem blauen Satinband zusammengebunden sind. Meine Neugier ist groß und ich lese die Anschrift meines Vaters, der Absender ist Rike. Die Briefe sind allesamt zugeklebt und frankiert. Rike hat Briefe an meinen Vater geschrieben, die sie nicht abgeschickt hat. Mein Herz fängt wild an zu schlagen und ich bin aufgewühlt. Was hat Rike meinem Vater geschrieben und warum hat sie die Briefe nicht abgeschickt? Wollte sie sich mit ihrem Neffen versöhnen? Ich lege den Stapel mit tränenerfüllten Augen zurück in die Schublade und gehe in einem nachdenklichen und betrübten Zustand über die Straße. Piet wartet bereits im Vorgarten und streichelt Luise. Ich schalte zurück auf fröhlich und ringe mir ein heiteres Lächeln ab.

«Guten Morgen, Piet und guten Morgen Luise.»

Neugierig kommt der Golden Retriever auf mich zu, wedelt mit dem Schwanz und schnuppert neugierig an meiner Hose. Ich streichle die ältere Dame und rede leise mit ihr.

«Sie mag dich», bemerkt Piet sofort und lässt Luise von der Leine.

«Ja, und ich mag sie. Wir alt ist Luise?»

«Zwölf Jahre.»

«Eine betagte, aber sehr gutaussehende Dame.»

«Wollen wir starten?»

«Ja, gerne.»

In der Sonne wird es so warm, dass ich mir meine leichte Jacke um die Hüften schlinge. Was für ein herrlicher Sonntag! Zuhause würde ich um diese Zeit die Wohnung putzen, sowie ich es seit Jahren mache.

«Bist du täglich am Strand?», starte ich mit der Fragerei, die Piet nicht zu stören scheint.

«Ja, im Sommer gehe ich oft noch vor der Schule an den Strand. Ganz früh, wenn noch niemand unterwegs ist. Je nach Strömungsverhältnissen und Gezeiten werden an einigen Stellen am Kniepsand besonders viele Schalen von Messer- und Herzmuscheln angespült. Der Kniepsand hat sich in den letzten fünf Jahren sehr verändert. Er war 2011 fast so breit wie in Nebel. 2006 war er noch wesentlich schmaler. Im Unterschied zu Sylt, wo erhebliche Anstrengungen erforderlich sind, den Strand vor Sandverlusten zu schützen, wird der Strand bei uns immer breiter. 2010 wurde hier dieser aufwendige Holzsteg gebaut. Mir gefällt er sehr.»

«Ah, interessant! Wie gesagt, bin ich als Kind das letzte Mal hier gewesen.»

Wir erreichen den Strand in wenigen Gehminuten. Der Blick aufs offene Meer, auf den weißen Strand, der in der Sonne leuchtet und die vielen bunten Strandkörbe öffnet mein Herz und schüttet Glückshormone aus, die meinen Körper überfluten. Es herrscht bereits reges Treiben. In vielen Strandkörben sitzen Touristen, die die morgendliche Sonne genießen.

«Wir gehen an den Hundestrand, damit Luise frei laufen kann.»

«Und was findest du so alles am Strand?»

«Alles Mögliche. Hauptsächlich Holz, verrostetes Metall und natürlich viele Plastikflaschen, die ich aber nicht verwerte, sondern entsorge. Ich habe auch schon eine silberne Gabel gefunden und einige Male sogar Bernstein. Vier Wochen vor Mutters Tod habe ich aus einem Bernstein, den ich hier gefunden habe, einen Anhänger in Herzform auf dem Festland machen lassen. Meine Mutter wollte ihn ... mitnehmen und wir haben dem Bestatter die Kette gegeben ...» Der Junge dreht seinen Kopf zur Seite und ich bücke mich nach einer Muschel, da sich Tränen in meinen Augen bilden.

Nachdem wir ein paar Minuten brauchen, um unsere Gefühle in den Griff zu bekommen, erzählt Piet weiter: «Nach starkem Westwind findet sich am Strand am meisten. Die Wintermonate sind normalerweise die richtig guten Bringer. Ganz früher gab es ja noch echtes Strandgut, aber mittlerweile ist es hauptsächlich nur noch Müll, was ich schrecklich finde. Wenn ich Sachen von Wert finde, darf ich sie nicht einfach behalten und muss sie melden. Normales Strandholz ist natürlich kein Problem. Es hat oftmals eine hübsche Maserung, denn es wird vom Sand und dem Wasser poliert und die Form und die Farbe wird so verfeinert. Aus Holz bastele ich Kerzenständer, Lampen oder kleine Kunstwerke. Ich frage mich immer, was für eine Geschichte das Fundgut hinter sich hat und denke mir Geschichten dazu aus, die ich mir notiere. Mein Buch ist schon ganz schön dick.»

«Wie schön! Ich wusste gar nicht, dass es ein Strandrecht gibt. Du hast wirklich ein spannendes Hobby und ich könnte mir vorstellen, dass ich dir bald Konkurrenz machen werde.»

«Hier gibt es schon einige Sammler, aber ich bin meistens der erste am Strand. Seit Mutters Tod kann ich nicht mehr lange schlafen.»

«Es tut mir wirklich sehr leid, dass du deine Mutter so früh verloren hast und jetzt auch noch Rike ...»

«Schau mal! Aus diesem verrosteten Nagel kann man ganz viel machen», lenkt er ab. Ich bemerke, dass Piet den Verlust der beiden Frauen noch lange nicht verwunden hat. Wie gut, dass er so einen liebevollen und fürsorglichen Vater hat.

«Oh, ja! Wer weiß, wie lange der im Meer unterwegs war. Erzählst du mir später die Geschichte zu dem Nagel?»

«Ja, klar! Meistens überlege ich mir die Geschichten kurz vorm Einschlafen.»

«Wir können auch gerne mal zusammen eine Wattwanderung machen?», schlägt Piet mir vor.

«Das würde ich sehr gerne tun, da ich noch nie im Watt gelaufen bin.»

«Man sollte etwa 2,5 Stunden vor dem Niedrigwasser losgehen, damit man ausreichend Zeit hat, um das Watt zu genießen. Durch Amrums Insellage gibt es eine Besonderheit bezüglich der Gezeiten. Das Wasser zieht sich auch bei Ebbe nie so weit zurück, dass man einen weiten Weg hinaus wandern muss um zu baden. Wer gut zu Fuß ist, kann die etwa acht Kilometer nach Föhr hinüber wandern. Die Flut kann schneller eintreten, als viele glauben. Daher ist es ganz wichtig, dass man die Gezeiten im Auge behält. Man sollte auch aufpassen, im Watt nicht einzusinken, da es schwierig werden könnte, wieder hinaus zu kommen. Die Priele, die wie kleine Flüsse aussehen, sehen auf den ersten Blick flach aus, aber einige von ihnen können ziemlich tief sein und eine Strömung haben. Auf der Strecke von Amrum nach Föhr sollte man genauestens über die Route informiert sein, da der direkte Weg mit seinem Schlickwatt viel zu gefährlich ist. Die ungefährliche Route verläuft über festes Sandwatt. Man muss hier zwei Priele überqueren, bei denen die Tiefe sogar bei Niedrigwasser bis zur Hüfte reichen kann.»

«Also kann es auch gefährlich werden, wenn man einfach so nach Föhr laufen will?»

«Ja, auf jeden Fall. Mein Vater und ich kennen das Watt in und auswendig und können gerne mal mit dir nach Föhr laufen.»

«Das würde ich sehr gerne tun.»

Nach über zwei Stunden haben wir einen vollen Beutel mit Strandgut. Ich bin begeistert von der Tätigkeit, die richtig Spaß macht.

«Ich muss jetzt nach Hause. Mein Vater kocht heute ein Reisgericht. Du kannst gerne bei uns essen. Papa kocht immer viel zu viel.»

«Das ist lieb, aber ich habe noch Reste von gestern. Ich werde heute Abend die letzte Fähre nehmen. Kümmerst du dich ein bisschen um das Haus und den Garten? Ich werde dir einen Vorschuss zahlen. Ich weiß noch nicht, wann ich wiederkommen werde und hoffe, dass es bald sein wird», sage ich wehmütig und möchte Amrum noch nicht verlassen.

«Schade, dass du nicht länger bleiben kannst. Vielleicht gibst du deinen stressigen Job auf und ziehst nach Amrum?»

«Wer weiß! Grüße deinen Vater von mir. Du hast ja meine Nummer falls etwas sein sollte.»

Der Gedanke, dass ich die Insel in ein paar Stunden verlassen muss, stimmt mich sentimental. Ich genieße die restlichen Stunden im Strandkorb, räume das Haus auf und gehe nochmals an die Schublade, in der sich die ungeöffneten Briefe befinden. Ich lasse sie liegen und will erst mit meinem Vater sprechen, da sie an ihn gerichtet sind.

Nachdem ich alle Fensterläden geschlossen und einen letzten Gang durch das Haus gemacht habe, klingele ich bei Piet, dem ich den Vorschuss in bar geben möchte. Magnus öffnet mir die Tür. Er trägt ein Geschirrhandtuch über seiner Schulter und lächelt einladend.

«Hallo, ich wollte mich verabschieden und hab hier noch etwas für Piet. Ich bin sehr froh, dass er sich ums Haus und den Garten kümmert.»

«Das macht er sehr gerne. Du weißt ja, dass er leidenschaftlicher Gärtner ist. Ich wünsche dir eine gute Heimreise und würde mich freuen, wenn du öfter auf der Insel bist.»

«Das werde ich versuchen. Morgen muss ich wieder arbeiten. Am liebsten würde ich hierbleiben. Es ist wunderschön bei euch.»

«Ja, man kann sich an die schroffe Schönheit der Insel gewöhnen. Piet ist gerade mit Luise unterwegs.»

«Gut, dann. Bis zum nächsten Mal.»

Magnus bleibt in der Tür stehen und winkt mir hinterher.

Ich setze mich wieder aufs Oberdeck und beobachte mit glasigen Augen, wie meine geliebte Insel, auf der ich gerne noch geblieben wäre, immer kleiner wird. Ich hätte nicht gedacht, dass mir der Abschied so schwerfällt und ich mich weder nach Hamburg noch nach Elias sehne.

# ACHT

A m späten Abend komme ich in Hamburg an. Die Parkplatzsuche gestaltet sich wie immer schwierig. Ich muss mehrmals im Kreis fahren und parke in einer Nebenstraße, sodass ich mein Gepäck ein ganzes Stück schleppen muss. Kaum bin ich in der Stadt, bin ich schon genervt von den vielen Autos, die alles zuparken, dem Lärm und der Luft.

Elias sitzt an seinem Computer und hat neben sich eine leere Pizzaverpackung stehen. Er macht sich nicht einmal die Mühe sich zu erheben, um mich zu begrüßen.

«Hallo, ich bin wieder da!», rufe ich laut ins Zimmer und bin genervt, da die zweistündige Autofahrt ermüdend war und ich mir eine herzliche Begrüßung erhofft habe.

«Moment! Ich bin sofort bei dir.»

Schnaufend bringe ich mein Gepäck ins Schlafzimmer und finde das gewohnte Chaos vor, das mich an diesem Tag besonders aufregt. Was soll man tun, wenn der Partner unordentlich ist und man selbst ordentlich? «Heirate als ordentlicher Mensch niemals einen unordentlichen Menschen», hatte meine Großmutter mich als Teenager bereits gewarnt. Damals habe ich über solche Sprüche müde gelächelt, heute weiß ich, dass sie recht hatte. Wie viel Streit und dicke Luft hat es wegen Elias fehlendem Ordnungssinn in unserer Beziehung schon gegeben, wie viele Nerven hat es mich gekostet und wie oft habe ich meinem Freund damit gedroht, ihn zu verlassen, wenn er sich nicht bemüht? Wütend sammele ich seine schmutzige Kleidung ein, schüttele das zerdrückte Kopfkissen auf und stellte drei paar benutzte Schuhe ins Regal. Im Badezimmer liegen Haare im Waschbecken und auf den weißen Fliesen. Die gläserne Duschwand ist voller getrockneter Wassertröpfchen, obwohl ich Elias eingetrichtert habe, dass er die Glaswände nach dem Duschen unbedingt trockenwischen soll. Meine Laune sackt in den Keller und ich stapfe wütend in die Küche, in der auch nicht die Ordnung herrscht, die ich gerne hätte.

Elias hat sein Spiel beendet, nimmt mich in die Arme und drückt mir einen Kuss auf den Mund, der eigentlich schimpfen will, es aber sein lässt, denn ich habe an diesem Abend keine Kraft und auch keine Lust mich zu streiten.

«Du hast ja richtig Farbe bekommen.»

«Es war ein Traumwetter. Du kannst dir nicht vorstellen, wie schön der Strand ist. Fast wie in der Karibik.»

«Ja, nur leider ist das Wetter nicht so schön wie dort und das Wasser ist auch kalt.»

«Du musst dir das Haus und die Insel unbedingt ansehen. Du wirst es mögen.»

«Ja, gut. Das nächste Mal werde ich mitkommen. Bleibt mir ja wohl gar nichts anderes übrig.» Elias drückt mich an sich und streichelt meinen Rücken.

«Ich habe dich vermisst. Komm! Lass uns ins Bett gehen. Ich kann dich etwas massieren. Du bist bestimmt verspannt von der langen Autofahrt?»

«Ja, und ich bin sehr müde. Morgen muss ich früh raus. Ich habe gar keine Lust ins Büro zu gehen. Die Woche wird wieder richtig anstrengend werden.»

Elias zieht mich mit sich und hilft mir beim Ausziehen. Doch ich bin nicht in Stimmung, da ich zum einen sauer auf ihn bin, weil er nicht aufgeräumt hat und kein großes Interesse zeigt, möglichst schnell meine Insel zu besuchen.

«Ich bin wirklich müde. Ich werde ein Bad nehmen und dann schlafen gehen.»

«Lässt du mir ein bisschen Platz in der Wanne?»

«Sei mir nicht böse, aber ich möchte mich gerne alleine entspannen.»
Ich drücke meinen Freund sanft von mir weg und verschwinde im
Badezimmer. Ich spüre seine Enttäuschung, aber das halte ich aus und
drehe den Wasserhahn auf.

*

Elias hat mein Rad nicht geflickt, obwohl ich ihn darum gebeten
habe. So muss ich den Bus nehmen, der jeden Morgen brechend voll ist.
Ich kann es nicht leiden, mit vielen Leuten, die mir viel zu dicht
kommen, gedrängt im Bus zu stehen und die Gerüche einzuatmen, die
Menschen am Morgen so absondern.

Kaum habe ich meinen Fuß ins Büro gesetzt, kommt Peter auf mich
zugestürmt und wedelt mit Arbeit, die natürlich ganz schnell erledigt
werden soll. Warum ist mein Chef vor mir in der Agentur? Am liebsten
würde ich einfach gehen und nie wiederkommen. Doch bevor ich das
tun kann, brauche ich eine gute Alternative, die ich nicht habe und so
arbeite ich brav weiter und gönne mir wieder keine Mittagspause, um
mein Soll zu schaffen.

Nach Feierabend überlege ich, ob ich meinen Eltern einen spontanen
Besuch abstatte, aber da Vater zu einem Notfall muss, hat er keine Zeit,
um mit mir über die Vergangenheit zu reden.

Ich bringe die Wohnung auf Vordermann, während Elias mein Rad
flickt. Meine Gedanken hängen auf Amrum und bei Magnus und Piet,
die überaus liebenswert sind und mich so herzlich aufgenommen
haben.

Beim Abendessen schwärme ich wieder von der Insel, doch Elias
geht nicht auf mich ein und will stattdessen wissen, wann ich meinen
Jahresurlaub nehmen kann.

«Gut wäre es, wenn wir drei Wochen verreisen könnten. Wir mieten
uns so ein richtig fettes, komfortables Wohnmobil und klappern die
gesamte Westküste damit ab. Ich habe schon mal nach Anbietern
geguckt. Schau mal!»

Mein Freund hält mir sein Tablet unter die Nase und ist total
euphorisch und voller Vorfreude.

«Ja, schön.» Ich schaue nur flüchtig hin und träume stattdessen von einem Sommerurlaub auf Amrum.

«Elias, ehrlich gesagt, habe ich keine große Lust im Sommer nach Kalifornien zu reisen. Ich bekomme auch nicht drei Wochen Urlaub. Warum bleiben wir dieses Jahr nicht mal in Deutschland und fahren nach Amrum?»

«Was? Das ist nicht dein Ernst? Da ist doch nichts los! Was soll ich denn den ganzen Tag über dort machen? Da gibt es ja vermutlich nicht mal einen Golfplatz?» Mein Freund sieht mich entgeistert an, als hätte ich ihm vorgeschlagen, in Castrop-Rauxel zu zelten.

«Aber eine nette Minigolfanlage.»

«Emilia, es ist toll, dass du das Häuschen von deinen Eltern offenbar geschenkt bekommst und das Beste wäre, wenn du es verkaufst und wir uns eine schicke Wohnung in der HafenCity kaufen. Ich habe schon mal nachgeschaut und gesehen, dass Rikes Haus ziemlich viel Wert ist.»

«Ich werde das Haus niemals verkaufen! Rike hätte es nicht gewollt.»

«Woher willst du das wissen? Weder dein Vater noch du haben sich um sie gekümmert.»

Elias bringt mich zur Weißglut und ich schnaube wie ein wildes Pferd. Meine Emotionen gehen mit mir durch, da ich an Rikes Haus hänge und mir sogar vorstellen könnte, dort auf Dauer zu leben.

«Nun rege dich doch nicht auf. Wenn du es gerne behalten möchtest, kannst du es natürlich. Es ist ja dein Haus, aber ich dachte, dass wir uns bald verändern wollten. Du hast doch auch immer von den Wohnungen in der HafenCity geschwärmt.» Elias legt seine Hand auf die meine und streichelt sie, um mich zu besänftigen.

«Damals wusste ich ja auch noch nicht, dass ich mal ein Haus auf einer schönen Insel erben werde.» Tränen stehen in meinen Augen und ich bin traurig, dass Elias sich nicht vorstellen kann, auf Amrum Urlaub zu machen, dass er sich überhaupt nicht für das Haus interessiert und es sogar verkaufen möchte.

«Aber den USA Urlaub wollten wir doch beide gerne machen. Das Haus läuft dir doch nicht weg. Ich muss das Wohnmobil spätestens nächste Woche buchen und du klärst dann bitte ab, wie lange du Urlaub nehmen kannst», erklärt er mir in einem sehr ruhigen Ton, als wäre ich ein kleines, dummes Mädchen.

Ich nicke und wische mir die Feuchtigkeit aus den Augenwinkeln, was Elias nicht sieht, da er sich voller Begeisterung die Innenausstattung der luxuriösen Wohnmobile ansieht.

# NEUN

Um endlich zu erfahren, was zwischen meinem Vater und seiner Tante vorgefallen ist, statte ich meinen Eltern einen Besuch ab. Ein neuer Hund, der humpelt und ein verletztes Auge hat, begrüßt mich freudig und springt an mir hoch.

«Hi, wer bist du denn?»

Er weicht mir nicht von der Seite, als wären wir beste Freunde.

Meine Eltern sitzen im Wintergarten und lesen bei einem guten Glas Wein, um sich von ihrem harten Arbeitstag zu entspannen.

«Guten Abend. Störe ich?»

«Emilia! Nein, gar nicht. Wie schön dich zu sehen», sagt meine Mutter und steht auf, um mich zu umarmen.

«Wer ist denn der kleine Herr, der mir nicht von der Seite weicht?»

«Der wurde uns letzte Woche gebracht. Er war viele Stunden an einem Fahrradständer angebunden. Da hatte offensichtlich wieder jemand keine Zeit und Lust mehr, sich um den armen Hund zu kümmern. Seine Pfote war ziemlich verletzt und sein rechtes Auge entzündet», berichtet mein Vater und streichelt den Neuzugang, der sich nicht ängstlich zeigt

«Habt ihr ihm schon einen Namen gegeben?»

«Nein, dazu hatten wir noch keine Zeit. Hast du vielleicht eine Idee?»

Mir kommt sofort der Name Piet in den Sinn, denn der Hund erinnert mich mit seiner unerschrockenen und aufgeschlossenen Art an den Jungen von der Insel.

«Wie wäre es mit Piet?»

«Ja, der Name passt gut zu ihm. So, dann heißt du ab sofort Piet, obwohl du vermutlich einen anderen Namen hattest, aber den kennen wir ja leider nicht ...», spricht Mutter mit dem Hund, der sie mit schiefem Kopf ansieht.

«Und wie war es auf Amrum? Erzähl von dem Haus und dem Garten», fordert Mutter mich auf und nimmt Piet auf den Schoß, der überhaupt nicht fremdelt.

«Das Haus und der Garten sind wunderschön. Ich habe mich sofort verliebt. Zudem befindet es sich in einem hervorragenden Zustand. Das Dach ist frisch mit Reet gedeckt und im Haus ist alles tipptopp. Rike war überaus ordentlich und besaß einen guten Geschmack. Die Möbel gefallen mir fast alle», berichte ich freudig und spüre schon wieder Sehnsucht nach meinem Haus.

«Rike war schon immer sehr ordentlich, man kann auch pingelig sagen. Man durfte nicht mit Straßenschuhen ins Haus und wenn wir vom Strand kamen, wurde sie ganz nervös, dass wir ihr den Sand ins Haus tragen», erinnert sich Vater und sieht nachdenklich aus, da sich vielleicht Bilder von seinen früheren Besuchen in seinen Kopf schleichen.

«Ich möchte das Haus sehr gerne behalten und so oft es geht dorthin fahren. Schenkt ihr mir das Haus wirklich?», vergewissere ich mich, bevor ich mir falsche Hoffnung mache.

«Ja, natürlich! Ist doch schön, wenn es dir gefällt. Wir können kein zweites Haus gebrauchen. Du müsstest allerdings für Reparaturen und die Nebenkosten selbst aufkommen», erklärt Vater mir und schwenkt das Rotweinglas, bevor er einen Schluck trinkt.

«Ja, sicher. Das ist einfach großartig. Ich bin total happy, plötzlich eine stolze Hausbesitzerin zu sein. Danke! Ihr seid die Besten!» Ich umarme meine Eltern nacheinander und bekomme dabei einen Kuss von Piet, den ich glatt mit in mein neues Haus nehmen könnte.

«Und was sagt Elias zu dem Haus?», will Mutter wissen und drückt ihr Kinn in das flauschige Fell des Hundes.

«Er ist nicht begeistert. Er findet Amrum weder interessant noch schön und will auch seinen Urlaub dort nicht verbringen. Ich bin etwas enttäuscht, dass er so desinteressiert ist, aber wenn er das Haus erstmal gesehen hat, wird er bestimmt begeistert sein.»

«Papa, ich möchte gerne mehr über Tante Rike erfahren und vor allem, warum es damals zum Bruch zwischen euch gekommen ist. Wenn ich schon ihr Haus erbe, muss ich wissen, was alles geschehen ist, sonst kreisen ständig unbeantwortete Fragen durch meinen Kopf, die mich nicht zur Ruhe kommen lassen.»

«Ich geh dann mal die Hühner füttern,» verabschiedet Mutter sich und setzt mir Piet auf den Schoß.

Mein Vater räuspert sich und nimmt einen weiteren Schluck aus dem bauchigen Weinglas.

«Ja, wo soll ich anfangen?» Er schaut aus dem Fenster und überlegt, als hätte er vergessen, was damals geschehen ist.

«Du erinnerst dich vielleicht noch daran, dass wir Rike ein paarmal auf Amrum besucht haben?»

«Ja, aber nur ganz schwach und bruchstückhaft. Als ich in Rikes Küche stand, erinnerte ich mich auf einmal an ihren pfeifenden Kessel, was mich als Kind erschreckt hatte.»

«Rike war sehr jung, als sie Carl während ihres Urlaubs auf Amrum kennenlernte. Sie muss sehr verliebt in den Kapitän gewesen sein, denn sie zog innerhalb kurzer Zeit zu ihm nach Amrum, wo Carl ein eigenes Haus besaß, das Haus, das nun dir gehört. Rike schmiss Hals über Kopf ihr Studium, obwohl ihre Eltern und ihr Bruder ihr davon abrieten. Sie fühlte sich sofort wohl auf der Insel und wurde eine Hausfrau und wäre sehr gerne auch eine Mutter geworden. Zwar war sie die meiste Zeit über alleine, da Carl auf den großen Meeren unterwegs war, aber sie konnte ihre Zeit gut ausfüllen und hat sich nicht gelangweilt. Immer wenn ich Rike besuchte, machte sie einen zufriedenen Eindruck und war sehr beliebt auf Amrum. Nur leider waren ihr keine eigenen Kinder vergönnt und daher freute sie sich immer sehr, wenn wir sie mit euch besuchten. Wir hatten damals jedoch nicht viel Zeit, da wir gerade den Gutshof erworben hatten. Als ich Rike mal wieder besuchte, erfuhr ich bei einem abendlichen Kneipenbesuch von einem Seemann, dass Carl eine Frau in Lissabon hat, mit der er ein Kind haben sollte. Ich habe es zunächst nicht geglaubt, aber der Mann, der zusammen mit Carl zur See gefahren war, zeigte mir ein zerknicktes Foto, auf dem Carl mit einer hübschen Frau und einem kleinen Mädchen, das er auf dem Arm trug, zu sehen war. Es hatte mich sehr schockiert, denn ich wusste, wie sehr Rike sich sehnlichst Kinder gewünscht hatte und nun hatte Carl ein Kind mit einer anderen Frau, sozusagen führte er hinter ihrem Rücken in einem anderen Land ein Doppelleben. Ich fand es unfair von Carl, denn Rike hatte ihr Studium für ihn aufgegeben und wartete sehnsüchtig lange Wochen auf ihren Mann, dem sie vertraute. Erst behielt ich diese unglaubliche Geschichte für mich, aber ich war so voller Wut und war mir sicher, dass es richtig ist, wenn Rike von der Frau und dem Kind erfährt. Als wir sie ein paar Wochen später zu ihrem Geburtstag besuchten, war Carl mal wieder unterwegs. Nach der Feier saß ich mit Rike noch alleine zusammen und erzählte ihr schließlich von Carls Betrug, erzählte ihr von dem Foto und dem Matrosen, von dem ich dies erfahren hatte. Rike glaubte mir nicht. Sie warf mir vor, dass ich Carl noch nie leiden konnte und schrie mich an, was sie noch nie zuvor getan hatte. Es kam zu einer unschönen Szene. Rike war total aufgelöst und ich hatte den Eindruck, dass sie bereits etwas geahnt hatte. Als ich ihr vorschlug, sie solle Carl verlassen und mit mir nach Hamburg kommen, warf sie den Sammelteller nach mir, den ich ihr an diesem Tag geschenkt hatte. Ich bin fassungslos aus dem Raum gerannt und am nächsten Morgen in aller Früh mit euch abgereist. Das war das letzte Mal, dass ich Rike gesehen habe. Ich schickte ihr zu Weihnachten und an ihren Geburtstagen Karten und wollte mich so gerne mit ihr versöhnen, aber sie meldete sich nicht mehr bei mir. Zwanzig Jahre habe ich nichts von ihr gehört. Ich wollte ihr doch nur helfen, wollte, dass sie noch etwas aus ihrem Leben macht, da sie die Kunst liebte und damals schon wunderschöne Bilder gemalt hat. Ich fand es so schade, dass sie auf der Insel verkümmerte und immer nur auf ihren Carl gewartet hat. Umso verwunderter bin ich, dass sie mir ihr Haus und ihr gesamtes Vermögen vererbt hat, obwohl sie mich aus ihrem Haus gejagt hat. Ich habe mir in den letzten Tagen sehr viele Gedanken gemacht und vermute …» Vater greift zum Glas, während ich an seinen Lippen hänge und Tränen der Rührung ungehemmt laufen lasse. « …, dass Rike mich nicht mehr sehen wollte, weil sie Angst hatte, dass ich Carl zur Rede stelle, was sie offenbar auf keinen Fall wollte. Sie lebte mit dem Wissen, dass ihr Mann im Süden noch eine andere Familie hatte, einfach so weiter wie bisher, spielte die Ahnungslose, weil sie Carl auf keinen Fall verlieren wollte. Sie musste ihn sehr geliebt haben, da sie ihm diesen Betrug verzieh. Im Nachhinein bereue ich es, dass ich Rike von Carls Verhältnis und seiner Tochter erzählt habe. Ohne mich hätte sie es vielleicht niemals erfahren und wäre nicht unglücklich geworden.»

Ich muss die aufwühlende Geschichte etwas sacken lassen und stelle mir meinen Vater vor, wie er vor Rike steht und ihr aufgebracht von Carl und der Frau erzählt, mit der er ein Mädchen hat, das er vermutlich regelmäßig besuchte und finanzierte. Was muss die Betrogene in diesem Moment gefühlt haben? Hatte sie ihrem Neffen nicht geglaubt oder wusste sie schon Bescheid? Warum war sie so wütend auf meinen Vater, der ihr doch nur helfen wollte?

«Das ist wirklich alles sehr traurig. Was wohl aus der Portugiesin und dem Kind geworden ist?»

«Das weiß ich nicht. Unser Kontakt war seit diesem Streit abgebrochen und wie gesagt, hat sie auf meine Briefe nicht reagiert, was ich sehr schade fand. Aber was sollte ich machen? Natürlich hätte ich einfach zu ihr fahren können, aber ich war damals so eingespannt mit der Praxis, dem Haus und euch gewesen. Mein Vater war ein Jahr vor dem Streit überraschend gestorben, was Rike sehr getroffen hatte, denn das Verhältnis zwischen den Geschwistern war immer sehr eng gewesen. Ich war wirklich sehr traurig, dass Rike mir nicht geglaubt hat, dass sie vermutete, dass ich ihre Ehe durch irgendwelche Lügengeschichten zerstören wollte. Es schmerzt mich zutiefst, dass wir uns nicht mehr aussprechen konnten. Ich habe vor ein paar Monaten ganz intensiv an Rike denken müssen und war sogar kurz davor sie anzurufen, aber dann kam wieder ein Tier dazwischen, das gerettet werden musste.» Vater lacht gequält und starrt aus dem Fenster.

«Ich bedaure es auch sehr, dass ich Rike nicht nochmal sehen konnte. Der Junge, der sich um Rike gekümmert hat, er hat mir erzählt, dass Rike kurz vor ihrem Tod Kontakt zu uns aufnehmen wollte.»

«Wirklich? Hätte ich mich doch nur früher bei ihr gemeldet. Die Jahre gingen so dahin … Ich musste sehr oft an Rike denken und habe immer gehofft, dass es ihr gut geht, dass sie glücklich ist und wir uns wieder vertragen und treffen werden.»

«Dann wusstest du auch nicht, dass Carl in der Nordsee ertrunken ist?»

«Nein, davon hatte ich keine Ahnung. Wie furchtbar. Soweit ich weiß, war Carl ein guter Schwimmer. Wie konnte das passieren?», fragt er mich verwundert, als wäre ich bei dem Unfall dabei gewesen.

«Es war kein Badewetter und man hat sich gewundert, dass Carl baden gegangen ist. Piet, also der Nachbarsjunge, erzählte mir, dass Carl frühzeitig in den Ruhestand gegangen ist. Nach Carls Tod soll sich Rike total abgekapselt haben. Sie hat wie eine Besessene zahlreiche Bilder gemalt, die überall im Haus herumstehen. So hat sie ihre Trauer offenbar verarbeitet.»

«Oh, die möchte ich mir gerne ansehen.»

«Ja, das musst du auch tun. Lass uns zusammen nach Amrum fahren und Rike auf dem Friedhof besuchen, wo sie neben Carl ihre letzte Ruhe gefunden hat.»

«Ich wäre gerne bei ihrer Beisetzung gewesen, aber ihr Anwalt hat uns erst nach ihrer Bestattung geschrieben.»

«Papa, ich habe noch nicht in Rikes Sachen wühlen mögen, aber ich habe in einer Schublade Briefe gefunden, ziemlich viele Briefe, die allesamt an dich adressiert sind. Sie sind verklebt und ich habe sie natürlich nicht geöffnet. Ich denke, dass du sie lesen solltest. Ich habe sie noch in der Kommode gelassen. Sicherlich werden die Briefe einige unbeantwortete Fragen beantworten.»

«Gut, ich werde sie lesen, wenn ich auf Amrum bin. Ich bin sehr froh, dass du das Haus übernehmen möchtest. Ich mochte das gemütliche Friesenhaus immer sehr und habe die Besuche bei Rike stets genossen.»

# ZEHN

Ich bin aufgewühlt von Vaters Erzählung und erreiche in einer getrübten Stimmung meine Wohnung. Elias wartet bereits auf mich.

«Da bist du ja endlich. Was wollen wir denn essen?» Mein Freund will mich küssen, aber ich drehe meinen Kopf weg, da ich noch sauer auf ihn bin.

«Ich habe keinen Appetit.»

«Geht es dir nicht gut?»

«Doch, aber ich bin geschafft und lege mich aufs Sofa. Ich bin eben noch bei meinen Eltern gewesen und habe meinen Vater zu Rike befragt.»

«Und? Was hat er erzählt?»

«Ach, nichts weiter. Ich gehe jetzt unter die Dusche.»

«Hast du Peter nach deinem Urlaub gefragt?»

«Nein, er ist heute nicht im Büro gewesen», lüge ich. Ich habe keine Lust, nach Amerika zu fliegen, ich möchte in meinem Haus Urlaub machen, auf Amrum, dem wunderschönen Fleckchen Erde, auf dem man sich hervorragend entspannen kann und auf dem die Welt noch in Ordnung ist. Ich möchte so schnell wie möglich in mein Haus, möchte Piet und Magnus wiedersehen und am Strand laufen, der schöner ist als in der Karibik.

Kurz nachdem ich in der Agentur bin, erhalte ich zwei Nachrichten von Elias, in denen er mich an unseren Urlaub erinnert. Selbst wenn ich drei Wochen Urlaub bekommen sollte, möchte ich nicht nach Amerika fliegen. Ich kenne die Westküste bereits und kann nicht sagen, dass ich so begeistert gewesen bin, als dass ich dort ein weiteres Mal meinen kostbaren Urlaub verbringen möchte.

Dennoch frage ich Peter nach einem Meeting, ob er mir drei Wochen Urlaub gewähren würde. Zu meiner großen Überraschung sagt mein Chef: «Kein Problem, Emilia. Du hast so viele Überstunden angehäuft und bist immer so fleißig. Erhol dich mal so richtig und danach kannst du mit frischer Kraft richtig ran rauschen.»

Am Nachmittag bekomme ich einen Anruf von Piet, der mich zunächst etwas beunruhigt. Ich habe Sorge, dass in mein Haus eingebrochen wurde oder es abgebrannt ist.

«Hallo, Emilia. Störe ich dich bei der Arbeit?»

«Nein, wie geht es dir?»

«Mir geht es gut. Ich wollte nur mal wissen, ob ich auf deiner Terrasse und in den Kübeln rund ums Haus herum Sommerblumen pflanzen soll?» Ich bin erleichtert, dass alles in Ordnung ist und spüre, wie meine Muskulatur sich entspannt.

«Das wäre sehr schön. Soll ich dir Geld für die Blumen schicken?»

«Nein, du hast mir ja schon viel Geld gegeben. Weißt du, wann du kommen wirst?» Es klingt fast so, als wenn er mich vermissen würde und auf mich wartet.

«Nein, leider nicht. Nächstes Wochenende besuche ich mit meinem Freund seine Eltern in Süddeutschland und das Wochenende darauf feiert meine Mutter ihren Geburtstag.»

«Schade, du solltest deinen Job kündigen und zu uns ziehen. Ich würde mich echt freuen, wenn Rikes Haus wieder bewohnt wäre und ich jemanden hätte …»

«Das würde ich auch gerne tun, aber was soll ich auf Amrum machen? Zudem würde mein Freund niemals auf die Insel ziehen wollen. In drei Wochen komme ich auf jeden Fall. Ich freu mich schon sehr. Hast du noch etwas Interessantes am Strand gefunden?»

«Ja, einen großen rostigen Schlüssel.»

«Fein! Du ich muss weiterarbeiten. Grüße bitte deinen Vater und Luise von mir.»

Kaum bin ich nach dem stressigen Arbeitstag zuhause angekommen, will Elias wissen, ob mein Urlaub genehmigt wurde. Bevor ich ihm antworte, hänge ich meinen Mantel auf den Bügel und ziehe meine Schuhe aus.

«Ja, ich bekomme drei Wochen, aber ich möchte … nicht nach Amerika reisen.»

«Was? Warum nicht? Wir hatten es doch bereits vor einem Jahr gemeinsam geplant.» Elias schaut mich verwundert an und haut wütend mit seiner flachen Hand auf den Türrahmen.

«Wir kennen die Westküste doch schon. Ich habe einfach keine Lust, drei Wochen lang in einem Wohnmobil zu wohnen und dann der lange Flug, die Hitze und alles. Ich finde das einfach nicht entspannend», erkläre ich ihm in leisen Worten und sehe, wie enttäuscht er ist.

«Wohin willst du dann reisen?», fragt er mich in einem lauten Ton, der mir nicht gefällt.

«Das kannst du dir doch denken.»

«Das ist nicht dein Ernst? Für mich ist das kein Urlaub. Wir können dort gerne mal ein Wochenende verbringen, aber doch nicht unseren wohlverdienten Jahresurlaub dort machen. Hättest du dieses verdammte Haus bloß nicht geerbt.»

«Sieh es dir doch wenigstens einmal an. Es wird dir bestimmt gefallen und im Sommer wird das Wetter auch auch gut sein», versuche ich Elias zu überzeugen, der einen verzweifelten Gesichtsausdruck bekommt.

«Aber was soll ich da denn machen? Da gibt es nichts zu sehen, außer Sand, Dünen und einem Minigolfplatz», sagt er abfällig.

«Ich muss auch nicht viel sehen. Ich brauche einfach nur Erholung von meinem stressigen Job und die finde ich dort. Mit einem Wohnmobil durch Amerika zu kutschieren, ist für mich keine Entspannung.»

«Na, super! Ich habe mich so auf unseren Tripp gefreut und bereits eine Route ausgearbeitet. Ich verstehe dich echt nicht mehr.» Elias zieht ein grimmiges Gesicht, verzieht sich in sein Arbeitszimmer und knallt die Tür kräftig zu, sodass der Boden leicht vibriert und ich zusammenzucke.

Mir ist zum Heulen zumute. Warum sollte ich etwas tun, wozu ich keine Lust habe, nur damit mein Freund zufrieden ist? All die Jahre habe ich mich gefügt, bin mit Elias nach Asien, Südamerika, Australien, Paraguay, Peru und Kuba gereist, obwohl mich die Fernreisen nicht so sehr reizten wie meinen Freund. Wir haben viel von der Welt gesehen, viel erlebt und ich möchte die Zeit nicht missen, aber nun habe ich einen Ort gefunden, der schöner ist als alles, was ich bisher gesehen habe. Was soll ich jetzt tun? Soll ich wieder mal nachgeben und mich Elias Wunsch fügen? Da ich verzweifelt bin, rufe ich Amelie an, bei der ich mich jederzeit ausweinen kann.

«Hi, ich bin es!»

«Hallo, Emilia. Du hörst dich nicht gut an. Hattest du Streit mit Elias?» Wie gut meine Freundin mich doch kennt.

«Ja, ich bin total verzweifelt und brauche dringend deinen Rat ...»

Ich erkläre ihr meine verzwickte Lage, während Elias ins Wohnzimmer kommt, mir einen bitterbösen Blick zuwirft, sich seinen Laptop schnappt und wieder verschwindet.

«Man sollte immer das tun, wovon man wirklich überzeugt ist und was man von Herzen möchte. Man sollte nichts tun, nur weil andere es von einem erwarten. Man muss in einer Partnerschaft Kompromisse eingehen, aber man soll sich auf gar keinen Fall verbiegen», erklärt sie mir wie eine Therapeutin und ermahnt zwischendurch Marlon, der offenbar wieder Quatsch macht.

«Ja, das denke ich ja auch, aber nun ist Elias eingeschnappt. Wir hatten unsere Reise ja auch schon geplant, aber nun habe ich überhaupt keine Lust mehr», erkläre ich ihr verzweifelt und drücke mir ein Kissen auf den Bauch, da ich fröstele.

«Sind die Flüge denn schon gebucht?»

«Nein, zum Glück noch nicht und das Wohnmobil haben wir auch noch nicht geliehen.»

«Wenn du gar keine Lust hast, nach USA zu reisen, dann lass es bleiben, riskiere einen Streit, aber ziehe dein Ding durch.»

«Leicht gesagt! Ich habe keine Lust auf einen handfesten Streit. Du weißt doch, dass ich harmoniebedürftig bin und Disputen möglichst aus dem Weg gehe.»

«Das ist aber nicht immer der richtige Weg. Du kannst nicht immerzu nachgeben, nur um Frieden zu haben. In einer Partnerschaft muss das Gleichgewicht zwischen Geben und Nehmen ausgewogen sein. Ich habe das Gefühl, dass du immer nur gibst und alles tust, damit es Elias gut geht und du selbst kommst viel zu kurz. Marlon, wenn du jetzt nicht sofort damit aufhörst, dann …»

«Dann versohlst du ihm den Hintern?», ergänze ich ihren unvollendeten Satz und muss schmunzeln.

«Natürlich nicht», antwortet Amelie gereizt.

«In letzter Zeit gibt es so viele Dinge zwischen uns … ach, eine Partnerschaft ist ganz schön anstrengend. Manchmal denke ich, dass es einfacher wäre, allein zu leben. Ich beneide dich, du bist frei und kannst tun und lassen, was du willst.»

«Na ja, ich habe da ja noch so einen Lausbuben an der Backe, der mich auch viele Nerven kostet. Und was wirst du nun tun?»

«Das weiß ich nicht. Ich werde eine Nacht drüber schlafen und hoffe, dass Elias sich noch umstimmen lässt und sich das Haus endlich ansieht. Ich bin mir sicher, dass er begeistert sein wird.»

«Dann drücke ich dir die Daumen. Ich muss jetzt den jungen Mann ins Bett bringen. Gute Nacht.»

Das Gespräch hat mir gut getan und mich darin bestärkt, mehr an mich zu denken. Elias hat sich in sein Arbeitszimmer verzogen. Ich weiß, dass es keinen Sinn hat, an diesem Abend mit ihm zu reden, denn er muss seine Wut erstmal abbauen und sich mit meinen Wünschen auseinandersetzen. Ich warte auf den nächsten Tag, der vielleicht eine Wendung bringt.

Jedoch ist die Stimmung am nächsten Morgen auch nicht besser, dennoch versuche ich, mit Elias erneut über unseren Urlaub zu sprechen.

«Es tut mir leid, aber ich möchte so gerne den Sommer in meinem Haus verbringen. Amerika reizt mich überhaupt nicht mehr. Ich muss nicht in die Ferne schweifen ...», versuche ich ihm verzweifelt zu erklären.

«Ich habe dich verstanden. Dann fahr auf deine tolle Insel und ich fliege alleine nach Amerika.» Elias ist noch immer voller Wut und knallt das Messer auf den Teller.

«Das möchte ich aber auch nicht.»

«Und was schlägst du vor?»

«Ich weiß es nicht. Ich möchte nicht, dass wir uns streiten.» Tränen bilden sich in meinen Augen. Ich stehe auf, um mir ein Taschentuch zu holen.

«Seit einem Jahr freue ich mich auf unsere Tour und du hast die ganze Zeit über so getan, als wenn du dich auch freuen würdest und nun plötzlich ... Ich bin echt total sauer.» Elias wippt mit seinem Bein und sieht mich nicht an.

«Das kann ich ja auch verstehen, aber warum sollte ich mitkommen, wenn ich nun gar keine Lust mehr habe? Die Umstände haben sich verändert und man kann doch mal flexibel sein.»

«Wir drehen uns im Kreis, Emilia. Vielleicht sollten wir uns trennen. In letzter Zeit macht jeder nur noch sein Ding und nun hast du nicht mal mehr Lust, mit mir in den Urlaub zu fahren.» Ich bin geschockt! Er redet von Trennung, was mich fassungslos macht.

«Und du zeigst keinerlei Interesse an meinem Haus. Das betrübt mich zutiefst. Du willst es dir ja nicht mal ansehen.»

«Nein, weil es mich ehrlich gesagt auch nicht interessiert. Ich möchte meinen Urlaub nicht auf dieser winzigen Insel verbringen. Ich habe dir ja schon vorgeschlagen das Haus zu verkaufen ...»

«Das werde ich niemals tun. Ich muss jetzt ins Büro.»

Im Treppenhaus begegnet mir Frau Meyer-Schnurrhahn, die hoffentlich nicht unseren Streit mitgehört hat, denn sie wohnt direkt unter uns.

«Guten Morgen, Kindchen. Ganz schön windig heute.» Soll das eine Anspielung sein?

Ich versuche, ein fröhliches Gesicht zu ziehen, obwohl ich tottraurig bin.

«Guten Morgen, Frau Meyer-Schnurrhahn. Wie geht es Paulchen?»

«Ach, gestern hat er gar nichts gefressen und ich habe Angst, dass es jeden Tag mit ihm zu Ende gehen könnte.»

«Aber heute macht er doch einen ganz guten Eindruck.»

«Ja, heute hat er wohl wieder einen besseren Tag. Wie geht es ihrem Mann?»

So wie es aussieht, wird er wohl niemals mein Ehemann werden, denke ich traurig.

«Sehr gut. Ich muss dann mal ins Büro. Ich wünsche ihnen einen wunderschönen Tag.» Ich streichele Paulchen und schleppe mein Fahrrad aus dem Keller ans Tageslicht. Früher hatte Elias es mir aus dem Keller geholt, aber die Zeiten sind schon lange vorbei.

Während ich kräftig in die Pedale treten muss, weil mir ein kräftiger Wind entgegenpustet, verschleiern Tränen meine Sicht, sodass ich beinahe einen Jungen übersehe, der hinter einem Auto auf die Straße rennt. Ich muss so scharf abbremsen, dass mein Rad ins Schlingern kommt und ich aufs Kopfsteinpflaster knalle. Der Junge schaut mich kurz erschrocken an und rennt davon, während ein Auto neben mir hält und das Fahrrad, das auf mir liegt, von mir hebt. «Haben Sie sich verletzt?», erkundigt sich der Helfer besorgt und hilft mir beim Aufstehen.

«Ich glaube nicht.» Meine Strumpfhose ist zerrissen und mein guter Rock, den ich mir neu gekauft habe, an einer Stelle kaputt. Als ich mich auf meine Füße stellen will, spüre ich meinen Knöchel, der so sehr schmerzt, dass ich einen Schrei ausstoße.

«Soll ich einen Krankenwagen rufen?», erkundigt sich ein anderer Passant, der meine Tasche von der Straße gesammelt hat.

«Nein, das tut nicht nötig. Danke, für Ihre Hilfe, ich komme jetzt alleine klar.»

Ich stelle mich auf den Bürgersteig und berühre den schmerzenden Knöchel, schiebe mein Rad und humpele zurück nach Hause. Elias hat das Haus bereits verlassen und mal wieder den Frühstückstisch nicht abgeräumt. Am liebsten würde ich vor Wut einmal über den Tisch fegen, um meinen aufgestauten Zorn zu entladen. Ich kühle meinen Knöchel und rufe im Büro an, um Peter mitzuteilen, dass ich einen Unfall hatte und zum Arzt muss. Er klingt besorgt, da ich meinen kleinen Unfall etwas dramatisiert habe.

Anstatt zum Orthopäden fahre ich zu meinen Eltern in die Praxis. Sie sind zwar Tierärzte, besitzen jedoch ein Röntgengerät und können gucken, was mit meinem Knöchel passiert ist.

Zum Glück ist es nur eine Prellung, die äußerst schmerzhaft ist. Ich bekomme eine Salbe und einen Tee, der mich etwas beruhigt.

«Was ist denn los mit dir?», will Mutter wissen, da nicht zu übersehen ist, dass ich unglücklich bin.

Ich lasse alles auf einmal heraus und genieße die mütterliche Fürsorge, die aufbauenden Worte und den weisen Rat, auf mein Herz zu hören, den ich bereits von Amelie bekommen habe. Wenn ich wirklich auf mein Herz hören würde, müsste ich Elias verlassen, alleine nach Amrum ziehen und meinen Job kündigen. Aber das ist unvorstellbar, zumal ich kein mutiger Mensch bin und mir eine gewisse Sicherheit wichtig ist.

«Papa möchte am Wochenende nach Amrum fahren. Er hat mir von den Briefen erzählt und ich glaube, dass er sie gerne lesen möchte.»

«Ja, ist gut. Wir sind bei Elias Eltern eingeladen, wenn er mich denn überhaupt noch mitnehmen möchte.»

«Dein Vater und ich hatten auch ein paar Krisen, haben uns am Ende aber immer wieder zusammengerauft. Ich hoffe, dass ihr das auch schaffen werdet.»

«Ja, bestimmt. Danke für die Verarztung und dein Ohr.»

Da ich keine Lust habe, zuhause alleine Trübsal zu blasen, fahre ich zu Amelie, die meistens zuhause ist.

«Hallo, vor deiner Tür steht ein Häufchen Unglück. Hast du Zeit?», sage ich in die Gegensprechanalage.

«Komm rauf, du Häufchen. Mal sehen, was sich da machen lässt.»

Amelie drückt mich an ihren zarten Körper, der gut duftet und bugsiert mich auf ihr weiches Sofa, da ich humpele.

«So ein doofer Tag! Erst der Streit mit Elias und dann noch der Unfall», jammere ich und bin froh, dass Marlon im Kindergarten ist und wir uns in Ruhe unterhalten können.

«Solche doofen Tage kenne ich auch. Aber dann gibt es zum Glück auch Tage, die voller Glücksmomente sind, für die es sich zu leben lohnt.»

«Die sind bei mir gerade sehr rar.»

«Mensch, Emilia, du hast ein wunderschönes Haus geerbt. Hätte ich das bekommen, würde ich vor Glück schweben. Weißt du eigentlich wie gut du es hast?»

«Entschuldige, dass ich jammere, aber Elias und ich … Es läuft einfach überhaupt nicht mehr rund und ich frage mich ernsthaft, ob ich mich von ihm trennen soll. Er hat gestern auch schon das Wort «Trennung» in den Mund genommen.»

«Oh, das würdest du wirklich tun? Elias hat ja auch viele gute Seiten … Du wirst keinen Mann finden, mit dem du hundertprozentig zufrieden sein wirst. Abstriche muss man immer machen.»

«Ja, schon, aber bei uns stimmt nicht mehr viel überein und wir … schlafen nur noch einmal im Monat zusammen», verrate ich ihr und werde leicht rot.

«Oh, so selten! Vielleicht bist du auch zu pingelig? Bei dir sieht es immer aus wie geleckt und du machst dir damit selber Druck, der dich dann unzufrieden stimmt.»

Ich bin etwas verblüfft über ihre Worte, die mich nachdenklich stimmen.

«Nein, ich bin nicht pingelig! Ich mags gerne ordentlich. Bei dir sieht es doch auch immer aus wie in einer Puppenstube», verteidige ich mich und merke, dass mein Puls rast.

«Du müsstest mal sehen, in welchem Zustand ich unsere Wohnung vorgefunden habe, als ich von Amrum zurückkam.»

«Dann mach Nägel mit Köpfen! Du hast doch nun die perfekte Möglichkeit, um alleine zu leben. Kündige deinen Job und arbeite zum Beispiel als freie Texterin in deinem Haus und dann wirst du ja sehen, ob Elias dir fehlen wird. Beginne ein ganz neues Leben. Ich habe mich auch von Marlons Vater getrennt, habe meinen Job gekündigt und finde mein Leben jetzt viel schöner.»

«Du bist ja auch wesentlich mutiger als ich. Ich bin immer sehr auf Sicherheit bedacht und möchte niemanden verletzen.»

«Du musst egoistischer werden und über deinen Schatten springen. Ich werde dir zur Seite stehen.»

«Danke! Ich werde mal sehen, was Elias heute Abend sagt.»

«Du wartest immer nur auf seine Entscheidung. Entscheide doch mal selbst.»

«Ich werde darüber nachdenken. Hast du einen Kaffee für mich?»

# ELF

So wie ich es erwartet habe, kommt Elias spät und mit einem finsteren Gesichtsausdruck nach Hause. Er nuschelt eine Begrüßung und verzieht sich sofort in sein Zimmer. Er kann schrecklich nachtragend sein und macht nie den ersten Schritt nach einem Streit. Noch eine Sache, die mich an ihm stört.

«Ich habe einen Auflauf gemacht. Isst du mit mir?», frage ich versöhnlich und ignoriere seine dampfenden Schuhe, die er mitten im Flur stehengelassen hat.

«Ne, keinen Hunger.»

«Elias, bitte, lass uns nicht streiten.»

«Ich streite mich nicht. Du hast angefangen mit all dem.»

«Aber ich habe doch nur gesagt, was ich möchte.»

«Gut, nun weiß ich, was du nicht möchtest und ich werde alleine nach Amerika fliegen.»

«Das ist doch auch doof.»

«Ja, natürlich ist das doof, aber mir bleibt ja nichts anderes übrig.» Elias wird wieder lauter und ich muss an Frau Meyer-Schnurrhahn denken, die noch ein gutes Gehör besitzt.

«Dann sind wir jetzt zerstritten?»

«Keine Ahnung. Ich brauche jetzt etwas Ruhe. Mein Tag war hart.»

Ich erzähle ihm nicht, dass ich einen Unfall hatte, werfe den Auflauf in den Mülleimer, ziehe mich zum Weinen ins Schlafzimmer zurück und denke an Amelies Rat: «Sei mutig!»

Vermutlich habe ich nur dieses eine Leben und muss das Beste daraus machen, um später nicht im Groll auf mein verkorkstes Leben zurückzublicken. Ich sollte meine kostbaren, jungen Jahre nicht damit verschwenden, unglücklich zu sein.

Ich stelle mir vor, was für ein Donnerwetter über mich kommen würde, wenn ich kündige. Angeblich bin ich die talentierteste Texterin in der Agentur, aber das haben die Chefs auch schon meinem Kollegen gesagt.

Wie wird Elias reagieren, wenn ich ihn verlasse? Wird er mir sehr fehlen? Immerhin leben wir schon eine ganze Weile zusammen und haben auch viele schöne Zeiten hinter uns, die jedoch immer weniger werden.

Vielleicht sieht die Welt am nächsten Morgen schon wieder ganz anders aus, vielleicht drückt mein Freund mir einen zärtlichen Morgenkuss auf den Mund, entschuldigt sich und verspricht mir, die Ferien auf Amrum zu verbringen?

Aber es kommt anders. Elias hat die Nacht auf dem Sofa geschlafen, was mir deutlich zeigt, dass wir im Krieg sind. Ich finde sein Handeln übertrieben und werde so unendlich traurig und wütend, weil er mir keinen Schritt entgegenkommt und gar kein Verständnis für meine Wünsche zeigt.

Er schläft noch, als ich leise durchs Wohnzimmer humpele. Mein Fuß tut noch immer weh, aber ich will ins Büro gehen, um Ablenkung zu bekommen und weil ich weiß, dass ich dringend gebraucht werde. Da ich keine Lust habe, mich in den vollen Bus zu quetschen, gönne ich mir ein Taxi. Ich bin die erste in der Agentur, koche mir einen Kaffee und beginne mit der Arbeit, aber ich kann mich schlecht konzentrieren. In meinem Kopf kreisen die Wörter «mutig» und «Neuanfang.» Ich habe von einigen mutigen Frauen gehört und gelesen, dass sie ihr Leben von einem Tag auf den anderen radikal verändert haben und dass sie danach wesentlich glücklicher und zufriedener waren. Was kann mir im schlimmsten Fall passieren, wenn ich kündige und Elias verlasse? Ein Dach über dem Kopf habe ich auf jeden Fall, einen neuen Job werde ich auch finden, da Peter mir ein gutes Zeugnis ausstellen wird und Elias kann ich durch einen ordentlichen Mann ersetzen, der Amrum genauso liebt wie ich. Eigentlich kann ich nur gewinnen.

Peter kommt ins Büro gestürmt und ist sehr erfreut, dass ich wieder da bin. «Wie geht es dir?»

«Schon besser. Zum Glück habe ich mir nichts gebrochen.»

«Fein, hast du schon gesehen, dass wir einen neuen Auftrag …»

Nachdem ich über neun Stunden gearbeitet habe, steht für mich fest, dass es so nicht weitergehen soll. Ich bin mir sicher, dass ich kündigen und mich für eine Weile in mein Haus zurückziehen werde, um mir in Ruhe zu überlegen, was ich zukünftig tun und ob ich weiterhin mit Elias zusammenleben möchte. Ich will wenigstens einmal in meinem Leben mutig sein, etwas riskieren und ganz neu anfangen. Wenn Elias mich wirklich liebt, wenn ihm etwas an mir liegt, dann wird er versuchen, mich bei sich zu behalten und wenn nicht, dann liebt er mich nicht mehr und wir können zukünftig getrennte Wege gehen.

Nach der Arbeit fahre ich zu Amelie, um ihr meinen beherzten Schritt mitzuteilen. Sie wird mich sicherlich bei meinem Vorhaben unterstützen und mich mental stärken.

«Oh, Emilia. Komm rein! Du kommst wie gerufen. Hast du kurz Lust, dich um Marlon zu kümmern? Ich muss noch schnell meinen Film schneiden.»

«Klar!» Ich gehe ins Kinderzimmer. Marlon sitzt ganz brav auf dem Boden und baut eine Straße aus Holzklötzen mitten durchs Zimmer.

«Hallo Marlon, wollen wir etwas spielen?»

«Nö, ich baue eine Autobahn und die muss heute noch fertig werden.»

«OK! Soll ich dir dabei helfen?»

«Nö, du weißt ja nicht, wie die gebaut werden soll.»

«Du kannst es mir ja erklären.»

«Hast du mir den Porsche gekauft?»

«Nein, aber vielleicht bekommst du ihn zum Geburtstag.»

«Nö, Mama will den nicht schenken, weil er für größere Jungs ist.»

«Dann musst du wohl noch etwas warten. Und wie war es heute im Kindergarten?»

«Ich durfte da heute nicht hin.» Marlon zieht eine Schnute.

«Ach! Wieso nicht?»

«Weil Claudia mit mir geschimpft hat, habe ich in ihren Rock geschnitten.»

«Oh, das war nicht gut.»

«Ich fand das gut. Ich muss mal Pipi.»

«OK! Hast du keine Windel mehr?»

«Nö, ich habe von Mami einen Traktor bekommen, weil ich jetzt auf das Töpfchen gehe.»

«Super!»

Ich lasse mich auf dem Boden nieder und schiebe eine Eisenbahn über den Holzfußboden. Vor Kurzem habe ich noch davon geträumt, mit Elias Kinder zu haben, aber jetzt? Ich muss an Piet denken. So einen tollen Sohn hätte ich auch gerne.

Marlon kommt zurück in sein wüstes Kinderzimmer. Seine Hose ist nass, aber ich mag nichts sagen. Offensichtlich hat er es nicht mehr rechtzeitig aufs Töpfchen geschafft.

Ich sehe ihm schweigend dabei zu, wie er seine Autobahn weiterbaut.

«So, jetzt habe ich Zeit für dich. Magst du noch mit uns Abendbrot essen?», fragt Amelie mich, während ich mit meinen Gedanken bereits auf Amrum bin.

«Ja gerne, wenn ich nicht störe?»

«Nein, gar nicht. Ich habe heute nichts Besseres vor. Ich habe noch einen Gemüsestrudel von heute Mittag.»

«Gut, den probiere ich mal.»

Wir setzen uns auf die Dachterrasse und sehen Marlon dabei zu, wie er den Sand aus der Sandkiste befördert.

«Ich bin mir jetzt ganz sicher.»

«Womit?», erkundigt sich Amelie und schneidet den Gemüsestrudel in zwei gleichgroße Teile.

«Ich werde kündigen und mich eine Weile nach Amrum zurückziehen.»

«Wow! Sehr gut. Ich glaube wirklich, dass dir so ein Schnitt guttun wird. Du musst dein Leben in Ruhe überdenken und aus diesem

Hamsterrad herauskommen, um einen klaren Blick auf dein Leben zu bekommen.»

«Ja, das denke ich auch. Es fällt mir nicht leicht, mich von Elias zu trennen.»

«Du wirst es nicht bereuen, da bin ich mir ganz sicher. Ich kann es kaum erwarten, dich in deinem Haus zu besuchen.»

Als ich nach Hause komme, ist Elias nicht da. Er hat mir auch keine Nachricht hinterlassen. Seine Art wegzulaufen, nicht mit mir zu reden und auf dem Sofa zu schlafen, finde ich unmöglich und bestätigt mich in meinem Entschluss, für eine Weile fortzugehen.

Gegen Mitternacht höre ich ein Rumpeln in der Küche, aber bleibe liegen. Am nächsten Morgen trete ich in der Küche barfuß auf Scherben, die ich mit schmerzverzerrtem Gesicht aus meinen Fußsohlen ziehe. Offensichtlich ist Elias ein Glas heruntergefallen. Mein Freund schläft wieder auf dem Sofa. Ich warte, bis er aufwacht, denn ich muss mit ihm reden. Mein Herz pocht bis zum Hals und ich fühle mich so schlecht, dass ich keinen Bissen herunterbekomme. Als Elias aus dem Badezimmer kommt, fange ich ihn ab.

«Guten Morgen. Wir müssen reden.»

«Habe jetzt keine Lust zum Reden und muss gleich los.» Er sieht mich nicht an und geht ins Schlafzimmer, wo er sich ein Hemd aus dem Schrank holt, ein von mir perfekt gebügeltes Hemd.

«Elias, ich werde kündigen und mich für eine Weile in mein Haus zurückziehen. Ich brauche Zeit zum Nachdenken. Zwischen uns läuft es nicht mehr besonders gut. Das macht mich sehr traurig und wir müssen dringend etwas ändern.»

«Wie du meinst. Und ich bin schuld an allem?»

«Das habe ich doch gar nicht gesagt. Wir haben uns auseinandergelebt, da unsere Jobs uns auffressen, weil wir zu wenig gemeinsame Zeit haben und die wenige Zeit, die uns bleibt, verbringen wir meistens getrennt. Bist du denn noch glücklich?»

«Ich wäre glücklich gewesen, wenn wir mit dem Wohnmobil durch Kalifornien gefahren wären, so wie wir es zusammen geplant hatten.»

«Mich hätte es aber nicht glücklich gemacht. All die Fernreisen, die wir unternommen haben, habe ich nur dir zuliebe mitgemacht.»

«Das sagst du mir jetzt! Seitdem du das Haus hast, hast du dich total verändert. Ich verstehe dich einfach nicht mehr.»

«Das hat nichts mit dem Haus zu tun. Ich hatte schon länger das Gefühl, dass ich etwas anderes möchte als du, aber ich habe immer nur zurückgesteckt und das will ich jetzt nicht mehr.»

«In einer Partnerschaft muss man Kompromisse eingehen, sonst funktioniert sie nicht.»

«Ach! Und welche Kompromisse machst du?», schreie ich auf einmal, da ich voller Wut und Verzweiflung stecke.

Elias ringt nach Worten. «Du hängst ständig bei Amelie rum und ich akzeptiere das.»

«Und du bist ständig auf dem Golfplatz.»

«Du könntest auch deine Platzreife machen und wir könnten zusammen golfen.»

«Dazu habe ich aber keine Lust.»

«Ich muss jetzt los. Mach doch was du willst. Wir können uns auch gerne trennen.»

Und wieder einmal gehen wir im Streit auseinander, was mir schrecklich wehtut. Elias knallt die Haustür hinter sich zu und ich fange an zu heulen.

Dieses Gespräch bestärkt mich darin, mich von meinem Freund für eine Weile zu trennen, um zu sehen, ob unsere Liebe so stark ist, dass sie uns nach einer Trennungszeit wieder zusammenbringt.

Kopflos packe ich einen Koffer, räume meine Kosmetik in die Kulturtasche und fahre ins Büro. Ich will Peter sofort meine Kündigung aussprechen, aber er ist nicht da und kommt erst am Nachmittag. Wie ein Häufchen Elend sitze ich an meinem Schreibtisch und kaue mir die Nägel runter. Als Peter sich auf meinen Schreibtisch setzt, schnürt es mir die Kehle zu, aber ich nehme all meinen Mut zusammen, da ich nur noch weg will, weg aus der Agentur, weg von Elias und rauf auf meine Insel, auf der ich mich so wohlgefühlt habe.

«Peter, ich muss … dir etwas sagen», setze ich an und gucke aus dem Fenster, auf die Elbe. Den Blick auf den Fluss werde ich vermissen, aber dafür habe ich ja die Nordsee.

«Ich kündige.»

Peter fängt an zu lachen, zeigt dabei seine kleinen Zähne, die vom Rauchen gelb und unansehnlich geworden sind.

«Das war jetzt ein guter Witz, Emilia!» Er haut sich auf die Schenkel und sieht mich aus seinen kleinen Augen, die sich nie richtig öffnen, an.

«Das ist kein Witz. Ich möchte sofort freigestellt werden. Ich habe über zweihundert Überstunden und daher …»

«Du willst mich jetzt verarschen?» Sein Gesicht wird finster und ich bekomme Angst, da Peter cholerisch veranlagt ist. Männer verlieren oftmals viel zu schnell ihre Beherrschung, genau wie Elias.

«Nein, Peter, das tue ich nicht. Ich kann nicht mehr. Ich bin ausgelaugt, habe keinen Spaß mehr an der Arbeit und bin einfach nur noch leer und so unglaublich müde. Ich glaube, dass ich ganz kurz vorm Burnout stehe. Ich brauche eine Auszeit. Ich werde jedoch nicht wieder zurückkommen.» Mich zu offenbaren war gar nicht so schlimm und ich fühle mich auf einmal ganz stark und mutig.

«Fuck! Das ist echt Scheiße!», regt Peter sich auf und wird ungewöhnlich vulgär, was mich anwidert. Sein wahres Gesicht kommt zum Vorschein, das verdammt hässlich ist und mich in meinem Entschluss noch mehr bestärkt.

«Ja, das ist vielleicht für dich große Scheiße, aber für mich das Beste. Es tut mir leid, aber es gibt bestimmt noch viele gute Texterinnen, die nur darauf warten, meinen Job zu übernehmen. Und ich bin ja auch nicht die Erste, die in diesem Laden aufgibt und krank geworden ist.»

«Gut, wenn du meinst, dass du gehen musst, dann gehe, aber dann bitte sofort. Ehrlich gesagt, bin ich ziemlich enttäuscht von dir. Du bringst mich jetzt in verdammt große Not und ich könnte jetzt glatt schreien.» Anstatt zu brüllen haut Peter mit seiner Faust auf meinen Schreibtisch, auf dem es immer ordentlich ist, und rennt raus. Wieder mal knallt eine Tür, die mich zusammenzucken lässt. Was für ein dämliches, unkontrolliertes Verhalten!

Ich bin erstaunlicherweise ganz ruhig, packe all meine Sachen in zwei Beutel, werfe einen letzten Blick auf die Elbe, sage meinen Mitarbeitern, denen unser Streit nicht entgangen ist, Tschüss und knalle nicht mit der Tür, sondern schließe sie ganz sanft ein letztes Mal zu.

Als ich auf der Straße stehe, fühle ich mich frei wie ein Vogel mit großen Flügeln und bin mir sicher, dass ich das Richtige getan habe.

Es tut mir für Peter leid, dass er nun Probleme bekommt, aber seine aggressive Art gefiel mir überhaupt nicht und ich bin so froh, dass ich nicht mehr den Rauch seiner Zigaretten einatmen muss.

Ich suche Unterschlupf bei meinen Eltern, die nicht nur genug Platz für Tiere haben, sondern auch für seelisch verletzte Kinder.

Die Tierärzte operieren gerade eine Katze, als ich mit meinem Köfferchen anklingele. Sandra, ihre kompetente und immer lächelnde Helferin, öffnet mir die Tür und wirft einen irritierten Blick auf meinen Koffer.

«Lass mich raten. Du hast deinen Freund verlassen?»

«Das kann man so sagen.» Die korpulente, einfühlsame Mitdreißigerin drückt mich an ihren mächtigen Busen und klopft sanft auf meinen Rücken, als wäre ich ein Baby, das Bäuerchen macht. Es ist heilsam, wenn man von allen Seiten getröstet wird.

«Deine Eltern operieren gerade einen komplizierten Bruch. Es wird wohl noch eine Weile dauern.»

«Gut, dann gehe ich schon mal ins Haus. Kannst du ihnen bitte Bescheid geben, dass ihr ältestes Kind im Haus ist und Asyl sucht.»

Ich packe meine Kleidung in meinem ehemaligen Kinderzimmer aus und frage mich, was Elias tun wird, wenn er sieht, dass ich meine Sachen gepackt habe und am Abend nicht nach Hause komme. Vermutlich wird er mich nicht vermissen, wird sich eine Pizza in den Ofen schieben und sich danach bei einem Ballerspiel abreagieren. Oder wird er mich vermissen, mir einen großen Blumenstrauß kaufen und zu mir eilen, um sich bei mir zu entschuldigen, mir zu versprechen, dass er an sich arbeiten will, dass er mich über alles liebt und drei Wochen lang auf Amrum die gute Seeluft gemeinsam mit mir schnuppern möchte?

Mutter kommt in ihrer OP-Kluft zu mir gestürmt und reißt sich den Mundschutz aus dem geröteten Gesicht.

«Hast du Elias verlassen?», errät sie ganz richtig.

«Ja, und ich habe auch in der Agentur gekündigt.» Ich kann es noch selbst nicht fassen, dass ich es wirklich getan habe.

«Oh, du hast gleich Nägel mit Köpfen gemacht. Das hätte ich dir gar nicht zugetraut.»

«Ich hatte keine andere Wahl.»

«Ich ziehe mich um und dann koche ich uns einen Tee.»

Von Tieren umringt, sitzen wir ein paar Minuten später auf der Terrasse in der Abendsonne. Ich schütte meiner Mutter mein Herz aus und stoße auf großes Verständnis, zumal Elias nicht der Mann war, den meine Eltern sich ausgesucht hätten, wenn sie eine freie Wahl gehabt hätten. Mutter hatte meinen Freund respektiert und war immer höflich zu ihm, aber die Tatsache, dass er nicht tierlieb ist und Tiere nur auf seinem Teller gernhat, machte ihn nicht zu ihrer Lieblingsperson.

«Du machst das Richtige, Emilia. Papa und ich werden dich bei allem, was du tust, voll unterstützen. Du entspannst dich jetzt erstmal in deinem Häuschen und kommst zur Ruhe. Ich bin mir ganz sicher, dass du bald weißt, was du möchtest und was du nicht möchtest.»

«Ich bin sehr froh, dass ich das Haus habe, sonst hätte ich bei euch einziehen müssen.»

«Das hätte uns gefreut. Ich bin gespannt, ob Elias dich zurückhaben möchte?» Das hört sich an, als wäre ich eines ihrer ausgesetzten Hunde.

«Elias ist ein ziemlicher Sturkopf und denkt, dass ich an allem schuld bin und alles kaputt gemacht habe.»

«Du weißt, dass ich kein großer Elias Fan bin und der Meinung bin, dass er nicht zu dir passt, aber wenn du ihn liebst, dann gehörst du natürlich zu ihm. Wir würden ihn nicht von unseren Hunden zerfleischen lassen und auch zu eurer Hochzeit kommen.»

«Das ist lieb von euch. Ich dachte, dass ich Elias lieben würde, aber in letzter Zeit fallen mir nur noch die negativen Seiten an ihm auf. Ich bin, vermutlich auch durch den Job, einfach überlastet und dünnhäutig geworden. Wenn ich jetzt ganz alleine sein werde, werde ich ja sehen, ob er mir fehlt, ob mein Herz nach ihm schreit und ich zu ihm zurück möchte.»

«So ist es. Die Pause wird dir guttun. Du siehst auch blass und abgespannt aus. Was meinst du, wie gut dir die Seeluft bekommen wird.»

«Wollen wir am Wochenende vielleicht alle zusammen nach Amrum fahren?», schlage ich Mutter vor und würde mich sehr freuen, mit den beiden auf Rikes Spuren zu wandeln.

«Leider muss immer einer von uns hier die Stellung halten, da Ben für ein paar Wochen zu seinen Eltern gereist ist, aber Papa wird dich begleiten. Er ist schon ganz unruhig und kann es kaum erwarten, endlich wieder Rikes Haus zu betreten.»

«Aber du kommst mich dann auch bald mal besuchen?»

«So oft es mir möglich ist. Heute Abend kommt Darius zum Essen. Er wird sich freuen, dich zu sehen.»

«Oh, wie schön. Unser Clown kann mich bestimmt wieder zum Lachen bringen.»

Alle paar Minuten werfe ich einen Blick auf mein Handy, um nachzusehen, ob Elias sich gemeldet hat, ob er sich bei mir entschuldigt, mir mitteilt, dass er mit mir auf Amrum Urlaub machen wird oder mir schreibt, dass er mit mir Kinder haben möchte, ohne dass ich ihn weiter davon überzeugen muss. Doch ich erhalte keine einzige Nachricht von ihm. Stattdessen schickt Amelie mir viele aufmunternde Worte und Food-Fotos, mit denen sie ihre zahlreichen Follower täglich mehrmals füttert.

Darius kommt im Clownskostüm direkt aus dem Krankenhaus und zieht ein trauriges Gesicht.

«Hi, Schwesterchen, was für eine Überraschung, dich hier anzutreffen. Wo ist dein smarter Golfer?»

«Ich trenne mich eine Weile von ihm und werde mich in mein Haus auf Amrum zurückziehen.»

«Okay, und du hast so einfach Urlaub bekommen?», wundert er sich und nimmt seinen kleinen Hut von der rothaarigen Perücke.

«Nein, ich habe gekündigt.»

«Wow! Das hätte ich dir gar nicht zugetraut. Das ist mutig und ein vernünftiger Schritt.»

Alle, außer mir, haben bemerkt, dass der Job nichts für mich ist und haben vielleicht auch vermutet, dass ich irgendwann kapituliere.

«Warum schaust du so traurig, du süßer Clown?»

«Heute verstarb die kleine Isabell an der verdammten Leukämie. Gestern Abend hatte sie sich noch auf meinen Besuch gefreut und ich mich auf sie und dann erfuhr ich …»

Da Tränen sich aus seinen Augen lösen, die der wasserfesten Schminke nichts anhaben können, nehme ich meinen herzensguten Bruder in meine Arme und klopfe ihm aufmunternd auf den Rücken.

«Dein Job ist wirklich nicht leicht und ich bewundere dich sehr. Du tust so viel Gutes und bringst Menschen zum Lachen, was das Wichtigste im Leben ist.»

«Ich bewundere mich auch. Was gibt es Feines zu essen?», lenkt er von dem traurigen Ereignis ab und legt seinen Arm um meine Schulter. Wir gehen zu Mutter in die Küche, die uns unser Lieblingsgericht kocht. Ach, es ist schön, mal wieder im Nest zu hocken, in dem wir jederzeit willkommen sind und liebevoll umsorgt werden.

Meine Eltern, mein Bruder und die Tiere schaffen es, mich abzulenken, mir eine gute Portion Mut und Stärke einzuimpfen, sodass ich meiner Auszeit freudig und voller Zuversicht entgegenblicke.

So wie ich es vermutet habe, höre ich nichts von Elias. Ich bin kurz davor, mich bei ihm zu melden, mich ein weiteres Mal zu erklären, mich mit ihm zu versöhnen, aber lasse es bleiben, weil nicht nur ich der Meinung bin, dass er am Zug ist. Vermutlich denkt Elias, dass ich bei Amelie, die nicht seine beste Freundin ist, Unterschlupf gesucht habe.

# ZWÖLF

P apa drückt seiner Frau einen leidenschaftlichen Kuss auf die
Lippen, der mich an eine Szene aus einem Liebesfilm erinnert. Ich
beneide meine Eltern, die sich ihre Liebe und Leidenschaft über all die
Jahre bewahrt haben. Sie besitzen eine große gemeinsame Leidenschaft,
die Tierliebe, die sie verbindet und glücklich macht. Offenbar fehlen
Elias und mir diese Gemeinsamkeit, die unserer Beziehung Stabilität
verleihen würde.

«Ich wünsche euch ganz viel Spaß und gutes Wetter», ruft Mutter uns
hinterher. Im Rückspiegel sehe ich, wie sie uns lange hinterherwinkt
und ihren Mann vielleicht schon vermisst, da sie nur selten getrennt
sind.

Papa schiebt eine zerkratzte CD in den Schlitz des Radios, dreht den
Song «Here Comes The Sun» laut auf und singt leicht versetzt mit. Mein
Vater ist ein großer Beatles Fan und kann fast alle Texte auswendig.
Obwohl die Musiker weit vor meiner Zeit aktiv waren, gefallen mir
viele Lieder dieser Kultband. Ich singe mit und strahle den Fahrer an,
der das Fenster seines alten Wagens herunterkurbelt, denn das Auto
besitzt keine Klimaanlage. Ich freue mich auf das Wochenende mit
Vater, mit dem ich noch nie alleine auf Reisen gewesen bin.

«Hatte ich dir schon erzählt, dass George Harrison dieses Lied in
einer für ihn schwierigen Zeit geschrieben hat? Er floh vor
verschiedenen Problemen zu seinem Freund Eric Clapton, ging mit

einer von Erics akustischen Gitarre durch seinen Garten und komponierte diesen Song, den ich liebe.»

«Die Geschichte hast du mir bereits erzählt, aber ich höre sie immer wieder gerne.»

Wir singen laut den Refrain mit und ich halte meinen Arm aus dem Fenster, ein Zeichen von Entspannung und Abenteuerlust.

Piet habe ich per SMS darüber informiert, dass ich am Wochenende nach Amrum kommen werde, jedoch habe ich ihm noch nicht verraten, dass ich meinen Job gekündigt habe und auf unbefristete Zeit auf der Insel bleiben werde.

Ich kann es noch nicht fassen, dass ich alleine in Rikes Haus leben werde, dass ich mich morgens nicht aus dem Bett quälen muss, um in die verhasste Agentur zu gehen, nicht den Rauch meiner Kollegen inhalieren muss und nach Feierabend die Hausarbeit erledigen muss, bei der Elias mir nie geholfen hat. Wie wird mir mein neues Leben gefallen?

Als wir in Dagebüll auf die Fähre warten, schaut mein Vater nachdenklich aufs Meer hinaus. «Das letzte Mal als ich hier stand, habe ich mich auf Rikes Geburtstagsfeier gefreut. Es ist traurig, dass wir es nicht geschafft haben, uns zu versöhnen.»

«Ja, das ist wirklich schade, aber Rike hat dir bestimmt verziehen. Sonst hätte sie dir ihr Haus nicht zukommen lassen. Es war richtig, dass du ihr von Carls Verhältnis und dem Kind erzählt hast. Du wolltest ja nur ihr Bestes», versuche ich Vater zu trösten.

«Ich weiß nicht, ob es das Richtige gewesen ist. Vielleicht hätte ich einfach meinen Mund halten sollen, dann wäre unser Kontakt nicht abgebrochen und du hättest Rike kennengelernt.» Papa kommt nur schwer über den Streit mit seiner Tante hinweg, was mich etwas belastet, da ich sehe, wie er leidet.

«Da kommt die Fähre!», stelle ich begeistert fest und freue mich auf die Überfahrt, auf der die Erholung bereits beginnt.

Die Möwen kreischen, die Schiffsmotoren dröhnen laut und das dunkle Wasser klatscht krachend gegen den Bug. Ich lehne mich an meinen Vater und bemerke, dass er immer sentimentaler wird, je näher wir Amrum kommen, dass er vermutlich an die Briefe denkt und dass er traurig ist, weil er nicht mal bei Rikes Beerdigung sein konnte. Wir werden uns gebührend von seiner Tante verabschieden, werden ihr schöne Blumen aufs Grab legen und uns mit ihr aussprechen; werden ihr Haus gut pflegen, ihre Bilder bewundern und in Ehren halten. Mehr können wir jetzt nicht mehr für sie tun.

Als wir die wenigen Kilometer von Wittdün nach Norddorf fahren, sieht Vater erstaunt aus dem Fenster und schüttelt ungläubig den Kopf. «Meine Güte, wie sich die Insel verändert hat. Ich erkenne sie kaum wieder. Und so viele Touristen überall.»

Vater lässt den Wagen vor Rikes Haus langsam ausrollen und schaltet den Motor ab. Bevor er aussteigt, guckt er ungläubig auf das - von der Abendsonne angestrahlte - Haus, als könnte er nicht glauben, dass er wieder an diesem Ort ist, an dem er zwei Jahrzehnte nicht sein durfte.

Der Garten befindet sich in einem sehr guten Zustand. Die großen Buxbäume sind frisch geschnitten und der Rasen ist saftig grün. Es weht ein kräftiger Westwind, der sicherlich viel Strandgut ans Land bringen wird.

«Und? Hat sich das Haus verändert?»

«Nein, gar nicht. Nur der Garten, der ist anders und wunderschön.»

«Den hat Piet angelegt. Du wirst ihn sicherlich kennenlernen. Er wird dir gefallen.»

Ich schließe die Haustür auf und gehe voraus, um die Fensterläden zu öffnen. Es duftet noch immer nach Lavendel.

Zögerlich betritt Vater das Haus, das ihm so vertraut ist und in dem vermutlich viele Erinnerungen hochkommen, die Vater emotional werden lassen.

«Es ist noch alles wie früher, aber die vielen Bilder sind neu», stellt er fest und nimmt ein kleineres Bild in beide Hände, das er sich genau betrachtet, als wäre es ein Gemälde von einem großen Meister.

«Auf dem Dachboden sind noch viel mehr. Dort hatte Rike sich ihr Atelier eingerichtet. Hatte sie das früher schon?»

«Nein. Früher befand sich nur Gerümpel auf dem Dachboden.»

Mein Vater sieht sich um, als wäre er in einem Museum und nimmt ein paar Gegenstände in die Hand, die er vielleicht von früher kennt und die schöne Erinnerungen aus alten Zeiten zurückbringen.

«Ich hole das Gepäck. Sieh dich nur um.»

Als ich den Kofferraum entlade, kommt Piet angelaufen. Er ist außer Atem und streckt mir seine Hand entgegen, obwohl ich ihn gerne an mich drücken würde. Mein Herz hüpft als er mich breit anlächelt.

«Hallo, Emilia. Ich freue mich sehr, dass du wieder da bist. Ich habe dir ein paar Lebensmittel in den Kühlschrank gelegt und frische Blumen in die Vasen getan.»

«Hallo, Piet. Du bist ein Goldschatz. Vielen Dank. Wie geht es dir?»

«Gut, ist ja Wochenende. Wollen wir morgen ganz früh Strandgut sammeln? Heute Abend soll es noch ordentlichen Westwind geben.»

«Ich weiß nicht, ich bin nicht alleine hier ... Ich werde mal schauen.»

«Ist dein Freund mitgekommen?» Piet strubbelt sich durch sein blondes Haar, das exakt die gleiche Haarfarbe wie die seines Vaters hat.

«Nein, mein Vater ist mit mir gekommen.»

«Okay. Wir sehen uns dann vielleicht noch. Ich muss noch was für meinen Vater einkaufen.»

«Bis später und danke, dass du das Haus so wunderbar vorbereitet hast.»

«Das macht mir Spaß!», ruft er mir hinterher.

Als ich mit dem Gepäck das Haus betrete, finde ich Vater auf dem Sofa vor. Er hält ein gerahmtes Foto in seiner Hand, auf das er verträumt starrt.

«Bist du der kleine Junge?» Ich lasse mich neben ihm nieder und drücke mein Gesicht an Vaters Schulter.

«Ja, da muss ich fünf gewesen sein.»

«Du sahst sehr niedlich aus. Ich koche uns mal einen Tee und dann können wir uns in den Garten setzen.»

«Gut, ich werde mich mal im Haus umsehen. In welchem Raum kann ich schlafen?»

«Wo du möchtest.»

«Ich werde mal schauen.» In langsamen Schritten steigt er die knarrende Treppe hinauf, als wenn ihn oben etwas Schreckliches erwarten würde. Ich zünde den Gasherd an und freue mich auf das pfeifende Geräusch, das mir so vertraut ist. Da mein Vater nicht wieder runterkommt, steige ich die steilen Stufen hinauf. Er ist nicht im ersten Obergeschoss, so gehe ich weiter auf den Dachboden, wo er gedankenverloren vor der Staffelei steht und sich das unvollendete Werk betrachtet.

«Leider konnte Rike es nicht mehr vollenden.»

«Es ist ein schönes Bild. Sie hat den Blick aus diesem Fenster gemalt. Sieh mal! Sie hat sogar das Vogelhaus gemalt», stellt er entzückt fest.

«Stimmt, das ist mir noch gar nicht aufgefallen.»

«Der Tee ist fertig. Kommst du?»

«Ja, gleich.»

Ich entferne die Strandkorbhülle, putze die Gartenmöbel und bewundere die vielen Blumen, die prächtig rund um das Haus blühen.

Mein Vater sieht traurig aus, was mich betrübt. Warum hat Rike sich nicht früher gemeldet? Warum war sie so böse mit ihrem Neffen?

«Papa, sei nicht traurig. Rike wäre bestimmt sehr glücklich, wenn sie wüsste, dass du wieder in ihrem Haus bist und ihre Bilder bewunderst.»

«Ja. Was hast du denn für leckere Kekse?», versucht er von seinem Gemütszustand abzulenken und greift nach einem Schokoladenkeks.

«Der Blick ist noch genauso schön wie früher. Nur die Bäume sind größer geworden und so viele Blumen hatte es damals nicht gegeben.»

«Das die bei diesem rauen Klima so gut gedeihen, ist erstaunlich. Piet hat im Internet robuste Blumensorten gekauft und sie bei sich und bei Rike gesät.»

«Wo wohnt Piet denn?»

«Dort drüben, neben Stine Carlson. Die kennst du doch sicherlich?»

«Ja, natürlich. Lebt die denn noch?»

«Ja, ich habe sie bereits kennengelernt. Sie ist ziemlich krumm, macht sonst aber einen guten Eindruck. Vor allem ist sie aufmerksam. Sie hat gleich bemerkt, dass jemand in Rikes Haus ist.»

«Sie war schon früher sehr aufmerksam, man könnte auch sagen neugierig.» Papa lacht endlich mal wieder.

«Piets Vater habe ich auch schon kennengelernt. Ich hatte dir doch erzählt, dass ich die beiden zum Essen eingeladen habe.»

«Er ist doch der Sohn vom Fischer Hans?»

«Ja, der Hans ist bei einem Sturm über Bord gegangen. Sein Sohn hat versucht ihn zu retten, hat es aber nicht geschafft. Danach hat der Sohn den Kutter verkauft.»

«Das ist tragisch und was macht er? Wie heißt er noch gleich?»

«Er heißt Magnus. Er hat eine Umschulung zum Webdesigner gemacht. Wenn sein Vater nicht beim Fischen ums Leben gekommen wäre, wäre er vielleicht noch einer der letzten Krabbenfischer auf Amrum.»

«An seinen Vater kann ich mich noch gut erinnern. Hans hat Rike stets mit frischem Fisch versorgt und hatte immer einen Spruch auf den Lippen. Wenn Carl unterwegs war, hat Hans sich auch um Rike und das Haus gekümmert.»

In meiner wilden Phantasie stelle ich mir vor, dass Hans und Rike ein Verhältnis hatten. Rike musste sehr einsam gewesen sein und da kann es schon mal passieren, dass man sich einem anderen Mann zuwendet....

«Wollen wir nachher mal einen Rundgang durch den Ort machen? Mal sehen, an was du dich noch so erinnerst», schlage ich Vater vor, der aufs Meer hinausschaut und seinen Gedanken nachhängt.

«Ja, das können wir gerne tun. Jetzt muss ich aber erstmal deine Mutter anrufen.»

«Ich packe meine Sachen schon mal weg. Hast du dir schon ein Zimmer ausgesucht?»

«Ich schlafe in Rikes Zimmer. Du hast dich ja bereits nebenan einquartiert.»

«Wenn du dort nicht schlafen möchtest, kann ich auch umziehen.»

«Nein, alles gut. Es macht mir nichts aus, in ihrem Bett zu schlafen und der Blick aus dem Zimmer ist der schönste.»

Ich kann es noch immer nicht glauben, dass ich für eine längere Zeit oder vielleicht auch für immer in diesem Haus bleiben werde, dass ich ab sofort tun und lassen kann, was ich möchte. Natürlich muss ich mir bald überlegen, wie ich zukünftig mein Geld verdienen werde, aber dem sehe ich optimistisch entgegen. Ich habe nur wenig Kleidung eingepackt, da mein Auszug äußerst spontan gewesen ist, und muss nochmal in unsere Wohnung, um all meine persönlichen Dinge zu holen. Zudem werde ich in aller Ruhe mit Elias sprechen und mir anhören, wie er sich unsere Zukunft vorstellt. Sollte er einlenken, wäre ich bereit, einen Neustart zu wagen, obwohl ich Bedenken habe.

Nachdem ich meine Kleidung im Schrank verstaut und Vaters Bett bezogen habe, finde ich Vater in der Küche. Er hat das Kaffeegeschirr abgewaschen und betrachtet sich eine Tasse, die ein paar Jahre auf dem Buckel hat, an der eine kleine Ecke fehlt.

«Die habe ich Rike mal geschenkt. Sie ist kaputt, aber sie hat sie nicht weggeworfen», wundert sich Vater.

«Offensichtlich hat sie ihr viel bedeutet. Komm! Wir gehen los!»

Ich hake mich bei meinem Vater, der einen Kopf größer ist als ich, ein und freue mich, dass er bei mir ist, mir Geschichten aus alten Zeiten erzählen kann und wir vielleicht auf Bewohner treffen, die er noch von früher kennt.

«Norddorf ist zusammen mit Süddorf das älteste der Amrumer Dörfer. 1890 gründete Friedrich von Bodelschwingh in Norddorf Seehospize, die der Genesung von Kranken dienten. 1925 brannten große Teile des Dorfes ab, sodass seither überwiegend neuere Häuser ohne Reetdach das Dorfbild prägen», weiß Papa zu erzählen und bleibt vor einem Haus stehen.

«Das war das erste Hotel im Ortskern. «Hüttmanns Hotel». Meine Güte, was daraus geworden ist. Seitdem ich zuletzt hier gewesen bin, hat sich ziemlich viel verändert. Es ist kaum wiederzuerkennen.»

«Wollen wir an den Strand gehen?»

«Ja, gerne.»

Vater wirkt entrückt und hat vermutlich viele Bilder von früher im Kopf.

Es herrscht reges Treiben am Kniepsand. Die bunten Strandkörbe leuchten in der Sonne und Drachen verzieren den strahlend blauen Himmel.

«Den Holzsteg gab es damals auch noch nicht. Früher standen die Strandkörbe noch nah am Dünenrand. Der Kniepsand war damals noch deutlich schmaler. Der Strand ist fast so breit wie in Nebel», stellt Vater erstaunt fest, nimmt eine Hand voll Sand und lässt ihn durch seine Finger rieseln.

«Ich bin früher immer so gerne durch den feinen Sand gelaufen und habe ausgiebig im Meer gebadet. Mein Gott, war das schön!»

«Zieh deine Schuhe aus! Wir laufen ein Stück am Wasser.»

«Es ist so schön, wieder auf Amrum zu sein. Ich werde dich so oft es geht besuchen, wenn es dir recht ist?»

«Darüber würde ich mich sehr freuen.»

«Hast du schon Pläne, was du beruflich machen willst?»

«Ich könnte mich theoretisch als Texterin selbständig machen und von hier aus arbeiten, wenn es denn ein vernünftiges Internet gibt.»

«Ja, das wäre eine Möglichkeit. Oder du fängst auch an zu malen?»

Ich lache und sehe Vater ernst an. «Was soll ich denn mit Rikes vielen Bildern machen? Es ist schade, wenn sie nur herumstehen. Alle Bilder kann ich mir nicht ins Haus hängen.»

«Vielleicht kann man sie hier irgendwo ausstellen?»

«Daran habe ich auch schon gedacht.»

«Ich würde gerne das ein oder andere Bild mitnehmen.»

«Ja, natürlich. Es ist dein Erbe, Papa.»

«Und Elias hat sich noch nicht gemeldet? Er scheint dich nicht zu vermissen?»

Ich schüttele den Kopf und finde eine besonders schöne Muschel, die ich Piet mitbringen möchte. Ich befreie sie vom feuchten Sand und stecke sie in meine Hosentasche.

«Wollen wir nach Hause gehen? Ich habe Hunger und werde uns was Feines kochen», schlage ich vor und mache einen übermütigen Luftsprung, weil ich einfach sehr glücklich bin und mich wie ein Kind fühle.

«Wir können aber auch gerne essen gehen, damit du nicht so viel Arbeit hast?»

«Das machen wir morgen. Heute möchte ich im Garten sitzen und den Meerblick genießen.»

Papa schaut sich im Haus um, geht nochmal auf den Dachboden und sieht sich die Bilder an. Als ich in der Küche Gemüse schnippele, das ich von zuhause mitgebracht habe, klopft Piet an die Fensterscheibe. Ich öffne das kleine Sprossenfenster.

«Hallo, Piet!», sage ich fröhlich.

«Hallo, Emilia, ich wollte dir was bringen. Ich habe eben Kräuter geerntet.»

«Oh, das passt prima, denn ich koche gerade. Die kann ich gut gebrauchen. Vielleicht hast du Lust, in meinem Garten ein Kräuterbeet anzulegen?»

«Klar, klein Problem. Papa hat mir ein Hochbeet gebaut, damit keine Tiere rankommen. Das können wir dir auch bauen.»

«Das wäre toll.» Ich schnuppere an den Kräutern, die intensiv duften.

«Mein Vater wollte dich gerne zum Essen einladen, weil er das beim letzten Mal doch versprochen hat. Ich habe ihm erzählt, dass du da bist.»

«Das ist sehr lieb, aber morgen wollte ich mit meinem Vater essen gehen. Er reist am Montag ab und danach hätte ich Zeit.»

«Wie lange bleibst du denn dieses Mal?»

Ich grinse und sage: «Rate mal.»

«Eine Woche?» - «Falsch!» - «Zwei Wochen?» - «Falsch!» Piet sieht mich ungläubig an. «Drei?» - «Nein! Ich habe gekündigt und plane erstmal auf unbestimmte Zeit hier zu bleiben», verkünde ich mit glasigen Augen.

«Wirklich? Das ist ja krass. Ich finde es schön, wenn Rikes Haus wieder bewohnt ist. Wir können auch gut ein paar jüngere Einwohner gebrauchen.»

«Ja, das habe ich mir auch gedacht. Mal sehen, wie es mir auf Dauer auf der Insel gefällt.»

«Und was ist mit deinem Freund? Kommt der auch noch?»

«Nein, der wohl nicht. Ich weiß noch nicht, wie es mit uns weitergeht», vertraue ich dem Jungen an, obwohl ich es nicht an die große Glocke hängen wollte.

«OK! Jedenfalls freue ich mich und mein Vater ... Er war ganz begeistert von deinem Essen.»

Ich muss lachen und denke flüchtig, dass er vielleicht nicht nur von meinem Essen angetan war.

«Ich müsste noch die Kübel in deinem Garten gießen. Stört es dich, wenn ich das jetzt mache?»

«Nein, überhaupt nicht. Wenn du einem großen Mann begegnest, das ist mein Vater.»

Ich freue mich so sehr, dass Piet mich so aufmerksam umsorgt und mit seiner frischen, fröhlichen Art beglückt. Ohne ihn wäre der erste Eindruck der Insel sicherlich nicht so positiv gewesen.

Als ich eine Tischdecke auf den Gartentisch lege, sehe ich, dass Piet und mein Vater vor einer Pflanze stehen und sich angeregt unterhalten. Ich bin mir sicher, dass mein Vater den Jungen auch sofort in sein Herz schließen wird, denn er mag nicht nur Tiere sondern auch Kinder und ich weiß, dass er sich über Enkelkinder sehr freuen würde.

Die Sonne geht unter, als wir uns satt und zufrieden einen Schnaps gönnen, den ich in Rikes Keller gefunden habe.

«Papa, ich gebe dir gleich die Briefe, falls du sie heute noch lesen möchtest. Ich bin müde und gehe schlafen. Morgen früh hole ich Brötchen und dann können wir uns vielleicht den Rest der Insel ansehen?»

«Ja, mein Schatz. So werden wir es machen. Schlaf gut.»

Ich hole die Briefe aus der Schublade und überreiche sie meinem Vater, der sie mit zittrigen Händen entgegennimmt. Ich lasse ihn alleine, drehe mich um, bevor ich ins Haus gehe, und sehe, wie er an den Briefen schnuppert, sich die Anschrift genau betrachtet und langsam die Schleife öffnet.

Und noch immer kein Lebenszeichen von Elias, was mich ärgert. Offenbar macht er sich keine Sorgen um mich, vermisst mich nicht und sucht keine Versöhnung, was mich kränkt. Ich werde nicht diejenige sein, die den ersten Schritt macht und werde weiterhin abwarten, bis mein Freund sich meldet.

Ich schlafe so gut wie lange nicht mehr, was vielleicht an der gesunden Seeluft liegt, die herrlich frisch durch das weit geöffnete Fenster ins Zimmer strömt oder daran liegt, dass der berufliche Druck auf einmal weg ist. Ich strecke meine Glieder, sehe auf dem Handy nach, wie das Wetter wird und freue mich auf den Tag.

Nur ein paar Schäfchenwölkchen stehen am Himmel, die sich kaum bewegen, da ein schwacher Wind aus Süden weht.

Nach dem Duschen schleiche ich mich aus dem Haus, um Brötchen zu kaufen. Ich kenne bereits den kürzesten Weg zum Bäcker, der weniger als fünf Minuten dauert. Die freundliche Verkäuferin hat sich mein Gesicht gemerkt und weiß sogar, wer ich bin, was mich sehr wundert, aber das Dorf ist klein.

«Guten Morgen. Sie sind doch die neue Besitzerin von Rikes Haus?»

«Ja, ich bin Rikes Großnichte. Ihre Brötchen schmecken übrigens hervorragend.»

«Danke, das werde ich dem Meister weitergeben. Hier wird noch von Hand gebacken. Es ist so traurig, dass Rike ... Sie war so beliebt auf der ganzen Insel und hat sehr viel für Amrum getan. Die neuen Bänke vor der Kirche sind auch von ihr. Nachdem ihr Carl im Meer ertrunken ist, hat sie sich total isoliert und ich habe sie gar nicht mehr gesehen. Das war traurig ...»

«Ja, das ist es.» Ich halte mich bedeckt, denn vermutlich wundern sich alle, dass wir Rike nie besucht haben und trotzdem das Haus erben.

«Dann nehme ich ...»

«Werden Sie auf Amrum nur Ihre Ferien verbringen? Wenn Sie das Haus vermieten wollen, dann kann ich ...»

«Nein, ich werde es nicht vermieten. Ich werde erstmal eine Weile hierbleiben und dann sehen ... Geben Sie mir doch noch zwei Hörnchen.»

«Willkommen auf unserer schönen Insel.»

«Danke. Es ist wirklich wunderschön hier und vor allem noch nicht so überlaufen wie auf Sylt.»

«Da sind wir auch ganz froh drum. Darf es sonst noch was sein? Kennen Sie schon unsere Friesentorte? Die besteht aus Blätterteig und ist mit Sahne und Pflaumenmus geschichtet.»

«Das hört sich gut an. Die probiere ich das nächste Mal.»

«Sie sind aber nicht so oft auf Amrum gewesen?» Die Neugier der Frau ist größer als ich vermutet habe.

«In letzter Zeit leider nicht mehr.»

Hüpfend wie ein kleines Mädchen trete ich den Heimweg an und höre leise mein Handy im Rucksack klingeln. Als ich nachsehe, wer mich anruft, sehe ich Elias hübsches Gesicht. Mein Herz zuckt und ich spüre, wie meine unbeschwerte Freude mich abrupt verlässt.

«Hallo, Elias», sage ich mit dünner Stimme und bleibe stehen.

«Hallo. Ich finde dein Verhalten ziemlich daneben», herrscht er mich an, sodass ich leicht zusammenfahre.

«Du haust einfach so ab und hinterlässt mir nicht mal eine Nachricht», wirft er mir vor, ohne ein versöhnliches Wort zu verlieren.

«Ich habe dir doch gesagt, dass ich kündigen und mich für eine Weile in mein Haus zurückziehen werde.»

«Bist du bei Amelie?» Seine Stimme klingt etwas sanfter.

«Nein, ich bin ... auf Amrum.»

«Habe ich es mir doch gedacht. Hast du schon gekündigt?»

«Ja, das habe ich. Ich brauche jetzt einfach mal etwas Zeit und Ruhe, um mir zu überlegen, was ich wirklich will.»

«Du hast deinen tollen Job, auf den du so stolz gewesen bist, einfach so hingeschmissen?», fragt er fassungslos und wird wieder lauter.

«So toll war er nicht. Er war einfach nur stressig und hätte mich auf Dauer krank gemacht. Ich kann auch gut als selbständige Texterin arbeiten oder ich mache etwas ganz anderes. Es wird sich zeigen. Auf der Insel geht es mir jedenfalls richtig gut und ich kann das erste Mal seit Jahren richtig entspannen und habe Muße meine Umwelt wahrzunehmen.»

«Ich verstehe dich wirklich nicht, Emilia. Wir wollten beide Karriere machen, wollten uns eine Wohnung in der HafenCity kaufen und ich hätte mich vielleicht auch dazu breitschlagen lassen, ein Kind in die Welt zu setzen, aber jetzt ... Du schmeißt dein schönes Leben einfach so hin. Du wirst es bereuen. Noch würde Peter dich bestimmt zurücknehmen.»

«Ich möchte aber nicht zurück, Elias! Der Job hätte mich auf Dauer in den Burnout getrieben, wie so einige vor mir. Gib mir ein paar Wochen Zeit und lass uns dann nochmal in Ruhe über alles reden.» Piet kommt mir fröhlich mit seinem Hund entgegen. «Guten Morgen, Piet.»

«Hast du schon einen Neuen?», fragt mein Freund abfällig.

«Ich mach jetzt Schluss, bevor wir uns gegenseitig verletzen. Ich melde mich, wenn ich mir im Klaren darüber bin, was ich will», sage ich wütend und spüre, wie sehr mich das Gespräch aufwühlt.

«Es geht immer nur um dich! Ja, mach dir eine schöne Zeit, während ich hier alleine sitze und ...»

«Bitte, hör auf! Ich mach jetzt Schluss.»

Piet hat unser Gespräch mitangehört und zieht ein Gesicht, das Mitleid ausdrückt.

«War das dein Freund?» Ich streichele Luise, die ziemlich stark hechelt.

«Ja, wir … Sag mal, Luise macht einen erschöpften Eindruck. Soll mein Vater mal einen Blick auf sie werfen? Er ist ein sehr guter Tierarzt.»

«Das wäre sehr nett. Ich bin auch schon etwas besorgt. Seit gestern ist sie so schwach und wollte nichts fressen.»

«Komm doch gleich mit. Du kannst auch gerne mit uns zusammen frühstücken.»

«Das wäre dann mein zweites Frühstück, aber ich sage nicht nein, da ich immerzu Hunger habe.»

Mein Vater kommt gerade die Treppe herunter, als wir das Haus betreten.

«Ich habe einen Frühstücksgast, frische Brötchen und einen Patienten mitgebracht.»

«Guten Morgen, ihr drei.» Vater sieht zerknautscht aus und seine Augen sind rötlich und klein. Hat er in der Nacht alle Briefe gelesen und geweint?

«Ich decke draußen rasch den Tisch. Papa, willst du schon mal einen Blick auf Luise werfen?»

«Ja, das mache ich doch gerne.»

Ich verschwinde in der Küche und bereite das Frühstück vor.

Der Tierarzt empfiehlt Tabletten zur Stärkung und schreibt sie Piet, der sich um seinen Hund sehr sorgt, auf. Wenn Luise stirbt, wird es den Jungen hart treffen.

«Gehst du heute wieder Strandgut sammeln?», frage ich Piet und genieße das frische Brötchen, die Gesellschaft meines Vaters und vor allem den Blick aufs Meer.

«Ich war heute schon ganz früh am Strand, aber habe nichts Gescheites gefunden. Es war kein Westwind.»

«Piet sammelt Strandgut und bastelt daraus die tollsten Sachen.» Ich stehe auf, um meinem Vater Piets Kunstwerk zu zeigen.

«Das ist ja toll! Was man alles aus Müll machen kann.»

«Ich habe einen ganzen Schuppen voll mit dieser Kunst. Wenn ihr Lust habt, könnt ihr euch die gerne mal ansehen.»

«Ja, das werden wir tun.»

«Ich muss jetzt gehen, denn mein Vater wird sich sicherlich wundern, wo ich bleibe. Wir wollten heute noch eine Radtour machen.»

«Dann viel Spaß und grüße deinen Vater.»

«Wenn ihr Lust habt, kommt doch am Nachmittag vorbei», lädt Piet uns ein und zieht Luise, die nicht mehr laufen mag, hinter sich her.

«Ja, gerne.»

Als Piet fort ist, zieht mein Vater ein nachdenkliches Gesicht und reibt sich sein Kinn. Es sind vermutlich die Briefe, die ihn aufwühlen.

«Ich wollte es Piet nicht sagen, aber Luise ist sehr krank und wird nicht mehr lange leben.»

«Oh, nein! Verdammt! Kann man nicht noch irgendetwas für sie tun?»

«Es ist ihr Herz. Da kann man nichts mehr machen.»

Tränen schießen mir in die Augen und ich fluche leise. «Das wird Piet verdammt wehtun. Er ist doch noch nicht mal über den Tod seiner Mutter und seines Großvaters hinweg.»

«Das ist ein hartes Schicksal. Vielleicht könnte man Piet mit einem neuen Hund trösten?»

«Das wird erstmal kein Trost sein. Du weißt doch, wie es ist, wenn ein Tier stirbt. Man kann das geliebte Tier, an dem man hing, das seine Eigenarten hatte und das einen über so viele Jahre begleitet hat, nicht so einfach ersetzen und vergessen.»

«Ja, das weiß ich.»

«Hast du die Briefe gelesen?» Ich trinke den kalt gewordenen Tee und halte meinen Blick fest aufs Meer gerichtet.

«Ja.» Vater knetet seine Hände, was ein untrügliches Zeichen dafür ist, dass er gerührt und nervös ist. Ich warte darauf, dass er mir erzählt, was Rike geschrieben hat, aber stattdessen steht er auf, räumt das Geschirr auf das Tablett und sagt. «Wollen wir uns Räder mieten und einmal die Insel umrunden?»

«Ja, gerne.»

Direkt im Ort gibt es einen Fahrradverleih. Da wir beide nicht besonders sportlich sind, mieten wir uns E-Bikes. Es ist heiter bis wolkig und der Wind weht schwach. Der Radweg einmal um die Insel ist nur 20 Kilometer lang und führt in einer Schleife von etwa drei Stunden Wegstrecke an den hübschen Orten vorbei. Wir nehmen den Radweg an der Wattseite nach Nebel, der an Salzwiesen vorbeiführt. In Nebel legen wir unseren ersten Stopp ein. Der Ortskern des kleinen Ortes ist durch zahlreiche reetgedeckte Häuser aus dem 18. und 19. Jahrhundert sowie nicht asphaltierte Dorfgassen geprägt. Wir stellen die Räder ab und laufen durch den Ort. Vater kann sich an einige Häuser noch gut erinnern. Wir laufen weiter bis zur Windmühle, die ein Heimatmuseum beherbergt.

«Die Mühle war noch bis 1962 in Betrieb», weiß Vater und betrachtet sich die Flügel, die noch funktionsfähig sind.

«Mit der Nebeler Windmühle ist ein Amrum spezifisches christliches Ritual verbunden. Die vier Flügel der Mühle stehen in Ruhestellung üblicherweise diagonal ausgerichtet. Bei einem Todesfall auf der Insel werden die Mühlenflügel bis zur Stunde nach der Beerdigung des Toten in horizontal-vertikale Stellung gebracht, um weithin sichtbar auf den Todesfall hinzuweisen. Die Mühle steht dann im Kreuz.»

Ich bin beeindruckt von Vaters Wissen und folge ihm auf einen Friedhof.

«Das ist der Friedhof der Heimatlosen. Hier wurden nicht identifizierbare Wasserleichen bestattet. Wenn ich mich recht erinnere, wurde er 1905 angelegt. Ein Amrumer Kapitän trat freiwillig von seinem Landbesitz die Friedhofsfläche ab. Die meisten Gräber stammen vom Beginn des 20. Jahrhunderts.»

Ich betrachte mir die Gräber, auf denen schlichte Holzkreuze stehen. Vater zeigt mir den hölzernen Torbogen am Eingang, der die Inschrift „Es ist noch eine Ruhe vorhanden" trägt und einen Feldstein aus der alten Westmauer der Kirche St. Clemens, mit den eingravierten Worten „Freuet euch, dass eure Namen im Himmel geschrieben sind".

Wir laufen weiter zum Öömrang Hüs in Nebel. Es ist ein weitgehend im Originalzustand belassenes, etwa 1751 gebautes Uthlandfriesisches Haus. Der ursprüngliche Besitzer war ein Kapitän, der sein Schiff in der Wohnstube, „de Dörnsk" auf einer Fliesenwand abbilden ließ. Das Haus kann besichtigt werden. In Küche, Wohnstube und weiteren Räumen wird die Wohnkultur vergangener Tage gezeigt. In der Wohnstube des Öömrang Hüs werden auch standesamtliche Trauungen vollzogen. Hat Magnus hier vielleicht geheiratet?

Da es uns zu voll ist, lassen wir es mit der Besichtigung bleiben und schlendern weiter durch den Ort.

«Alles ist mir wieder so vertraut, als wäre ich erst gestern hier gewesen.»

Nachdem wir die St.-Clemens Kirche besichtigt haben, gehen wir zurück zu unseren Rädern und fahren weiter zum Leuchtturm.

«Die Feuerhöhe des Leuchtturms beträgt 63 Meter und ist damit eine der höchsten der deutschen Nordseeküste. Der Turm ist 41,8 Meter hoch. Über 197 Stufen gelangt man zum Aussichtsbereich. Er ist in den Sommermonaten geöffnet.»

«Papa, du erstaunst mich. Dass du dir das alles gemerkt hast», wundere ich mich.

Vater schmunzelt. «Ich muss gestehen, dass ich mein Wissen im Internet noch etwas aufgefrischt habe, aber einiges wusste ich sogar noch.»

Wir radeln weiter nach Wittdün, wo wir unsere Räder abstellen und uns in ein gemütliches Café setzen. Vater erzählt mir, dass Wittdün weiße Düne bedeutet und der Ort im Dünengelände gebaut wurde. Er hat mit seinen vielen Geschäftshäusern teilweise ein kleinstädtisches Gepräge. Die nach Osten zeigende „Südspitze" ist von einer doppelten „Wandelbahn" umgeben. Westlich des Ortes liegen zwei Campingplätze, südwestlich mehrere Dünenseen, darunter der Wriakhörnsee. In Wittdün liegt der einzige Amrumer Fährhafen. 1988 folgte der Bau eines neuen Kurmittelhauses. Heute verfügt Wittdün über ein Meerwasserwellenbad und ein Thalasso-Zentrum.

Während wir einen Kaffee schlürfen und uns eine Friesentorte teilen, will ich von Vater wissen, wie ihm das neue Amrum gefällt. Er überlegt, grinst und sagt: «Es ist schön geworden. Es gefällt mir und ich werde dich so oft es geht besuchen.»

«Papa, heute Morgen hat Elias sich bei mir gemeldet.»

«Ach! Will er, dass du zurückkommst?»

«Es war kein konstruktives Gespräch. Er findet es unmöglich, dass ich meinen Job geschmissen habe. Wir hatten Pläne, aber das waren mehr seine Pläne … Er zeigt keinerlei Verständnis für mich und macht mir Vorwürfe.» Ich kann meine Gefühle nicht verbergen. Tränen schießen mir in die Augen und ich setze meine Sonnenbrille auf. Vater drückt meine Hand.

«Ich finde, dass du den richtigen Schritt gemacht hast. Du warst nicht mehr glücklich und hattest dich im Hamsterrad festgelaufen, aus dem du nun vernünftigerweise ausbrichst. Wenn nicht beide Partner ganz fest hinter einem Plan stehen, dann funktioniert es auf Dauer auch nicht mit dem gemeinsamen Leben. Deine Mutter und ich waren uns immer in allem einig, was die Zukunft betraf, und es hat bis heute bestens funktioniert. Wir streiten uns nur selten und verfolgen die gleichen Ziele und Ideale.»

«Ihr seid wirklich ein Vorzeigepaar und ein gutes Beispiel, aber es ist schwer, den richtigen Deckel zu finden, der perfekt auf den Topf passt. Ich dachte, dass ich Elias lieben würde, aber als ich das erste Wochenende hier alleine verbracht habe, habe ich ihn überhaupt nicht vermisst und fühlte mich sehr wohl ohne ihn.»

«Ich habe deine Mutter gestern Abend schon vermisst und vor allem heute Morgen war es ungewohnt, dass sie nicht neben mir lag und ich ihr den Tee bringen konnte.»

«Vielleicht finde ich ja auch so einen tollen Mann, der mir den Tee ans Bett bringt und mich auf Händen trägt.»

«Das wirst du bestimmt. Du bist eine tolle Frau und vor allem so hübsch. Von wem du das wohl hast?» Vater zwinkert mir zu und ich genieße seine Gesellschaft, die ich nicht oft habe, denn er ist immerzu beschäftigt und liebt, im Gegensatz zu mir, seine Arbeit über alles.

Wir laufen durch den Ort und stöbern in den kleinen Läden nach hübschen Dingen. Ich suche ein Geschenk für Piet, aber weiß nicht so recht, worüber er sich freuen würde. Die Souvenirs, die hier feilgeboten werden, kennt er vermutlich alle. Ein Brotzeitbrett mit der Skyline von Amrum, auf der ich Piets Namen gravieren lasse, erscheint mir ein nettes Geschenk. Dazu finde ich noch eine maritime Tasse, die ich mit Süßigkeiten fülle.

Wir schwingen uns wieder auf den Sattel und ich spüre bereits meinen Po, sodass wir beschließen, zurückzufahren. Wir legen noch einen letzten Stopp am Strand ein, setzen uns in den warmen Sand und genießen das lebendige Treiben um uns herum.

«Papa, willst du über die Briefe reden?», frage ich zögerlich, da ich spüre, dass Vater in sich gekehrt ist.

Er greift mit beiden Händen in den feinen Sand und lässt ihn langsam auf den Boden rieseln.

«Es wühlt mich alles sehr auf. Es kommen so viele Erinnerungen hoch und ich wünschte, dass alles anders verlaufen wäre.»

«Aber es war nicht deine alleinige Schuld.»

«Rike hat sich bei mir in den Briefen entschuldigt. Sie wollte, dass wir uns versöhnen und ich sie wieder besuche.»

«Das hat sie geschrieben?»

«Ja, sie schrieb, dass Carl ihr, als er in Ruhestand ging, ihr von der Frau und seinem Kind erzählt hat. Rike hat Carl verziehen, sie wollte ihn nicht verlieren und hat ihm keine Vorwürfe gemacht.»

«Aber warum hat sie die Briefe nicht abgeschickt?»

«Das weiß ich nicht. Es waren so viele Jahre nach unserem Streit vergangen. Nach so langer Zeit fällt es schwer sich zu versöhnen. Sie hätte die Briefe nur abschicken müssen und ich wäre sofort gekommen.»

Ich bade meine Füße im Sand und stoße auf eine winzige Muschel, die ich mir genau betrachte.

«Und was stand in den anderen Briefen?» Vater beobachtet einen Fischkutter und seufzt.

«In den anderen Briefen waren nur Zeichnungen. Alles Motive von der Insel. Früher hat Rike mir zum Geburtstag immer diese postkartengroßen Bilder geschickt, über die ich mich sehr gefreut habe. Ich habe sie noch alle. Sie war eine großartige Künstlerin.»

«Ja, das war sie und daher werde ich ihre Bilder auf jeden Fall ausstellen.»

«Ach, Rike, warum bist du nur so stur gewesen?», fragt Vater seufzend und schaut in den Himmel.

«Wollen wir gleich noch am Friedhof vorbeifahren?»

«Ja, gerne. Aber vorher kaufen wir noch schöne Blumen.»

Mit einem versteinerten Gesicht steht Vater vor dem polierten Granitgrabstein auf dem Carls Name steht. Über seinem Namen ist ein Schiff in den dunklen Stein gemeißelt. Während Vater mit Rike Zwiesprache hält, besorge ich Wasser und sehe mir andere Gräber an, bleibe vor einigen Gräbern stehen und rechne die Lebensalter aus.

«Komm! Wir gehen jetzt zu Piet und gucken uns seine Kunstwerke an», sagt Papa plötzlich gefasst und nimmt mich an die Hand. Hat er sich eben mit Rike versöhnt?

Piet ist im Garten und kommt freudig herbeigelaufen.

«Passt es dir jetzt?», erkundige ich mich und halte Ausschau nach Luise.

«Ja, klar. Kommt rein.»

Die vielen Blumen im Vorgarten verströmen einen herrlichen Duft und leuchten in der Sonne.

«Wie geht es Luise?», erkundigt sich Vater und nimmt einen Blütenkopf in seine Hand.

«Sie liegt den ganzen Tag in ihrem Korb und schläft. Heute hat sie noch gar nichts gefressen.»

Magnus kommt aus der Terrassentür, da er wohl unsere Stimmen gehört hat. Ich freue mich, ihn zu sehen und spüre, dass mein Herz leicht in Wallung gerät. Seine blonden Haare leuchten in der Sonne und seine blauen Augen strahlen uns fröhlich an.

«Hallo, Magnus. Das ist mein Vater. Piet wollte uns seine Strandgut Kunstwerke zeigen», erkläre ich unsere Anwesenheit.

«Hallo, sehr erfreut», begrüßt der Witwer meinen Vater und streckt ihm seine kräftige Hand entgegen.

«Erinnerst du dich noch an mich?», fragt Vater und lässt Magnus Hand nicht los.

«Ja, doch. Ich habe euch doch freitags immer frischen Fisch gebracht und Rike hat mir jedes Mal ein Stück Kuchen mitgegeben», erzählt Magnus lächelnd.

«Euer Fisch war köstlich. Tut mir leid das … mit deiner Frau und deinem Vater», sagt Vater und reibt sich verlegen sein Kinn.

«Das war ein schwerer Verlust, aber ich habe ja noch Piet und Luise.»

Luise wird er nicht mehr lange haben, denke ich traurig und habe jetzt schon Mitleid mit den beiden.

«Ja, da kann Papa wirklich froh sein», mischt Piet sich ein und lacht breit. «Folgt mir in mein Museum.»

Magnus geht wieder ins Haus zurück, während wir zu dem blau gestrichenen Gartenhaus gehen, an dem ein Schild hängt, auf dem steht: «Piets Strandgut Museum.»

«Kostet das auch Eintritt?», frage ich scherzhaft und sehe mich in dem Garten um, der noch größer ist als meiner.

«Zehn Euro pro Person.»

Piet schaltet Licht an und öffnet die beiden Flügeltüren, da es im Haus etwas muffig riecht.

«Ihr könnt euch in Ruhe alles ansehen. Wenn euch etwas gefällt, könnt ihr es auch kaufen.»

Vater und ich sind erstaunt, was Piet aus dem Müll gemacht hat. Wir nehmen die Kunstwerke zum Teil in die Hand und staunen mit offenen Mündern.

«Das ist ja unglaublich! Piet, du bist ein Künstler!», stelle ich begeistert fest. Ein Herz auf einem großen Holzblock, der mit Muscheln beklebt ist, hat es mir besonders angetan.

«Das war mal ein verrosteter Metallbügel, den habe ich zum Herz gebogen.»

«Den finde ich toll. Der würde gut in mein Schlafzimmer passen. Würdest du den verkaufen?»

«Nein, den schenke ich dir.» Piet kann unglaublich süß lächeln, genau wie sein Vater und dazu noch äußerst charmant sein. Die Grübchen, die beim Lachen entstehen, machen ihre Gesichter attraktiv und liebenswert.

«Das kann ich nicht annehmen. Ich werde es nur nehmen, wenn ich es bezahle.»

«Gut, dann gib mir einen Euro.»

Ich zeige Piet einen Vogel, zücke mein Portemonnaie und reiche ihm einen zwanzig Euro Schein.

«Das ist viel zu viel!», beschwert er sich.

«Papperlapapp. Das ist es allemal wert.»

«Gut, danke, aber wenn du noch etwas findest, musst du es nicht bezahlen.»

Vater betrachtet sich ein Stück Seil, das die Form eines Ankers hat und an dem eine schwarze Schleife hängt.

«Das ist unverkäuflich. Das ist ein Stück Seil von Großvaters Kutter.»

«Dein Großvater war ein leidenschaftlicher Fischer und wäre vermutlich noch immer aufs Meer hinausgefahren», vermutet Vater und legt den Anker vorsichtig zurück.

«Ja, das denke ich auch. Er liebte das Meer, das ihm jedoch auch sein Leben nahm.»

«Wenn du mal Lust hast, etwas anderes zu sehen, dann Besuch uns doch mal in Hamburg», lädt Vater den Jungen ein, weil er ihn genauso sympathisch findet wie ich.

«Ja, gerne. Ich wollte mit Papa immer schon in den Tierpark und den Hafen, aber bisher haben wir es noch nicht geschafft.»

«Danke für deine Führung durch dein kleines Museum.»

«Kommst du dann morgen zum Essen?», erinnert mich Piet an die Einladung.

«Ja, sehr gerne.»

Als ich die Gartenpforte öffne und auf mein Haus blicke, überkommt mich ein unglaubliches Glücksgefühl. Ich fühle mich wie in einem schönen Traum.

Am Abend gehen wir in Wittdün essen und genießen frischen Fisch im Freien. Vater erzählt mir Geschichten von der Insel, an die er sich noch erinnern kann und erwähnt auch immer wieder Rike, die offensichtlich eine bedeutende Rolle in seinem Leben gespielt hatte.

Kurz bevor ich mich zum Schlafengehen verabschiede, zeigt Vater mir Rikes Karten, die wunderschön sind. Er möchte sie mit nach Hause nehmen und in seinem Arbeitszimmer aufhängen.

# D R E I Z E H N

A m nächsten Tag muss ich mich schweren Herzens von meinem Vater verabschieden. Wir haben beide feuchte Augen als wir uns umarmen.

Ich bin traurig, dass er nicht noch länger bei mir bleibt und muss mich an die neue Einsamkeit gewöhnen.

Als ich meine Pforte schließe, sehe ich Piet im Vorgarten stehen und gehe zu ihm rüber. Er hat verweinte Augen und haut wütend mit einem Stock auf die Blumen ein, die zum Teil ihre Köpfe verlieren.

«Piet, was ist denn los?» Ich habe eine schreckliche Vermutung.

«Luise ist …» Er fängt an zu schluchzen.

«Oh, nein.» Ich schließe Piet in meine Arme und spüre, dass er meinen Trost gebrauchen kann. Er nimmt meine mütterliche Fürsorge an und lässt mich nicht mehr los, krallt sich mit seinen Händen in meinen Pullover und weint ungehemmt.

«Wir kommen gerade vom Tierarzt, der Luise … einschläfern musste.»

«Das tut mir so unendlich leid.»

Magnus kommt aus dem Haus und versucht, sich ein Lächeln abzuringen.

«Hallo, Emilia. Du hast schon gehört?»

«Ja, das tut mir so leid», wiederhole ich mich und kann meine Tränen nicht zurückhalten. Piet löst sich aus meiner Umarmung und rennt ins Haus.

«Dann lass uns das Essen doch verschieben», schlage ich Magnus vor und wische die Feuchtigkeit mit den Fingern von meinen Wangen.

«Nein, ich habe schon alles eingekauft. Wir brauchen jetzt Ablenkung und freuen uns auf deine Gesellschaft.»

«Piet muss ziemlich viel durchmachen. Er ist so ein toller Junge. Wenn ihr einen neuen Hund haben möchtet ... meine Eltern nehmen ausgesetzte Hunde auf und ihr könntet euch dort jederzeit einen aussuchen.»

«Ich glaube nicht, dass Piet sofort einen Ersatz für Luise haben möchte, aber wenn er soweit ist, sage ich Bescheid.»

«Wann soll ich kommen?»

«Passt es dir gegen achtzehn Uhr?»

«Ja. Ich werde noch einen Strandspaziergang unternehmen und freue mich. Kann ich noch etwas mitbringen?»

Magnus schüttelt den Kopf und dreht sich zur Haustür, die zugeweht ist.

Ich hoffe, dass ich die Männer beim Essen ein wenig aufmuntern kann.

Amelie hat bereits mehrmals versucht mich zu erreichen. Ich setze mich in den Strandkorb und rufe meine Freundin an, die ich jetzt gerne zum Quatschen bei mir hätte.

«Hi, wie ergeht es dir auf dem kleinen Inselchen?»

«Gut, aber heute ist kein schöner Tag.»

«Warum nicht? Regnet es? Bei uns scheint die Sonne und Marlon plantscht munter in seinem neuen Plantschbecken.»

«Die Sonne lacht auch hier vom Himmel, aber erstens ist mein Vater heute abgereist und zweitens ist der Hund des Nachbarn eingeschläfert worden.»

«Und das macht dir so zu schaffen?», wundert sich Amelie.

«Ich habe dir doch von Piet erzählt, der sich um mein Haus kümmert, der seine Mutter und seinen Großvater kurz nacheinander verloren hat. Es war sein Hund, der gestorben ist.»

«Oh, der arme Junge.»

«Ich bin heute Abend bei ihm und seinem Vater zum Essen eingeladen. Ich werde vermutlich die ganze Zeit über heulen.»

«Also, hast du schon Anschluss gefunden?»

«Ja, aber außer den beiden kenne ich hier niemanden. Und wie geht es dir?»

«Gut! Erinnerst du dich noch an den Fotografen, den ich auf der Ex-Kollegen Feier getroffen habe?»

«Ja, schwach.»

«Stell dir vor, der hat mich angerufen und zum Essen eingeladen.»

«Ach! Und hast du die Einladung angenommen?»

«Ja, aber es war nicht leicht, einen Babysitter zu finden. Meine Nachbarin will Marlon nicht mehr nehmen, weil er ja ihren Teppich und ihr Kleid ruiniert hat und meine liebste Babysitterin hat sich leider einfach auf eine Insel abgesetzt, die unglaublich weit von Hamburg entfernt ist.»

«Das tut mir leid, aber vielleicht wird es mir hier auch schnell zu langweilig und ich bin bald wieder in Hamburg?»

«Ich habe eine Influencerin gefunden, die zufälligerweise in meiner Straße wohnt. Sie ist total nett und kann super mit Kindern umgehen. Mal sehen, wie sie mit Marlon klarkommen wird.»

«Prima! Dann berichte mir von deinem Date.»

«Klar! Und ich wünsche dir viel Spaß mit den Männern. Sag mal, hat der Vater eine neue Frau?», will Amelie wissen.

«Nein, warum?»

«Sieht er gut aus?»

«Warum … denkst du, dass ich …?»

«Warum nicht? In den Sohn hast du dich ja schon verliebt.»

«Ich werde jetzt ein Sonnenbad nehmen und den Meerblick genießen. Tschüss!»

Während ich einfach nur dasitze und nichts tue, was für mich ganz ungewohnt ist, muss ich an Elias denken. Wie sehr er sich verändert hat, wie sehr wir uns in den letzten Jahren unbemerkt voneinander entfernt haben, ist erschreckend. Werden wir wieder zueinanderfinden oder endet unsere Liebe für immer? Ich werde sehen, was meine Gefühle in den nächsten Tagen sagen werden und überlege, was ich Magnus mitbringen könnte. Würde er sich über ein Bild von Rike freuen? Ich gehe in das Atelier, in dem ich Rikes Geist ganz deutlich spüre. Ich bilde mir ein, dass sie in den Nächten vor der Staffelei sitzt und an ihrem unvollendeten Bild weitermalt.

Ich öffne einen Schrank, in dem sich noch mehr Bilder befinden und setze mich auf ein großes Lammfell, um mir die Kunstwerke anzusehen. Die meisten Bilder zeigen Friesenhäuser oder Strandkörbe in allen Farben. Ist das nicht Magnus Haus? Ich schaue aus dem Fenster, von dem aus ich sein Haus sehen kann. Tatsächlich! Rike hat auch sein Haus gemalt. Das ist ein tolles Geschenk! Ich suche nach einem passenden Bilderrahmen und binde eine Schleife darum.

Der Besuch fällt mir nicht leicht, denn wie kann ich Piet und seinen Vater trösten? Ich wünsche mir meinen Bruder her, der die beiden bestimmt aufgemuntert hätte. Darius hat versprochen, mich bald zu besuchen und vielleicht kann er bei mir eine kleine Privatvorstellung geben?

Nach einem ausgiebigen Strandspaziergang nehme ich ein heißes Bad. Während das warme, duftende Wasser meine Haut umspielt, stelle ich mir Rike im Badezimmer vor. Sie steht vor dem Spiegel und betrachtet zweifelnd und unglücklich ihr Spiegelbild. «Warum hat Carl mich betrogen?», fragt sie sich mit tränenden Augen und dreht sich zu mir. «Ich freue mich sehr, dass du in meinem Haus wohnst, Emilia. Fülle es mit Leben und werde hier glücklich. Ich habe mir immer so sehr Kinder gewünscht, aber sie waren mir nicht vergönnt. Ich habe mich immer so sehr über eure Besuche gefreut und es tut mir so leid, dass ich deinen Vater wie einen räudigen Hund vom Hof gejagt habe. Nun hat er meine Briefe gelesen und ist mir hoffentlich nicht mehr böse.»

Ich wische mit einem Waschlappen über mein Gesicht. Rike ist nicht mehr da.

Da meine Kleiderauswahl sehr beschränkt ist, nehme ich mir vor, in den nächsten Wochen in unsere Wohnung zu fahren, um mir meine gesamte Kleidung und alle persönlichen Dinge zu holen.

Ich entscheide mich für ein florales Kleid und nehme eine Wolljacke mit, da es abends empfindlich kalt werden soll. Leider habe ich bei meinem hastigen Auszug nicht meinen Schmuck mitgenommen, der mir jetzt fehlt. Ich trage nur einen schlichten, goldenen Ring mit einem winzigen Rubin, den Elias mir zu unserem ersten Jahrestag geschenkt hat.

Auf Rikes Kommode im Schlafzimmer steht eine Schatulle, die ich bisher noch nicht geöffnet habe. Da Rike heute zu mir gesprochen hat und es gutheißt, dass ich in ihrem Haus lebe, öffne ich das Schmuckkästchen, in dem sich nicht viel, jedoch echter Schmuck befindet. Ich nehme eine goldene Kette in die Hand, an der ein kleines Herz hängt. Hat Carl ihr die Kette geschenkt? Hat er sie von einer seiner langen Reisen mitgebracht? War es vielleicht ein Widergutmachungsgeschenk, nachdem Rike von der anderen Frau und dem Kind erfahren hatte?

Zögerlich hänge ich mir die Kette um den Hals und betrachte mich im Spiegel.

Etwas aufgewühlt verlasse ich mein schönes Heim und hoffe, dass die Stimmung im Nachbarhaus nicht allzu drückend ist.

Piet öffnet mir die Tür und zeigt sogar ein Lächeln. Mein Blick fällt sofort auf den leeren Hundekorb.

«Habt ihr auch Besucherpantoffeln?», frage ich in einem heiteren Ton, obwohl mir zum Heulen zumute ist.

«Nein, du kannst bei uns deine Schuhe anbehalten.»

Aus der Küche dringen Geräusche und es duftet nach gebratenen Zwiebeln.

«Mein Vater ist noch nicht ganz fertig mit dem Essen. Ich glaube, dass er sich mit seinem Menü etwas übernommen hat», flüstert Piet und schmunzelt.

Ich folge dem Jungen ins Wohnzimmer und schaue mich in dem alten Haus, in dem die Decke ziemlich niedrig ist, um. Das Haus besitzt viele kleine Räume. Piet führt mich ins Esszimmer, von dem man einen schönen Blick in den großen Garten hat. Leider ist es zu kühl, um draußen zu sitzen. Der Tisch ist bereits mit einem schlichten, weißen Geschirr gedeckt. Piet zündet zwei Kerzen an, die in silbernen Ständern in der Tischmitte stehen.

«Du kannst dich schon mal hinsetzen. Es müsste bald losgehen. Papa! Emilia ist da!», ruft Piet laut. Kurz darauf erscheint Magnus. Er trägt eine Schürze und streckt mir lächelnd seine Hand entgegen. Seine blauen Augen funkeln mich freudig an, sodass ich das Gefühl habe, dass er sich über meinen Besuch freut.

«Guten Abend. Das duftet köstlich.»

«Leider brauche ich noch ein paar Minuten, aber Piet kann dir entweder das Haus zeigen, wenn es dich interessiert oder dich unterhalten.»

«Ich würde mir gerne das Haus ansehen.»

«Gut, dann folge mir. Wir fangen im Obergeschoss an.»

Magnus verschwindet wieder in der Küche, während wir die steile Treppe erklimmen, die ein hübsches, gedrechseltes Holzgeländer besitzt.

«Wie alt ist das Haus?»

«Es wird in diesem Jahr hundertzwanzig Jahre alt.»

«Wow! Dann haben deine Urgroßeltern das Haus gebaut?»

«Da musst du Magnus mal fragen. Hier ist mein Reich. Als mein Großvater gestorben ist, hat mein Vater einen Durchbruch gemacht und so habe ich jetzt ein größeres Zimmer. Früher haben wir mit meinen Großeltern zusammengewohnt. Sie oben und wir unten.»

Ich habe ein typisches Teenagerzimmer erwartet, aber es hängen weder Poster an der Wand noch liegen Klamotten auf dem Boden herum. Hat Piet extra für mich aufgeräumt oder ist er einer der wenigen Jugendlichen, die Ordnung mögen? Ich muss unweigerlich an Elias und seine extreme Unordnung denken.

«Schön hast du es.»

«Ist ganz OK! Nebenan ist das Schlafzimmer meines Vaters. Dann haben wir hier unser Badezimmer und in diesem Raum war mal die Küche meiner Großeltern, die Papa zum Arbeitszimmer umgebaut hat und das war es hier oben auch schon.» Piet lässt sich nicht viel Zeit bei der Hausbesichtigung und hüpft die schmale Treppe vor mir herunter.

«Ihr habt ja ganz schön viel Platz.»

«Früher haben hier immer zwei Generationen gelebt», teilt Piet mir mit einem traurigen Gesichtsausdruck mit und erinnert sich vermutlich an die Zeiten, als das Haus noch mit Leben gefüllt war und nun ist auch noch Luise gegangen …

«Ich wäre dann so weit», ruft Magus von unten. Wir gehen wieder am leeren Körbchen vorbei, was mein Herz bluten lässt.

«Ich habe euch noch etwas mitgebracht.»

Zuerst ziehe ich Rikes Bild aus dem Beutel. «Dieses Bild habe ich in Rikes Atelier gefunden. Ich denke, dass es euch gefallen wird?»

«Das ist ja unser Haus!», ruft Piet begeistert aus.

«Tatsächlich. Und wie gut es getroffen ist. Selbst die Gardinen sind drauf. Vielen Dank!»

«Und für dich habe ich auch noch etwas.» Ich gebe Piet das Frühstücksbrett und die Tasse.

«Oh, wie schön! Schau mal, Papa! Jetzt habe ich mein eigenes Brett, nur für mich. Danke, Emilia.»

Offenbar habe ich mit meinen Geschenken ins Schwarze getroffen.

Magnus hat sich ganz schön ins Zeug gelegt. Die Vorspeise sieht köstlich aus und es duftet nach Knoblauch, den ich liebe.

«Dann lasst es euch schmecken, auch wenn es heute ein trauriger Tag ist. Luise hätte jetzt unterm Tisch gelegen und Piets Füße gewärmt.»

«Luise ging es schon lange nicht mehr gut und nun ist sie erlöst», fügt Piet hinzu, um sich selbst zu trösten.

«Sie hatte ein herrliches Leben bei euch und es wäre auch nicht schön gewesen, wenn sie sich mit Schmerzen gequält hätte», gebe ich meinen Senf dazu.

«Auf Luise!», sagt Magnus und hebt sein Weinglas.

Die Männer sind nicht so bedrückt, wie ich es erwartet hatte und erzählen mir Geschichten über das Haus und ihre Bewohner. Magnus kann eindeutig besser kochen als ich und ich bemerke, wie wohl ich mich in diesem Haus fühle, wie anregend und gesellig es mit den Männern ist, die viel Interessantes zu erzählen haben und viel tiefgründiger sind als ich vermutet habe.

«Kennst du die Geschichte von den Oterbaankins?», fragt Piet mich.

«Nein, davon habe ich noch nie etwas gehört.»

«Die Oterbaankins sind vergleichbar mit kleinen Trollen oder Zwergen. Sie leben unterirdisch und treiben gerne ihren Schabernack mit den Menschen. Die kleinen Männlein sind aber nicht bösartig. Wenn ein Mensch ein gutes Herz hat, sind die Oterbaankins durchaus bereit zu helfen. Nur unterschätzen sollte man sie nicht. Die Föhrer wissen das seit langer Zeit und so sagten sie stets zu ihren Kindern: „Kem' am föör 't jonken tüs ölers kem a Oterbaankin beeft jam unn!"

Soll ich dir erzählen, wie die Oterbaankins nach Föhr kamen?» Ich nicke und hänge an Piets Lippen.

«Ein Fährmann, der mit seinem Boot Überfahrten von Amrum nach Föhr machte, lebte in einem schäbigen Haus in Utersum. Eines nachts wurde er von einem Klopfen aus dem Schlaf gerissen. Er öffnete die Tür, allerdings war es so dunkel, dass er niemanden sehen konnte. Er hörte eine Stimme, diese fragte, ob er einige Fahrgäste nach Amrum übersetzen wolle. Der Fährmann erwiderte: „Nicht bei diesem Wetter!" Die Stimme aber wollte, dass der Fährmann sie trotz des Sturms übersetzte. Der Fährmann überlegte eine ganze Weile und war schließlich einverstanden. Er machte sich auf den Weg zu seinem Ankerplatz, wo sein Schiff lag. Doch noch bevor er dieses ganz erreicht hatte, hörte er ein Stimmengewirr und Gepolter aus seinem Boot. Als er sein Schiff betrat, waren seine kleinen Fahrgäste schon an Bord, und zwar so viele von ihnen, dass er kaum noch Platz hatte.

Glücklich brachte er die Oterbaankins heil nach Amrum und fuhr diese Strecke dann noch einige Male, bis alle Oterbaankins auf Amrum waren. Immer verließen sie eiligst das Boot, ohne ein Wort des Dankes. Missmutig darüber ging der Fährmann nach Hause. Als er in sein Haus treten wollte, stieß er mit seinem Fuß gegen etwas Hartes. Es war sein eigener Hut, der mit Goldstücken gefüllt war. Diese hatten die kleinen Kerle dort als Lohn für die Überfahrt hingelegt und so wurde der Fährmann reich.

Vermutlich haben sich einige der Oterbaankins dazu entschlossen, auf Föhr zu bleiben oder dorthin zurückzukommen. Einige Einheimische sind hingegen der Meinung, dass die Zwerge aus Dänemark kommen. Was nun stimmt, weiß man nicht genau, aber wenn du auf einen Oterbaankin treffen solltest, frage ihn doch mal. Aber Achtung! Du solltest den kleinen Männlein höflich begegnen, um sie nicht zu verärgern und somit den Schabernack zu provozieren!» Während Piet diese nette Geschichte erzählt, sehe ich, wie Magnus seinen Sohn verträumt beobachtet. Er kann sich glücklich schätzen und wirklich stolz auf den tollen Jungen sein.

Die Zeit vergeht wie im Fluge und ich spüre, dass ich müde werde und alle paar Minuten gähnen muss. Die Seeluft und der Wein zeigen ihre Wirkung. Ich werfe einen Blick auf die Uhr. Es ist bereits kurz nach elf.

«Das war ein wunderschöner Abend. Das Essen war unglaublich lecker und die Unterhaltung überaus interessant. Ich weiß nun schon viel über eure schöne Insel.»

«Willst du schon gehen? Wir könnten noch ein Spiel spielen. Kennst du die «Siedler»?», will Piet wissen und möchte mich nicht gehen lassen.

«Nein, das Spiel kenne ich nicht. Ich habe mit meinem Freund nie gespielt, nicht mal «Mensch ärgere dich nicht», weil wir immerzu anderweitig beschäftigt waren, aber ich würde gerne mal wieder spielen.»

«Du hast doch jetzt viel Zeit und kannst jederzeit zu uns kommen», schlägt Piet mir euphorisch vor. Offenbar gibt es keine weiteren Personen in seinem Leben, mit denen er sich treffen kann.

«Ja, mal sehen. Ich muss mir die nächsten Tage mal überlegen, was ich beruflich tun möchte.»

«Ich finde es sehr mutig von dir, dass du deinen Job einfach hingeschmissen hast», meint Magnus und stellt die Teller übereinander.

«Ja, ich habe mich über mich selbst gewundert. Eigentlich bin ich gar nicht so mutig und immerzu auf Sicherheit bedacht. Aber da ich nun ein eigenes Haus habe und keine Miete zahlen muss, ist es mir offensichtlich leichter gefallen.»

«Ich bringe dich noch rüber. Ich muss mich noch etwas bewegen und du wirst die Küche machen, Piet.»

«Ich kann euch beim Abwasch gerne helfen?», biete ich mich an.

«Nein, wir haben eine feste Vereinbarung. Ich koche und Piet macht den Abwasch.»

Ich umarme den liebenswerten Jungen und bin versucht, ihm über den Kopf zu streicheln, aber denke, dass Jungen in seinem Alter das nicht mögen. «Schlaf gut! Und sei nicht traurig. Luise geht es jetzt gut.»

«Ja, das denke ich auch, dennoch vermisse ich sie. Und danke für die tollen Geschenke.»

Die Luft ist kalt, sodass ich sofort fröstele als ich ins Freie trete.

«Wir herrlich ruhig es hier ist», stelle ich fest und schaue in den Himmel, an dem unzählige Sterne funkeln, die ich mir in Hamburg nie ansehe.

«Heute ist eine schöne Nacht. Ich danke dir, dass du gekommen bist und uns abgelenkt hast. Das hat Piet sehr gutgetan.»

Ich schweige und schließe meine Wolljacke.

«Ich freue mich sehr darüber, dass wir eine so nette und hübsche Nachbarin haben.»

«Oh, Dankeschön. Wenn ihr Hilfe braucht, bin ich jederzeit für euch da. Einfach nur klingeln.»

«Danke, das ist nett.»

Nach wenigen Schritten erreichen wir mein Haus und stehen vor der kleinen Pforte, an der noch Rikes Namensschild klebt.

Magnus steht nur einen Fuß von mir entfernt und sieht mich an wie ein Mann, der eine Frau küssen möchte oder bilde ich es mir ein? Da meine Sinne vom Alkohol benebelt sind und ich den Naturburschen mit dem breiten Kreuz sehr gerne mag, hätte ich nichts dagegen, wenn er mich küsst.

«Schlaf gut, Emilia.»

«Du auch. Wir sehen uns.»

Er streckt mir seine große Hand entgegen, die ich zögerlich annehme.

# VIERZEHN

E s ist ungewohnt, werktags nicht vom Wecker aus dem Schlaf gerissen zu werden und einfach so lange im Bett liegenzubleiben, bis ich den Elan verspüre, das warme Bett zu verlassen.

Ich strecke meine Arme in die Höhe und sehe, dass Regentropfen am Fenster kleben. Der Wetterbericht hatte recht, es soll den ganzen Vormittag Niederschlag geben. Aber da ich im Haus einiges in Angriff nehmen wollte, ist es nicht tragisch, zudem habe ich mir vorgenommen, auch bei Regen meinen täglichen Strandspaziergang zu machen.

Ich fühle mich, als wäre ich im Urlaub, bin entspannt und genieße es, nicht mehr den beruflichen Druck zu haben, der mir mehr und mehr zugesetzt hat.

Ich habe keine Ahnung, was die nächsten Monate in meinem Leben passieren wird, lasse mich überraschen und freue mich auf alles, was kommt. Das Leben ist definitiv zu kurz, um unglücklich zu sein und bei einigen Menschen, wie zum Beispiel bei Magnus Frau, ist es noch kürzer. Ich habe das Richtige getan, rede ich mir ein, um mir selbst Mut zu machen und denke, dass es Schicksal gewesen ist, dass ich genau zu dieser Zeit Rikes Haus bekommen habe.

Nach einem ausgiebigen Frühstück fange ich an, mir eine Kommode im Wohnzimmer vorzunehmen. Nach und nach werde ich alle Schränke durchsehen, ausmisten und das Haus mit Gegenständen füllen, die nach meinem Geschmack sind. So werde ich mich auch von einigen

Möbeln trennen und mir ein neues Bett kaufen, das ich in Rikes Schlafzimmer stellen werde.

In der Kommode finde ich einen Karton mit Fotos. Es sind alte schwarzweiß Bilder von Rikes Eltern, von Carl und sehr viele Landschaftsaufnahmen von Amrum. Auf einigen Fotos ist auch Vater zu sehen. Auf einem Bild sitzt er in einer schrecklichen Badehose und langen Haaren in den Dünen und strahlt in die Kamera, hinter der Rike offensichtlich stand. Damals waren die beiden noch ein Herz und eine Seele, denke ich traurig. Weiterhin finde ich Dokumente und Rechnungen. Unter einem Pappkarton, der mit Geschenkpapier aufgehübscht wurde, entdecke ich einen Brief. Auf dem Umschlag, auf dem ich getrocknete Tränen vermute, steht: «Für meine liebe Rike»

Es widerstrebt mir, den Brief, der sich in einem geöffneten Umschlag befindet, zu lesen. Doch da Rike alles ausdrücklich meinem Vater vererbt hat, wollte sie, dass Vater die Sachen findet. Meine Neugier ist groß, denn ich möchte mehr über Rike und Carl erfahren, daher hole ich den Brief zögerlich aus dem Umschlag und setze mich aufs Sofa, um in Ruhe die Zeilen zu lesen, die Carl mit schwarzer Tinte in einer kunstvollen Schrift verfasst hat.

«Meine geliebte Rike, es tut mir so unendlich leid, dass ich dir kein guter Ehemann gewesen bin. Du bist für mich auf diese kleine Insel gezogen, hast dein Studium aufgegeben und hast immerzu auf mich gewartet. Und was mache ich? Ich lasse mich mit einer anderen Frau ein, die von mir ein Kind bekommt. Wie sehr habe ich diesen größten Fehler meines Lebens bereut. Ich hätte alles dafür getan, um diesen Fehltritt rückgängig zu machen. Wenn ich dir jetzt schreibe, dass es das einzige Mal gewesen ist, dass ich dich betrogen habe, wirst du es mir vermutlich nicht glauben, aber es ist die Wahrheit. Du warst meine einzige und große Liebe und wenn wir uns auch nicht oft gesehen haben, war die Zeit mit dir sehr intensiv und wunderschön. Ich habe unserem Wiedersehen nach jeder langen Fahrt entgegengefiebert und konnte es kaum erwarten, dich in meine Arme zu schließen. Als ich dir von meinem Fehltritt erzählte, weil er mich belastete, bemerkte ich, dass ich dich schrecklich verletzt habe und dass der tiefe Riss, der sich zwischen uns gebildet hatte, nicht mehr zu kitten war. Deine vorwurfsvollen Blicke, deine Wut und die Wunden, die ich dir zugefügt habe, haben mir sehr wehgetan und ich konnte sie nur schwer ertragen. Es ist nicht nur der Seitensprung, der mich dazu veranlasst, dich für immer zu verlassen. Leider wurde letzte Woche bei mir ein aggressiver Lungentumor diagnostiziert. Ich möchte dich nicht mit meiner Pflege belasten und denke, dass es das Beste ist, wenn ich jetzt aus dem Leben scheide, damit wir beide unsere Ruhe finden und uns nicht quälen müssen. Ich weiß, dass du mir meinen Fehltritt sehr übelnimmst, zumal ich ihn auch noch all die Jahre geheim hielt. Meine liebe Rike, versuche bitte, ohne mich glücklich zu werden und male weiterhin so wunderschöne Bilder. Du hättest dein Studium nicht aufgeben dürfen, du hättest keinen Kapitän heiraten dürfen ... Morgen werde ich dorthin zurückgehen, wo ich die meiste Zeit meines Lebens verbracht habe, aber werde dieses Mal nicht wiederkommen. Lebe wohl min Deern und sei mir nicht böse, dass ich einfach so gehe, aber ich kann nicht anders. Dein Carl»

Tränen rinnen aus meinen Augen, die die Zeilen ein zweites Mal lesen. Carl hat sich das Leben genommen! Darum hatte Rike sich nach seinem Tod zurückgezogen. Sie muss über seinen Freitod schrecklich traurig gewesen sein. Der Verlust ihres geliebten Mannes, den sie nicht verlassen hatte, muss sie bis ins Mark getroffen haben. Was für ein Drama! Offiziell war Carl beim Schwimmen an einem Herzinfarkt gestorben. Der befreundete Arzt hatte den Totenschein ausgestellt und gewusst, dass Carl unheilbar krank gewesen ist.

Ich muss es Vater erzählen, da ich sehr bewegt bin über diese neuen Fakten, von denen niemand etwas wusste, außer Rike.

«Hallo, Mama. Wir geht es dir? Ist Papa zu sprechen?»

«Hallo, Emilia. Was ist los? Du hörst dich so aufgebracht an.»

«Ich habe gerade einen Brief von Carl gefunden, einen Abschiedsbrief. Er hat sich das Leben genommen und hatte gar keinen Herzinfarkt.»

«Oh, das ist ja schrecklich. Und warum?»

Schniefend lese ich Mutter den herzzerreißenden Brief vor.

«Meine Güte! Papa ist gerade unterwegs zu einem Notfall. Ich werde es ihm erzählen. Ist es dir auch nicht zu einsam auf der Insel? Für mich wäre das ja nichts, aber du kommst vielleicht mal zur Ruhe. Wenn du ein Ohr brauchst, dann melde dich jederzeit.»

«Danke, Mama. Kommst du auch mal vorbei?»

«Ich werde es versuchen. Darius wollte dich nächstes Wochenende besuchen.»

«Ich kann hier gerade sehr gut einen lustigen Clown gebrauchen.»

Es regnet noch immer, aber ich muss raus, muss meinen traurigen Kopf durchpusten lassen.

Nur wenige Strandläufer sind im Friesennerz und Gummistiefeln bei dem Schietwetter am Strand unterwegs. Ich bleibe an der Wasserkante stehen und blicke auf die raue See hinaus, in der Magnus Vater und Carl ihr Leben ließen. Wie traurig Rikes Leben gewesen ist. Sie hat immerzu auf ihren Carl gewartet und als er endlich bei ihr war, hat er sie für immer verlassen. Hatte Rike Amrum so sehr geliebt oder warum ist sie geblieben? Werde ich auch bis an mein Lebensende auf dieser kleinen Insel bleiben? Werde ich Rikes Haus mit Kindern füllen, die ihr nicht vergönnt gewesen waren?

Kalter Regen peitscht mir ins Gesicht und meine Füße, die in Turnschuhen stecken, werden nass, da die Wellen weit auf den Strand laufen. Nach über einer Stunde habe ich genug von dem ungemütlichen Wetter und freue mich auf eine heiße Suppe, die ich gierig löffele. Meine Gedanken sind so trübe wie dieser graue Tag. Wenn es hier jeden Tag so trist sein sollte, werde ich vermutlich schnell depressiv werden, befürchte ich. Wie sieht es erst im Winter aus? Dann wird die Insel menschenleer sein, ein eiskalter Wind wird um mein Haus pfeifen und ich werde mich vielleicht schrecklich einsam fühlen?

Regen und Sturm lassen nicht nach. Immerzu muss ich an Rike denken, die noch vor Kurzem hier gelebt hat. Sie hat sich in die Malerei geflüchtet, die offensichtlich ihr Lebensinhalt gewesen ist. Und sie hatte Piet an ihrer Seite, den einzigen Menschen, den sie nach Carls Tod noch in ihr Leben gelassen hatte.

Ich nehme mir Rikes Schlafzimmer vor, räume die Schränke aus, packe ihre Kleidung in Kartons und behalte ein paar gute Stücke, die so gut nach Lavendel duften. Als ich dabei bin, alle Toilettenartikel in eine Plastiktüte zu packen, klingelt es an der Haustür. Piet steht pitschnass im Regen und guckt mich fröhlich aus seinen strahlend blauen Augen an.

«Hallo, Emilia. Störe ich gerade?»

«Nein, gar nicht. Ich miste gerade etwas aus. Komm doch rein!»

Piet schlüpft aus seinen Schuhen und holt sich die Pantoffeln aus dem Schuhschrank, während ich seine tropfnasse Jacke aufhänge.

«Magst du einen Tee oder einen Kakao?»

«Nein, danke. Ich hätte mal eine Frage. Du bist doch Texterin und bestimmt gut in Deutsch?», druckst er etwas herum.

«Ja, ich habe Germanistik studiert.»

Piet nimmt auf dem Sofa Platz und richtet ein Kissen.

«Wir sollen einen Aufsatz schreiben und ... das fällt mir so schwer. Zudem ist meine Rechtschreibung auch nicht die beste», redet er um den heißen Brei herum.

«Und du wolltest mich fragen, ob ich dir helfen kann?»

«Ja, genau. Wenn du keine Lust hast, dann ist das völlig in Ordnung.» Er zieht ein lustiges Gesicht und mein Herz schmilzt dahin, da ich den Jungen unglaublich gern habe.

«Ich habe Lust und auch Zeit. Zudem hast du so viel für mich und Rike getan, dass ich mich gerne mal revanchieren würde.»

«Wenn es dir passt, dann komm doch in einer Stunde rüber», schlägt er mir vor. Ich bemerke, wie erfreut er über mein Angebot ist.

«Ja, das mache ich. Sag mal, weißt du, wo Ich Rikes Kleidung hinbringen könnte ...»

Eine Stunde später gehe ich mit einem Regenschirm, der mir von einer starken Windböe aus der Hand gerissen wird, zu Piet und bin ganz froh, dass ich Ablenkung finde, denn Carls Brief hat mich ziemlich aufgewühlt. Ich werde weder Magnus noch Piet von Carls Selbstmord erzählen, da es Rike nicht recht gewesen wäre.

Freudestrahlend öffnet Piet mir die Tür, nimmt mir meine nasse Jacke ab und geht vor mir die Treppe ins obere Stockwerk hinauf. Magnus ist nicht zu sehen. Der umsichtige Junge hat bereits zwei Stühle an seinen Schreibtisch gestellt, der so aufgeräumt ist wie mein ehemaliger Schreibtisch in der Agentur. Und ich dachte immer, dass alle Teenager unordentlich wären, ganz zu schweigen von Elias.

«Also, wir sollen einen Aufsatz über ...»

Nach über einer Stunde hat Piet, mit ein wenig Hilfe, einen guten Aufsatz verfasst und hatte sogar Spaß dabei. Er zeigt sich überaus dankbar. Als der Junge mir seine letzten Aufsätze zeigt, für die er allesamt schlechte Noten bekommen hat, klopft es leise an der Zimmertür. Magnus steckt seinen hübschen Kopf durch die Tür.

«Hallo, Emilia. Danke, dass du Piet hilfst. Er war schon ganz verzweifelt, dass er wieder eine schlechte Note bekommt.»

«Das habe ich sehr gerne getan.»

«Ich könnte uns Waffeln backen, mit heißen Kirschen und Sahne», schlägt der Vater uns vor.

Da ich nur eine Suppe gegessen habe und Gesellschaft gebrauchen kann, lehne ich nicht ab. Piet freut sich nicht nur über die Waffeln, sondern auch darüber, dass ich noch bleibe.

Wir setzen uns in die gemütliche Küche, während es draußen noch immer stürmt und schüttet.

«Ist das Wetter im Mai hier oft so schlecht? Wenn das so weitergeht, werde ich mein Haus verkaufen», scherze ich und schaue Magnus dabei zu, wie er die Eier geschickt trennt.

«Du musst dich schon darauf einstellen, dass es hier deutlich kühler ist als in Hamburg», warnt mich Magnus vor. «Aber man gewöhnt sich an das raue Klima und der Blick aufs Meer entschädigt einen dafür.»

Die knusprigen Waffeln, die Magnus nach einem Rezept seiner Großmutter gemacht hat, schmecken köstlich und ich fühle mich mit den beiden Männern, die äußerst unterhaltsam und voller Humor stecken, sehr wohl. Ich muss an Elias denken, der sich in den letzten Monaten die meiste Zeit an seinen Computer verzogen hat oder auf dem Golfplatz gewesen ist. Wir haben nicht mehr viel miteinander unternommen, was nicht allein an mir lag.

«Magst du noch eine Waffel?», bietet mir Magnus an und füllt bereits Teig in das Waffeleisen.

«Eigentlich kann ich nicht mehr, aber sie schmecken so lecker. Ich würde noch eine halbe Waffel nehmen.»

«Dann teilen wir uns eine», schlägt Piet mir vor und lächelt mich herzerwärmend an. Er mag mich und ich vermute, dass er eine Frau im Haus vermisst, dass er seine Mutter vermisst, über die ich noch nicht viel weiß und Rike vermisst, die ihn nun auch noch verlassen hat. Bisher habe ich nur ein Foto auf einer Anrichte von Piets Mutter gesehen. Sie war eine zierliche Frau, mit braunem lockigen Haar und einem hübschen Gesicht.

«Wenn ihr am Wochenende Zeit und Lust habt, könnt ihr gerne zum Kaffee vorbeikommen. Mein Bruder, der Clown, besucht mich und vielleicht hat er Lust, uns eine kleine Privatvorstellung zu geben.»

«Wow! Das wäre toll. Ich bin zuletzt mit Mama im Zirkus gewesen und die Clowns haben mir immer am besten gefallen.»

Magnus sieht seinen Sohn verträumt an und denkt vielleicht an seine Frau? Meine Gefühle für Magnus und Piet werden mit jedem Besuch stärker. Magnus ist so ganz anders als Elias. Der alleinerziehende Vater ist ein gelassener, patenter Mann, der zudem überaus höflich und aufmerksam ist. Doch bevor ich mir Gedanken darüber mache, was diese Gefühle zu bedeuten haben, muss ich abwarten, was aus Elias und mir werden wird.

«Danke für die köstlichen Waffeln», verabschiede ich mich, obwohl ich noch stundenlang mit den beiden zusammensitzen könnte.

Am Abend ruft mein Vater mich an. Mutter hat ihm bereits von Carls Brief berichtet und er klingt sehr bedrückt und spricht so leise, dass ich ihn kaum verstehen kann.

«Was für ein trauriges Ende», sagt Vater und lässt sich den Brief vorlesen.

«Für Rike muss es ein großer Schock gewesen sein. Sie konnte sich nicht mal von Carl verabschieden.»

«Ich hätte sie so gerne getröstet.»

«Papa, Piets Hund ist gestorben. Das es so schnell geht, hätte ich nicht erwartet. Piet ist sehr tapfer.»

«Ich wusste, dass er sehr krank ist. Der arme Junge muss ganz schön viel durchmachen. Möchte er einen neuen Hund haben? Du weißt, dass wir ein paar Neuzugänge haben.»

«Erstmal muss er Luises Tod verarbeiten und dann kann ich ihn mal fragen. Ich freue mich auf Darius und es wäre toll, wenn Mama mich auch mal besuchen kommt.»

«Kommst du denn gar nicht mehr nach Hamburg?»

«Doch, ich muss noch ein paar Sachen aus der Wohnung holen und … werde mit Elias sprechen. Aber im Moment weiß ich noch nicht, was ich möchte.»

«Gut, dann wünsche ich dir eine schöne Zeit und grüße Piet und Magnus von mir.»

## FÜNFZEHN

Die nächsten Tage miste ich aus, bestelle mir ein Bett und stelle einige Möbel um. Piet schaut täglich vorbei, er kümmert sich um den Garten und kommt gerne auf einen Tee ins Haus.

Ich freue mich unbändig auf Darius, der am Freitagnachmittag auf der Insel eintreffen wird. Zu meinem drei Jahre jüngeren Bruder habe ich ein sehr gutes Verhältnis, denn er ist ein umgänglicher Mensch, der ein großes Herz besitzt und dem Geld nichts bedeutet, ganz im Gegensatz zu Elias. Die beiden könnten nicht unterschiedlicher sein.

Kurz bevor ich Darius in Wittdün abhole, erreicht mich eine Nachricht von Elias. Er schreibt: «Ich vermisse dich. Kann ich dich nächstes Wochenende besuchen, damit wir reden können? Kuss Elias.»

Ich bin überrascht, dass er sich auf einmal meldet und mich doch vermisst. Ich antworte ihm nicht sofort, denn ich kann nicht sagen, dass ich Sehnsucht nach ihm verspüre.

Darius lässt seine Tasche auf den Bahnsteig fallen und breitet seine Arme aus. Ich renne ihm entgegen, werfe mich an seine Brust, freue mich und kreische wie ein kleines Mädchen. In den letzten Jahren waren wir beide so beschäftigt gewesen, dass wir uns meistens nur noch bei Familientreffen gesehen haben, was ich sehr schade fand. Als Kinder haben wir den ganzen Tag über zusammengehangen, haben uns mit großer Begeisterung um die vielen Tiere gekümmert und wollten immer in einem Zimmer schlafen, weil wir uns gerne Geschichten erzählten und viel Spaß miteinander hatten.

«Willkommen auf Amrum!»

«Ich bin sehr gespannt auf die Insel und vor allem dein Häuschen.»

«Du wirst beides lieben und bereuen, dass du dich nicht für das Haus entschieden hast.»

«Mal sehen. Du siehst gut aus und machst einen entspannten Eindruck», stellt mein Brüderchen fest und legt beim Laufen seinen Arm um mich, sodass wir aussehen wie ein Liebespaar.

«Ich fühle mich auch so gut, wie seit langem nicht mehr. Jetzt merke ich erst, wie mein Job mich gestresst hat und wie angespannt ich die ganze Zeit über gewesen bin. Diese Auszeit habe ich dringend gebraucht.»

«Und was ist nun mit dir und Elias?»

«Ich weiß es noch nicht. Er hat mir vorhin gerade geschrieben, dass er mich vermisst und mich besuchen möchte.»

«Und vermisst du ihn auch?»

«Ehrlich gesagt, nein. Wenn ich die letzten Jahre Revue passieren lasse, stelle ich fest, dass da nicht mehr viel zwischen uns stattgefunden hat.»

«Es ist ja kein Geheimnis und du weißt, dass ich Elias nicht sonderlich mag. Ich habe ihn immer freundlich behandelt und ich hätte es akzeptiert, wenn du ihn geheiratet hättest, aber ich hatte von Anfang an das Gefühl, dass er nicht zu dir passt. Du bist tierlieb, er ist es nicht. Du machst dir nicht viel aus Geld und Statussymbolen und er schon. Du bist sehr ordentlich und er ist es nicht. Sein Auto ist ihm heilig …»

«Am Anfang hat mich das auch alles nicht gestört, da ich so verliebt gewesen bin, aber nach und nach haben mich diese Dinge immer mehr gestört.»

«Und wenn er nun ankommt und bettelt, dann würdest du ihn zurücknehmen?» Darius runzelt seine Stirn und hofft vermutlich, dass ich Elias ziehen lassen werde.

«Ich weiß es nicht. Wir hatten ja auch schöne Zeiten … Das ist Wittdün. Hier gibt es einige Geschäfte und Restaurants.»

«Das sieht ja schon mal ganz nett aus.»

Ich kann Darius ein paar Informationen über die Insel liefern und fühle mich bereits etwas heimisch, auch wenn ich noch nicht die gesamte Insel gesehen habe.

«Und das ist Norddorf. In diesem Örtchen steht mein Haus.»

«Aha! Ich hatte hier mehr Reetdachhäuser erwartet.»

«In den Zwanzigerjahren brannten große Teile des Dorfes ab, sodass neuere Häuser ohne Reet entstanden. Aber mein Haus hat ein Dach aus Reet, worauf ich sehr stolz bin.»

Als ich auf die Auffahrt meines Grundstücks fahre, schaut Darius begeistert aus dem Fenster.

«Wow! Das ist ja groß und super in Schuss. Der Garten ist ein Traum.»

Das Wetter ist sehr wechselhaft, aber als wir aus dem Auto steigen, kommt die Sonne wie bestellt hervor und präsentiert mein Haus in einem schönen Licht. Die bunten Blumen leuchten und wiegen sich sanft im Wind.

«Wie schön! Ich glaube, dass ich das Haus doch haben möchte», scherzt mein Bruder.

«Du kannst hier gerne mit mir gemeinsam wohnen. Es ist genug Platz vorhanden.»

«Das ist mir leider zu weit ab vom Schuss, aber ich komme dich gerne besuchen.»

Interessiert sieht Darius sich alle Räume an und ist angetan von der Innenausstattung und vor allem von den vielen Bildern, die die Wände schmücken und noch überall herumstehen.

«Rike hatte wirklich großes Talent. Schade, dass sie ihre Bilder nicht ausgestellt hat.»

«Das werde ich für sie tun. Papa hatte auch die Idee gehabt. Ich schau mal, ob es hier irgendwo möglich ist.»

Bevor wir einen Strandspaziergang unternehmen, trinken wir im Strandkorb einen Friesentee. Ich erzähle meinem Gast von Carls Abschiedsbrief, von Piet und seinem Vater und Rikes Briefen an Vater, die sie nicht abgeschickt hat.

«Ist schon alles traurig und dumm gelaufen. Ich hätte Tante Rike auch gerne kennenglernt»

«Ihr Geist schwebt durch alle Räume. Ich muss oft an sie denken und stelle mir vor, wie sie in der Küche kocht, wie sie im Badezimmer vor dem Spiegel steht oder wie sie auf dem Dachboden an ihren Bildern malt.»

«Ja, sie ist vielleicht gerne bei dir?» Darius schmunzelt und kitzelt mich durch, damit ich auf andere Gedanken komme.

Barfuß laufen wir über den feinen Sand, patschen mit unseren Füßen ins kühle Nordseewasser und spritzen es übermütig in die Luft, sodass wir nass werden. Wir machen einen Wettlauf, setzen uns erschöpft in den Sand und schauen voller Begeisterung auf das Meer hinaus, auf dem nur wenige Schiffe unterwegs sind.

Mit rosigen Wangen und hungrig kehren wir heim, kochen zusammen Nudeln mit Gemüsesauce und essen in dicken Pullovern im Freien, obwohl es nicht sehr warm ist. Am Abend sitzen wir eng aneinander auf dem kleinen Sofa und hören Musik. Es ist so herrlich unkompliziert und lustig mit Darius, der ein wundervoller Mensch ist und keinerlei Allüren besitzt.

Mein Bruder bekommt auf einmal einen ernsten Gesichtsausdruck und beugt sich nach vorne, ohne mich anzusehen. «Ich habe Mama und Papa noch nichts erzählt ... Ich habe mich in Israel an der Universität Haifa beworben. Dort kann man den weltweit einzigen Bachelor-Abschluss als Klinikclown machen. Die Ärzte in Israel lassen die Clowns sogar in ihre Behandlungszimmer, da sie wissen, dass die Kinder dann weniger Angst vor Spritzen oder Untersuchungen haben. So hat eine israelische Studie gezeigt, dass die Anwesenheit eines Clowns bei der Betäubung eine geringere Dosierung der Anästhetika ermögliche und die Patienten nach dem Eingriff weniger Schmerzmittel benötigten», erzählt er mir sichtlich bewegt.

«Oh, das ist großartig, aber ... dann bist du weit weg ...»

«Ja, aber nicht aus der Welt. Mir macht die Arbeit mit kranken Kindern viel Spaß und sie ist sehr wichtig, denn ich nehme den Kindern die Angst.»

«Ich finde deine Arbeit wirklich sehr wertvoll und bewundere dich. Es muss sehr emotional sein, gerade mit sterbenskranken Kindern zu arbeiten. Ich könnte das nicht.»

«Es ist auch zum Teil belastend und ich kann oftmals auf dem Heimweg meine Traurigkeit nicht einfach abschütteln, aber das Lachen der Kinder, ihre leuchtenden Augen und ihre Hoffnung geben mir viel zurück und bestätigen mich in meiner Arbeit.»

«Du hast doch ein Clownskostüm dabei? Piet ist zwar schon etwas älter, aber er kann etwas Aufmunterung gebrauchen.»

«Ja, kein Problem. Ihr bekommt morgen eine kleine Vorstellung. Jetzt muss der Clown aber ins Bett, damit er morgen fit ist.»

Da mein Bruder gerne ausschläft, wecke ich ihn nicht und besorge frische Brötchen. Auf dem Rückweg vom Bäcker gehe ich an Piets Haus vorbei. Magnus steht am Küchenfenster und winkt mir zu. Er reißt das Fenster auf und wünscht mir einen guten Morgen.

«Guten Morgen, Magnus. Mein Bruder ist gestern gekommen. Habt ihr Lust, heute Abend zum Essen vorbeizukommen?», lade ich die beiden spontan ein.

«Wir haben noch nichts vor und ich denke, dass Piet sich sehr freuen wird.»

«Gut, dann kommt doch gegen neunzehn Uhr.»

«Danke für die Einladung.»

Beschwingt laufe ich nach Hause und freue mich auf den Tag, den ich mit lieben Menschen verbringen werde. Ich verschwende keinen Gedanken an Elias und habe auf seine letzte Nachricht noch immer nicht reagiert, nehme mir jedoch vor, sie nach dem Frühstück zu beantworten.

Als ich nach Hause komme, steht mein Bruder unter der Dusche.

Nach einem ausgiebigen Frühstück mieten wir uns Räder und fahren den gleichen Weg, den ich bereits mit unserem Vater geradelt bin. Ich erzähle Darius alles, was Vater mir berichtet hat. Wir legen einen Stopp in Wittdün ein, verdrücken dort einen großen Eisbecher im Freien und gehen an den Strand, um unsere Füße im Meer zu erfrischen. Als wir zurückkommen, bereiten wir gemeinsam das Abendessen vor und schwelgen in unserer schönen Vergangenheit.

Pünktlich um neunzehn Uhr klingeln die Männer und sehen zu süß aus in ihren weißen, faltigen Hemden und dunklen Hosen. Piet hat sich einen Scheitel gekämmt und erinnert mich an einen Chorknaben.

Magnus trägt einen üppigen, gekauften Blumenstrauß vor der Brust, den er mir mit einem süßen Lächeln überreicht.

«Das ist mein Bruder Darius und das sind Magnus und sein Sohn Piet», stelle ich die Herren gegenseitig vor. Der kleine Künstler holt aus seinem Jutebeutel ein Geschenk hervor. «Das ist für dich, Emilia. Ich habe es gestern gebastelt und hoffe, dass es dir gefällt.»

«Wow! Das ist wirklich schön. Vielen Dank.»

«Darf Darius sich auch mal dein kleines Museum ansehen?»

«Ja, klar. Ich würde mich freuen.»

Die Männer kommen sofort ins Gespräch, während ich in der Küche das Essen fertigstelle.

Hätte Rike uns hier gesehen, hätte sie sich gewiss gefreut, dass Piet einen Ersatz für sie gefunden hat und so viel fröhliches Leben ihr Haus erfüllt.

Nach dem Dessert verschwindet Darius im Obergeschoss, schminkt sich und schlüpft in sein buntes Kostüm. Es poltert laut gegen die Wohnzimmertür. Wir sehen gebannt auf die Tür, die sich langsam öffnet und in der ein großer, grüner Schuh erscheint.

«Bin ich hier auf Amrom?», fragt eine hohe Stimme. Der Clown mit dem roten Wuschelkopf und der klassischen roten Nase springt mit einem Satz in den Raum und stemmt seine Hände in die Hüften. Er stolpert über seine großen Schuhe, fällt hin, greift nach einer imaginären Feder, pustet sie in die Luft und wischt sich mit einem Tuch, das er aus seinem Ärmel zaubert, über die Stirn. Piet schaut gebannt zu und ich erkenne ein entrücktes Lächeln in seinem Gesicht, das ihn zumindest für eine kurze Zeit von seiner Trauer ablenkt.

Darius zieht eine fantastische Show ab und hat auch ein paar Zaubertricks integriert, die ich bereits kenne. Das kleine Publikum klatscht begeistert und Piet ruft mehrmals «Bravo!». Am Ende der Vorstellung verbeugt sich der Clown, geht mit seinem Hut rum und verschwindet mehrmals, um sofort wiederzukommen.

«Das war wirklich toll!», juchzt Piet und hat strahlende Augen.

«Dein Bruder ist wirklich großartig», schwärmt Magnus und wischt sich Tränen der Freude aus den Augenwinkeln.

«Ich will auch Clown werden. Was braucht man dafür für eine Ausbildung?», will Piet wissen und spielt mit dem Luftballon, aus dem Darius in Windeseile einen Dackel geformt hat.

«Frag meinen Bruder doch gleich. Er kann es dir genau erklären.»

Es dauert eine Weile, bis der Clown sich abgeschminkt und umgezogen hat. Piet erzählt uns derweil von einer Lehrerin, die mitbekommen hat, dass er aus Strandgut Kunstwerke baut. Sie hat ihm vorgeschlagen, ein paar Stücke in der Schule auszustellen.

Mein durstiger Bruder trinkt in einem Rutsch ein großes Wasserglas leer und setzt sich wieder zu uns.

«Piet möchte gerne wissen, wie man ein Clown wird.»

Während mein Bruder ausführlich über seinen Werdegang und auch von dem Studium in Israel erzählt, unterhalte ich mich mit Magnus. Ich spüre an diesem Abend eine tiefe Zuneigung zu dem Witwer. Seine Art zu reden, zu gestikulieren und der freundliche, liebevolle Umgang mit seinem Sohn faszinieren mich.

«Wie hat Piet Luises Verlust weggesteckt?», erkundige ich mich in einem Flüsterton, damit Piet es nicht hört.

«Er weint noch viel und er ist sehr traurig, auch wenn er es nicht zeigt. Es wird eine Weile dauern, bis er drüber hinweggekommen ist. Es ist ein großes Glück für uns, dass du in Rikes Haus gezogen bist. Piet war sehr traurig, dass Rike gestorben ist. Er mag dich sehr und freut sich, dass er weiterhin deinen Garten pflegen darf.»

«Ich freue mich auch sehr, dass ich so tolle Nachbarn habe. Piet kann jederzeit kommen, wenn er das Bedürfnis hat. Ich helfe ihm auch gerne bei den Hausaufgaben.»

«Das freut mich. Weißt du denn jetzt schon, wie lange du bleibst und was du beruflich tun wirst?»

«Ehrlich gesagt, kam ich noch gar nicht zum Nachdenken. Ich muss hier erstmal ankommen. Ich bin gerade dabei, das Haus etwas umzugestalten. Mein Freund und ich … wir wissen noch nicht, wie es mit uns weitergeht.»

«Verstehe. Euer Essen hat hervorragend geschmeckt und wir werden uns jetzt mal auf den Heimweg machen …»

«Nein, Papa! Es ist doch noch gar nicht so spät», quengelt Piet, der von meinem Bruder sehr angetan ist.

«Ihr könnt gerne noch bleiben. Wir könnten auch etwas spielen?», schlage ich vor und sehe Magnus an.

«Gut, wenn ihr uns noch nicht loswerden wollt.»

Wir haben eine Menge Spaß zusammen. Ich kann mich nicht erinnern, wann ich zuletzt so viel gelacht habe und so ausgelassen gewesen bin.

Es ist nach zwölf, als wir die Gäste verabschieden und uns müde ins Obergeschoss begeben.

«Piet ist wirklich ein ganz toller Junge», stellt Darius fest.

«Ich bin mir sicher, dass er nun auch ein Clown werden möchte, aber davon kann es ja nicht genug geben. Schlaf gut, Brüderchen. Musst du morgen wirklich schon fahren?»

«Ja, leider. Ich würde liebend gerne länger bleiben, aber die Kinder im Krankenhaus warten auf mich. Ich komme auf jeden Fall wieder. Es ist wirklich ein schönes Fleckchen Erde.»

Nach einem ausgiebigen Frühstück fahre ich Darius nach Wittdün und bleibe so lange an der Mole stehen, bis die Fähre ablegt. Tränen kullern aus meinen Augen und ich schwenke lange meinem roten Schal, bis das Schiff nur noch Spielzeuggröße hat.

Da ich die ganze Zeit über beschäftigt gewesen bin, habe ich Elias noch immer nicht geschrieben und verspüre ein schlechtes Gewissen. Zum wiederholten Mal starre ich auf seine letzte Nachricht und tippe ein paar Worte, lösche sie jedoch und schaue aufs Meer hinaus, das sich sehr aufgewühlt zeigt. Danach schreibe ich: «Lieber Elias, entschuldige, dass ich dir erst jetzt antworte, aber Darius war zu Besuch. Ich werde nächste Woche nach Hamburg kommen und dann können wir reden. Ich sage dir rechtzeitig, wann ich kommen werde. Liebe Grüße Emilia.»

Es dauert keine fünf Minuten, da bekomme ich eine Reaktion auf meine Message. «Liebe Emilia, ich freue mich auf dich und wünsche dir schöne Tage auf der Insel. Dein Elias.»

# SECHZEHN

Ich setze mich an Rikes antiken Sekretär, den ich mit Darius vom oberen Stockwerk ins Wohnzimmer geschleppt habe und mache mir eine To-do-Liste, denn es wird langsam Zeit zu überlegen, wie ich zukünftig mein Geld verdiene und ob ich das ganze Jahr über auf Amrum leben möchte. Immer wieder wandert mein Blick aus dem Fenster, auf das Meer hinaus, als würde ich dort Antworten auf meine diffizilen Fragen finden.

Ehe ich etwas niederschreiben kann, klingelt es an der Tür. Es ist Piet, der mich mit einem breiten Grinsen ansieht. «Hi, was ist los?»

«Wir haben heute unsere Aufsätze wiederbekommen und rate mal, was ich habe.»

«Eine drei?»

«Nein!»

«Eine zwei plus?»

«Nein!»

«Eine vier?»

«Nein!»

«Sag nicht, dass du eine eins hast.»

«Habe ich. Ich bin total happy und bin dir so dankbar. Das ist meine erste eins in Deutsch», sagt er jubelnd und ist total aus dem Häuschen.

«Toll! Das freut mich sehr. Hast du Zeit? Deine erste eins müssen wir feiern.»

«Nein, ich muss gleich mit Papa einkaufen fahren, aber später vielleicht.»

«Gut. Komm einfach vorbei, wenn es dir passt.»

«Emilia, ich wollte dich noch fragen, ob du mir vielleicht mal … Kommaregeln und ein bisschen Grammatik erklären könntest. Ich bin da noch etwas unsicher.»

«Klar, das kann ich gerne tun. Noch habe ich keinen Job und freue mich über Aufgaben.»

Glücklich darüber, dass Piet einen großartigen Erfolg verzeichnen konnte, setze ich mich wieder an den Sekretär und checke meine E-Mails, die ich seit fünf Tagen nicht gelesen habe, da ich sie als lästig empfinde.

Peter hat mir geschrieben. Er fragt an, ob ich zurückkommen möchte. Er bietet mir sogar ein höheres Gehalt. Nö, will ich nicht! Ich will mit Mitte dreißig nicht mit Burnout in eine Klinik eingewiesen werden und Tabletten schlucken müssen, damit ich wieder gesund werde. Ich fühle mich geehrt und war offensichtlich doch ein ganz gutes Pferd im Stall. Zurück möchte ich jedoch auf keinen Fall. Wenn ich an den Zigarettenrauch denke, der mich den ganzen Tag umhüllt hat und das lange Sitzen im Großraumbüro … Ich werde Peter später antworten, koche mir erstmal einen Friesentee und gönne mir ein Stück meiner Lieblingsschokolade, die Darius mir mitgebracht hat. Danach kämpfe ich mich durch diverse Unterlagen, die ich im Sekretär gefunden habe und schaue mir die Nebenkostenabrechnungen an, die ganz schön zu Buche schlagen. Noch habe ich Ersparnisse, aber da ich noch die Hälfte der Miete für die Hamburger Wohnung bezahle, habe ich hohe Ausgaben. Zudem muss das Haus auch noch ins Grundbuch auf meinen Namen eingetragen werden. Das wird auch alles Geld kosten. Erst jetzt wird mir klar, was alles an diesem Haus hängt und dass ich früher oder später ein regelmäßiges Einkommen brauchen werde und noch diverse bürokratische Arbeiten auf mich warten. Um einen freien Kopf zu bekommen, laufe ich am Strand, sammele ein paar Muscheln und lasse mich im Sand nieder.

In der Ferne sehe ich einen Mann, der wie Magnus aussieht, aber ich bin mir nicht ganz sicher, ob er es ist. Als er wenige Meter von mir entfernt ist, erkenne ich ihn eindeutig und wedele mit meinen Armen.

Mit einem fröhlichen Gesichtsausdruck kommt er auf mich zu und lässt sich neben mich in den Sand plumpsen.

Sein strohblondes Haar ist vom Wind zerzaust, sein Gesicht trägt bereits eine zarte Bräune, die geraden Zähne leuchten aus dem Gesicht und seine blauen Augen strahlen wie die Nordsee im Sonnenlicht.

«Hallo, hast du dir hier ein schönes Plätzchen ausgesucht?»

«Ja, am Dünenrand ist es etwas windstiller. Es ist herrlich in der Abendsonne. Die Urlauber verschwinden vom Strand, machen sich für das Abendessen fertig und so kehrt hier Ruhe ein.»

«Ja, zu dieser Zeit ist es hier wieder angenehmer. Piet hat sich über seine eins in Deutsch wahnsinnig gefreut.»

«Das ist schön und zumindest ein kleiner Trost in der harten Zeit. Hat Piet eigentlich Freunde? Er hat mir bisher von keinem erzählt und ich sehe ihn immer nur alleine.»

«Nein, leider hat er keine Freunde. Er ist ein Einzelgänger, genau wie sein Vater. Heutzutage hängen die meisten Kinder am Computer. Zum Glück ist Piet anders. Er interessiert sich nicht für Computerspiele und ist lieber in der Natur. Er liebt seine Pflanzen und ist mit seinem Strandgut beschäftigt. Zudem muss er im Haushalt ran. Wir teilen uns die Hausarbeit.» Magnus spielt mit einer Muschel, die er mehrmals in die Luft wirft und auffängt.

«Ich finde es großartig, dass Piet so kreativ ist. Will er nun auch ein Clown werden?»

«Oh, ja. Er war sehr angetan von der Vorstellung. Dein Bruder ist wirklich gut und sehr sympathisch. Ich hätte nichts dagegen, wenn Piet ein Clown wird, Hauptsache er wird glücklich mit seinem Beruf.»

«Ja, ich denke auch, dass es wichtig ist, dass man seinen Beruf mit Leidenschaft ausübt. Ich dachte auch erst, dass das Arbeiten in einer Werbeagentur mein Traumjob ist und ich war total happy, als ich den Job bekam, aber ich stellte rasch fest, dass die Vorstellung und die Realität sehr weit auseinandergehen. Es ist ein ständiger Druck, dem ich einfach nicht gewachsen bin. Ich bin nicht sonderlich belastbar.» Ich verziehe mein Gesicht und stoße mit meinem Arm gegen Magnus Arm, was mich zusammenzucken lässt.

«Das kann ich verstehen. Ich sitze auch nicht gerne den ganzen Tag am Computer, aber ich bin froh, dass ich selbständig bin. Ich habe meine

Arbeit als Fischer mehr geliebt. Wenn mein Vater und ich weit draußen auf dem Meer waren, die kreischenden Möwen über uns im Wind segelten und der betagte Schiffsmotor dröhnte, war ich glücklich und mit mir im Reinen. Ich vermisse es. Wenn mein Vater nicht über Bord gegangen wäre, würde ich heute vielleicht immer noch mit ihm Krabben fischen», erklärt er mir voller Wehmut und wirft die Muschel mit Schwung fort.

«Vom Fischer zum Webdesigner. Das sind sehr unterschiedliche Welten. Wer weiß, was ich bald machen werde und wozu mich die Insel inspiriert.»

«Ich muss jetzt los. Piet wollte mit mir noch etwas im Garten kicken.»

«Euch einen schönen Abend.»

Magnus wischt sich den Sand von seiner Hose und lächelt mich an. Ich hätte gerne noch länger mit ihm geplaudert und mehr über seine Frau erfahren. Meine Gefühle für Magnus werden mit jeder Begegnung intensiver, jedoch ignoriere ich sie, weil ich mit Elias noch nicht fertig bin.

\*

Ich schreibe Elias, dass ich am Ende der Woche nach Hamburg kommen werde. Da ich nicht bei ihm schlafen möchte, melde ich mich bei Amelie an, die sich wahnsinnig freut mich zu sehen.

Einen Tag vor meiner Abreise verabschiede ich mich von Magnus, der einen traurigen Gesichtsausdruck bekommt. Hat er Sorge, dass ich nicht wiederkommen werde?

«Möchtet ihr einen neuen Hund haben? Piet hat doch bald Geburtstag und vielleicht wäre es ein gutes Geschenk?», frage ich den Vater, der sich so rührend um seinen Sohn kümmert.

«Daran habe ich auch schon gedacht. Ich glaube, dass Piet sich darüber sehr freuen würde.»

«Meine Eltern hatten in der letzten Woche ein paar Neuzugänge. Wollt ihr wieder einen großen Hund haben?»

«Das ist egal. Piet mag auch kleine Hunde. Er sollte ein freundliches Wesen haben und nicht aggressiv sein.»

«Gut, dann werde ich mich melden. Ich weiß noch nicht, wie lange ich in Hamburg bleiben werde.»

Es fällt mir schwer, die Insel und die Männer schon wieder verlassen zu müssen, aber ich werde so schnell wie möglich zurückkommen.

«Ich wünsche dir eine schöne Zeit.»

Magnus umarmt mich das erste Mal, was mir Tränen in die Augen treibt. Ich spüre für wenige Sekunden seinen warmen Körper, spüre, wie gern ich ihn habe, wie geborgen ich mich in seinen Armen fühle und wie schwer mir die Trennung von ihm fällt.

## SIEBZEHN

A m Nachmittag erreiche ich Hamburg und fahre direkt zu Amelie. Sie schreit hysterisch und tut so, als wenn ich von einer Weltreise zurückkommen würde. Marlon sieht mich etwas feindselig an, vermutlich hat er die Sache mit dem Porsche noch nicht vergessen. Ich auch nicht, daher habe ich ihm einen kleinen Porsche gekauft, dem ich ihm jedoch erst gebe, wenn seine Mutter ihn genehmigt hat.

«Es ist so schön, dich zu sehen. Ich habe dich so vermisst. Du siehst toll aus!»

«Danke. Ich fühle mich auch gut. Du glaubst gar nicht, was für eine Last von meinen Schultern gefallen ist, seitdem ich gekündigt habe.»

«Hast du schon Pläne?»

«Nein, erstmal muss ich mit Elias reden. Ich fürchte, dass er unsere Beziehung fortsetzen möchte, aber ich weiß nicht, ob ich es möchte.»

«Tja, das musst du ganz alleine herausfinden. Hast du Hunger? Ich kann uns etwas kochen.»

«Das wäre prima, denn ich habe bisher nur gefrühstückt.»

Ich habe Amelie vermisst und es tut gut, mit ihr zu reden. Sie spannt mich sogleich für den nächsten Abend als Babysitterin ein, da sie mit ihrem Fotografen ausgehen möchte. Dieses Mal werde ich mich nicht wieder von Marlon erpressen lassen.

Am nächsten Tag besuche ich meine Eltern, die nicht viel Zeit für mich haben. Ich schaue mir einen Hund an, der erst vor zwei Tagen zu den Tierärzten gebracht wurde. Es ist ein Mischling mit kurzen Beinen und einem weißbraunen kurzen Fell. Er ist sehr scheu und sieht mich aus traurigen Augen an. Wer weiß, was das arme Wesen alles durchmachen musste?

Ben, der meine Eltern bei der Versorgung der herrenlosen Tiere unterstützt, schließt mir den Käfig auf.

«Ist der nicht süß? Am liebsten würde ich ihn selbst nehmen. Ich habe ihm den Namen «Benji» gegeben. Es gab mal einen Film mit einem Hund namens Benji in den 70iger Jahren. Da warst du ja noch nicht mal geboren», erzählt mir Ben, der sich seit vielen Jahren liebevoll um alle Tiere kümmert.

«Der Name gefällt mir. Hi, Benji!», versuche ich mich dem Hund zu nähern, der sich ängstlich in eine Ecke drückt. Ich hocke mich in die gegenüberliegende Ecke, rede mit dem Hund, der mich mit seinen süßen Augen beobachtet und die Ohren spitzt. Ich hole ein Leckerli aus meiner Tasche und halte es ihm mit ausgetrecktem Arm hin, aber seine Angst scheint größer zu sein als sein Hunger.

«Ich werde morgen nochmal kommen. Gib Benji bitte nicht weg. Ich werde ihn vielleicht mitnehmen.»

«Das wäre schön. Ist der Hund für dich?» Ben schließt den Käfig und klötert mit dem Schlüsselbund.

«Nein, er ist für einen Jungen, der seine Mutter und vor Kurzem auch noch seinen Hund verloren hat.»

Am Abend bin ich mit Elias in einem Lokal verabredet, in dem wir schon lange nicht mehr gewesen sind. Ich wollte mich auf neutralem Boden treffen, denn in unserer Wohnung würden vermutlich die Emotionen mit uns durchgehen.

Ich bin zuerst am Treffpunkt und warte nervös auf meinen Freund, der immer unpünktlich ist, weil er die Zeit einfach vergisst. Auch eine Eigenschaft, die mir missfällt. Mein Herz pumpt wild und mich erfasst eine innere Unruhe, da ich nicht weiß, wie Elias reagieren wird, wenn ich ihm sage, dass ich einen endgültigen Schlussstrich unter unsere Beziehung setzen möchte.

Etwas abgehetzt kommt er durch die Tür, die ich fest im Blick habe. Elias klönt kurz mit dem Inhaber, den wir schon seit Jahren kennen, entdeckt mich sofort und lächelt, was mich etwas entspannt. Vermutlich ist er voller Hoffnung, dass ich zurückkommen werde?

Ich stehe auf und ringe mir ein Lächeln ab, obwohl mir nicht danach zumute ist. Er küsst mich auf den Mund, streichelt mir über die Schulter und sagt: «Wie schön, dich zu sehen, Emilia. Entschuldige die Verspätung.»

«Kein Problem. Ich habe mir schon mal ein Glas Wein bestellt.»

«Gut siehst du aus. Ganz erholt und braun.»

«Ich fühle mich auch gut. Ich habe keinen Stress mehr und kann mich endlich mal auf mich besinnen.»

«Wollen wir uns den Vorspeisenteller teilen, wie früher?», fragt er und greift nach meiner Hand.

«Ja, das können wir machen.» Alles wie immer! Er denkt, dass wir einfach dort weitermachen, wo wir aufgehört haben. Sollte ich ihm gleich den Wind aus den Segeln nehmen, bevor er falsche Erwartungen hat? Nein, das bringe ich nicht übers Herz. Ich habe die leise Hoffnung, dass er mir mitteilt, dass er jemanden kennengelernt hat oder dass er festgestellt hat, dass ein Leben ohne mich auch seine Vorzüge hat.

«Wie geht es dir?», erkundige ich mich und ziehe meine Hand fort, da ich mir ein Taschentuch aus meiner Handtasche hole.

«Nicht so gut. Du fehlst mir sehr. Kommst du zurück?» Er sieht mich wie ein bettelnder Hund an und klimpert mit seinen langen Wimpern, die ich immer bewundert habe.

Bevor ich antworte, richte ich meinen Blick aus dem Fenster und überlege, ob ich ihm die Wahrheit sagen soll.

«Elias, mir ist bewusst geworden, dass wir seit einiger Zeit nur noch nebeneinander her gelebt haben und durchs Leben gehetzt sind. Wir haben kaum noch etwas miteinander unternommen und unsere Liebe … Ich denke, dass wir uns … trennen sollten», sage ich leise und kann ihm nicht in die Augen sehen.

«Das ist nicht dein Ernst? Wir hatten doch Pläne, wollten heiraten, beide Karriere machen und uns eine Wohnung kaufen. Was ist mit all unseren Träumen, die du bisher immer gut gefunden hast?», fragt er verzweifelt und ballt seine Hände zu Fäusten.

«Mir haben sie ja auch erst gefallen, aber … nun habe ich erkannt, dass es nicht das ist, was ich wirklich möchte. Ich werde mich vielleicht selbständig machen und möchte viel Zeit auf Amrum verbringen.»

«Ich werde mir dein Haus ansehen und vielleicht gefällt es mir ja auch. Wir können auch zweimal im Jahr dort Urlaub machen, aber bitte lass uns unsere Beziehung nicht so einfach wegwerfen», fleht er mich an und nimmt meine Hände in die seinen.

Ich bin innerlich zerrissen und weiß nicht, was ich ihm antworten soll, denn ich möchte Elias nicht verletzen und sein Angebot nicht einfach ablehnen.

«Ich weiß nicht, ob … Mir ist es nicht mehr wichtig, Karriere zu machen und ich möchte mir auch keine Wohnung in der Stadt kaufen.»

«Das müssen wir ja auch nicht. Wenn du lieber ein Haus mit Garten möchtest, wäre das für mich auch in Ordnung.»

«Gib mir noch Zeit, Elias. Ich werde mich in ein paar Wochen entscheiden. Ich muss mir erstmal überlegen, was ich beruflich tun möchte.»

«Gut, wie du willst. Ich bin bereit Kompromisse einzugehen. Ich liebe dich, Emilia und vermisse dich sehr.»

Leider kann ich ihm nicht das Gleiche sagen, wofür ich mich schäme.

«Komm mich doch nächstes Wochenende besuchen und mache dir ein Bild von der Insel», schlage ich ihm vor und muss an Magnus und Piet denken, die ich vermisse.

«Das werde ich tun. Letzte Woche hatte ich ein Golfturnier …» Er erzählt mir ausführlich von seinem Turnier, während ich bereits gedanklich schon wieder auf Amrum bin.

Nachdem wir eine Flasche Wein geleert haben, begleicht Elias die Rechnung, holt mir meine Jacke und fragt mich, ob ich die Nacht nicht in unserer Wohnung verbringen möchte. Ich schüttele mit dem Kopf. «Ich schlafe bei Amelie, weil ich morgen früh auf Marlon aufpasse», denke ich mir eine Lüge aus.

«Schade! Wie lange bleibst du in Hamburg?»

«Ich werde übermorgen zurückfahren. Danke für die Einladung und ich freue mich, wenn du kommst.»

«OK! Ich gebe dir Bescheid, ob es nächstes Wochenende klappt. Mach's gut, Emilia. Soll ich dich zu Amelie fahren?»

«Nein, danke. Ich werde die paar Schritte laufen und du solltest das Auto vielleicht auch besser stehenlassen.»

«Ist ja nicht weit.»

«Wie du meinst.» Ein weiterer Punkt, der mich stört. In seinem alkoholisierten Zustand gefährdet er nicht nur sich, sondern auch andere.

Amelie und Marlon sind noch wach und liegen eng aneinander gekuschelt auf dem Sofa.

«Da bist du ja schon wieder. Und wie war es?», erkundigt sich meine Freundin neugierig und streichelt ihrem Sohn über den Kopf.

«Elias will an unserer Beziehung festhalten und kommt mich nächste Woche besuchen. Er ist bereit, Kompromisse einzugehen, aber ich will das gar nicht. Ich möchte mich von ihm trennen, aber es fällt mir so schwer, ihm das direkt zu sagen.»

«Oh, Emilia! Du musst einfach mal das tun, was du wirklich willst und darfst nicht immerzu Rücksicht nehmen. So wirst du niemals glücklich werden.»

«Ich weiß, aber ich kann nun mal nicht anders. Ich hätte auch nicht gedacht, dass Elias an unserer Beziehung so sehr festhält.»

«Tja, offensichtlich liebt er dich noch.»

«Ich bin jetzt müde. Soll ich morgen Brötchen holen?»

«Oh, ja!», schreit Marlon und springt ganz munter vom Sofa.

«Nein, wir essen keine konventionellen Brötchen. Wenn, dann nur selbstgebackene Dinkelbrötchen. Wir können zusammen welche backen?», schlägt Amelie vor.

«Nein, kaufen. Ich möchte ein Croissant mit Schokolade», schreit der Junge und klemmt sich seinen Schnuller zwischen die Lippen.

«Die sind viel zu süß, Marlon.»

«Dann lasst uns morgen alle gemeinsam backen. Marlon, zeigst du mir, wie man Brötchen macht?», versuche ich, ihm die gesündere Variante schmackhaft zu machen.

Der Kleine schmollt und rennt in sein Zimmer.

«Sorry, ich hatte vergessen, dass ihr keine gewöhnlichen Lebensmittel kauft.»

«So langsam solltest du das aber wissen.» Die besorgte Mutter rollt mit den Augen und ich schäme mich ein bisschen für meine Vergesslichkeit. Mir graut es vor dem kommenden Abend, wenn ich mit dem kleinen Teufel wieder alleine bin. Vielleicht sollte ich Schlaftabletten besorgen...

Nachdem wir aus einem klebrigen Teig, der sich nur schwer von meinen Händen löst, Brötchen gebacken haben, die mir wie Steine im Magen liegen, fahre ich wieder zu meinen Eltern, um mir Benji ein weiteres Mal anzusehen. Wieder drückt er sich in die Ecke und sieht mich verängstigt an. Wie kann ich sein Vertrauen gewinnen? Ich hole mir eine Decke und lege mich ein paar Meter von ihm entfernt darauf, bleibe über eine halbe Stunde bei ihm liegen und rede leise mit dem Hund. Neben mir liegen ein paar Leckerlies. Das lange Warten hat sich gelohnt. Zögerlich kommt Benji zu mir, schnuppert erst an mir, dann an den Leckerlies, die er schließlich gierig frisst. Ich strecke meine Hand aus, streichle ihn und rede die ganze Zeit über in einem ruhigen Ton auf ihn ein. Nach über einer Stunde legt Benji sich neben mich auf die Decke.

Meine Mutter steht am Käfig und guckt uns voller Rührung zu.

«Habt ihr euch schon angefreundet?»

«Ja, ich werde Benji mitnehmen. Wenn Piet ihn nicht haben möchte, nehme ich ihn.»

«Er braucht sehr viel Liebe und muss erst Zutrauen finden», klärt mich die Tierärztin auf.

«Ich weiß. Er wird es bei Piet gut haben. Ich werde Benji morgen gegen Mittag abholen.»

Mutter kocht uns einen Tee und erzählt von einer misshandelten Katze, die sie gerade zusammengeflickt hat. Ich bewundere meine Eltern für all das, was sie für die hilflosen Tiere tun.

«Wie war dein Treffen mit Elias?», fragt sie beiläufig, da sie offensichtlich nicht neugierig klingen möchte.

«Elias will sich nicht trennen. Er kommt mich nächste Woche besuchen und dann werden wir weitersehen.»

Ich weiß, dass Mutter es gut finden würde, wenn ich Elias verlasse. Sie hat von Anfang an bemerkt, dass wir nicht besonders gut zusammenpassen.

«Ich muss Papa jetzt noch helfen. Ich werde dich auch bald besuchen kommen. Mach's gut, Emilia.»

Unsere Eltern hatten schon immer wenig Zeit für uns und viel Zeit für ihre Tiere, aber auf diese Weise haben wir früh gelernt, uns selbst zu beschäftigen.

Amelie hat mir Sushi bestellt, das gegen zwanzig Uhr geliefert werden soll. Zudem war sie lange mit Marlon auf dem Spielplatz und ist sich sicher, dass er todmüde sein wird, sodass ich mir in Ruhe einen Film ansehen kann.

In dem knallroten, engen Kleid und dem dazu passenden Lippenstift sieht meine Freundin umwerfend aus. Ich knipse ein Foto von der schönen Frau für ihre Insta-Story und wünsche ihr einen netten Abend. «Bleib ruhig so lange weg, wie du möchtest. Ich kann ja morgen ausschlafen.»

Marlon steckt bereits in seinem, mit Lämmchen bedruckten, Schlafanzug, hat sein gesundes Abendbrot bekommen und macht einen ruhigen Eindruck. Da er viel gähnt, bin ich guter Hoffnung, bringe ihn aber nicht gleich ins Bett, um ihn noch müder zu bekommen.

«Wollen wir noch ein Spiel spielen?»

«Nö, ich will fernsehen.»

«Nein, das möchte deine Mama nicht. Ich kann dir noch etwas vorlesen.»

«Nö, das ist langweilig. Ich kenne alle Bücher. Nur ein bisschen fernsehen. Mama wird es ja nicht erfahren.»

«Nein, ich halte mich an die Anweisungen deiner Mutter. Komm! Wir gehen mal in dein Zimmer und du zeigst mir, was du alles Neues hast.»

«Nö, habe nichts Neues.»

«Marlon, bitte! Du legst dich jetzt mit deinem Hasen ins Bett und ich erzähle dir eine super spannende Geschichte mit einem Lämmchen», rede ich mit Engelszunge auf ihn ein.

«Deine letzte Geschichte war doof.» Marlon turnt auf dem Sofa herum, macht einen Kopfstand und streckt mir die Zunge entgegen.

«Aber heute habe ich eine richtig gute Geschichte.»

«Du darfst sie mir erzählen, wenn ich ganz kurz fernsehen darf.»

«Nein, ich lasse mich nicht erpressen.» Der schlaue Junge weiß, dass er mich an der Nase herumführen kann. Klappt es einmal, klappt es immer. Ich greife seinen Arm und erhebe meine Stimme. «Du kommst jetzt mit, Marlon. Es ist jetzt auch nicht mehr witzig.»

Er reißt sich los, springt vom Sofa, rast in die Küche und kriecht unter den Tisch.

Meine Geduld ist schon am Ende, aber ich muss mich beherrschen, weder laut zu werden noch Drohungen auszusprechen.

Mein Telefon klingelt. Es ist Elias. Da ich den Kleinen sowieso nicht ins Bett bekomme, gehe ich ran.

«Hi, Emilia. Störe ich gerade?»

«Nein, ich wollte Marlon gerade ins Bett bringen.»

«Gut, ich will auch nicht lange stören. Mir kam heute die Idee ... wir haben ja in vier Wochen unseren sechsten Jahrestag und ich wollte fragen, ob wir für eine Woche nach Venedig fahren wollen? Ich würde dann unsere Suite buchen.»

«Oh, ich weiß nicht ... Ich werde es mir überlegen. Ich muss jetzt zu Marlon. Ich melde mich.»

Elias will mich nicht verlieren. Er versucht, mich mit allen Mitteln zurückzuholen, während ich mir ziemlich sicher bin, dass ich nicht weiter mit ihm zusammenleben möchte, was mich sehr aufwühlt.

Als ich ins Wohnzimmer komme, sitzt Marlon einen halben Meter vor der Flimmerkiste und schaut sich mit offenem Mund einen Actionfilm an, in dem gerade ein Mann auf mehrere Menschen schießt.

«Sag mal! Was fällt dir ein? Wo ist die Fernbedienung?»

Marlon grinst mich an und schüttelt sein freches Köpfchen. Ich suche sie überall, kann sie jedoch nicht finden, während in dem Film munter weiter geschossen wird. Schließlich entdecke ich am Fernseher den Ausschalter.

«Marlon, ich finde es nicht gut, dass du nicht auf mich hörst. Ich rufe gleich deine Mutter an und erzähle ihr, dass du nicht artig bist», drohe ich ihm.

«Das glaubt sie dir nicht.»

«So, junger Mann, nun reicht es mir aber. Du kommst jetzt mit, sonst trage ich dich.»

«Fang mich doch!» Er rennt vor mir weg. Wir laufen mehrmals ums Sofa herum, bis ich Seitenstiche bekomme. Marlon lacht mich aus, während ich nach Luft schnappe und ihn feindselig angucke. Ich nehme einen neuen Anlauf, springe nicht besonders galant über das Sofa, um mir den ungezogenen Jungen zu schnappen. Marlon rutscht auf dem glatten Parkettboden aus und fällt mit dem Kopf auf die Ecke des Couchtisches. Dann bricht ein unerträgliches Geschrei über mich herein. Ein wahrer Alptraum spielt sich vor meinen Augen ab. Marlon zappelt, brüllt, schlägt um sich und ich sehe voller Entsetzen Blut auf dem Fußboden. Im ersten Moment weiß ich nicht, was ich tun soll, bin völlig kopflos und trage den plärrenden Jungen ins Badezimmer, setze ihn auf die Toilette und drücke ein Handtuch auf die Platzwunde. Ich will Amelie anrufen, aber kann den Kleinen nicht alleine lassen, da er sich an mir festkrallt. Die Wunde hört nicht auf zu bluten und ich bin mir sicher, dass die Stelle genäht werden muss. Ich lege Marlon aufs Sofa und rufe seine Mutter an. Verdammt! Sie geht nicht ran! In holprigen Worten spreche ich auf die Mailbox, renne kopflos durch die Wohnung und suche Verbandszeug, rufe Amelie erneut an und könnte vor Verzweiflung heulen, da sie nicht zu erreichen ist. Schließlich rufe ich ein Taxi, ziehe Marlon, der nicht zu beruhigen ist, einen Anorak und Schuhe an und trage ihn die Treppe hinunter, wo mir der Lieferservice mit dem Sushi entgegenkommt, den ich einfach ignoriere. Amelie hört ihre verdammte Mailbox nicht ab! Nach zehn Minuten sind wir in der Notaufnahme. Zum Glück hat sich der Kleine etwas beruhigt, vielleicht auch nur, weil ich ihm versprochen habe, dass ich ihm etwas ganz Tolles kaufen werde.

Nachdem Marlons Wunde genäht ist, der Arzt ihm einen Lolli in die Hand gedrückt hat, über den der Patient sich sehr freut, ruft Amelie endlich zurück.

«Du musst jetzt nicht panisch werden. Wir sind im Krankenhaus und alles ist gut …»

Nach einer halben Stunde sitzen wir drei auf dem Sofa. Marlon lutscht genüsslich an seinem Lolli und ich bin mit den Nerven am Ende.

Sehnlichst freue ich mich auf mein Haus, auf Piet, der aus dem Gröbsten raus ist, und auf ganz viel Ruhe.

Als ich am nächsten Tag den Käfig betrete, kommt Benji, noch etwas zurückhaltend, zu mir und wedelt mit dem Schwanz. Ich lege ihm ein Halsband um und gehe mit ihm spazieren. Danach setze ich ihn ins Auto, was er sich ohne Weiteres gefallen lässt. Die ganze Autofahrt über ist Benji ruhig. Ich lege viele Stopps auf dem Weg nach Dagebüll ein und bin erleichtert, dass der Hund schon so zutraulich ist.

Am späten Nachmittag erreiche ich Amrum. Die Luft ist frisch, aber die Sonne scheint hin und wieder. Ich genieße es, raus aus der Stadt zu sein und freue mich besonders auf Magnus und Piet.

Neben meinem Bett baue ich Benji einen Schlafplatz und verwöhne ihn mit extra viel Streicheleinheiten, die er sichtlich genießt. Es ist schön, nicht mehr ganz alleine im Haus zu sein.

## ACHTZEHN

Am nächsten Morgen gucke ich in einen strahlend blauen Himmel, der mir sofort gute Laune verleiht. Der kräftige Wind hat sich gelegt, das Meer leuchtet in einem schönen Grünton und ist beinahe unbewegt.

Ich unternehme einen frühen Spaziergang, lasse Benji in aller Ruhe an jedem Halm und Baum schnuppern und gehe an Magnus Haus vorbei. Die beiden schlafen vielleicht noch? Nach zehn Uhr klingele ich bei Magnus und spüre, wie mein Herz bis zum Hals schlägt. Ich habe ihn vermisst, habe immerzu an ihn gedacht und sogar von ihm geträumt. Irritiert von meinen Gefühlen habe ich mich ermahnt, da ich nicht von einer Liebe in die nächste stolpern möchte, weil ich keine Ahnung habe, ob Magnus überhaupt Interesse an mir hat und ich nicht weiß, ob ich einen Stiefsohn haben möchte, der in ein paar Jahren schon erwachsen ist.

Es dauert eine Weile, bis der Hausherr mir öffnet.

«Guten Morgen. Ich hoffe, dass ich dich nicht gestört habe?» Ich knete nervös meine Finger und sehe in Magnus blaue Augen, die ich so gerne betrachte.

«Hallo, Emilia! Du störst überhaupt nicht. Ich wollte gerade eine Pause machen. Magst du einen Pott Kaffee?»

«Ja, gerne.» Im Haus duftet es nach frisch gebrühtem Kaffee. Luises Körbchen steht noch immer im Flur.

Wir setzen uns in die Küche. Magnus füllt Kaffee in zwei große Pötte und dreht sich mehrmals nach mir um, als hätte er Sorge, dass ich verschwinden könnte.

«Magst du etwas essen?»

«Nein, danke. Wie geht es Piet?»

«Ach, ganz gut. Er versucht, seine Gefühle so gut es geht zu verstecken. Er flüchtet sich in sein Museum und bastelt viel.»

«Ich habe einen Hund mitgebracht. Wenn ihr ihn nicht nehmen wollt, dann behalte ich ihn.»

«Ich denke, dass Piet sich sehr freuen würde. Das Haus ist so ruhig ohne Hund und Piet vermisst die Spaziergänge mit Luise.»

«Er heißt Benji und ist etwas scheu, aber hat ein sehr ruhiges, liebes Wesen.»

«Das hört sich gut an. Ich würde mich auch freuen, wenn wir wieder einen Mitbewohner haben. Hast du in Hamburg alles geregelt?»

Was meint er mit geregelt? Will er wissen, ob ich Elias endgültig verlassen habe? Ich möchte nicht mit ihm über meine Beziehung sprechen und antworte: «Ich habe ein paar Sachen geholt und meine beste Freundin besucht. Als ich in Hamburg war, hatte ich Sehnsucht nach Amrum und an einigen Tagen, vor allem, wenn hier schlechtes Wetter ist, verspüre ich Sehnsucht nach Hamburg. Ich weiß noch nicht, wie mir der lange Winter hier gefallen wird und ob es mir nicht zu einsam ist.»

«Emilia, Piet mag dich sehr und er schätzt deine Aufmerksamkeit, die du ihm entgegenbringst. Rike war wie eine Oma für ihn und du bist … wie eine Mutter. Es wäre wirklich schön, wenn du auf Amrum bleiben würdest.» Es überrascht mich, dass die beiden sich so schnell an meine Anwesenheit gewöhnt haben, was mich sehr freut.

«Piet ist mir sofort ans Herz gewachsen. Er ist ein goldiger Junge, aber ich … kann euch nichts versprechen. Ich muss in den nächsten Wochen entscheiden, was ich endgültig tun werde.»

«Ja, klar. Du tust nicht nur Piet gut … auch mir. Seit dem Tod meiner Frau habe ich niemanden, mit dem ich reden, lachen und Spaß haben kann. Mit dir kann ich wieder all diese Dinge tun. Ich mag dich sehr, Emilia.»

Seine offene Art verblüfft mich und macht mich sprachlos. Magnus Augen fixieren mich, seine Worte hallen in meinem Kopf und mein Herz rührt sich so sehr, dass meine Sinne vollkommen benebelt sind.

«Magnus, ich … mag dich auch sehr, aber …» Unsere Körper gehorchen nicht mehr, sie ziehen sich an wie zwei Magnete und kleben nach wenigen Sekunden zusammen. Magnus setzt seine Lippen ganz vorsichtig auf meinen Mund und drückt mich an seinen kräftigen Körper. Ich greife in sein volles Haar, erwidere seinen Kuss und spüre die Kante der Arbeitsplatte, die sich in meinen Rücken bohrt. Einen kurzen Moment muss ich an Elias denken, der hofft, dass wir unsere Beziehung fortsetzen werden. Ich kann mich Magnus nicht hingeben, ehe ich mit Elias reinen Tisch gemacht habe und löse mich daher aus der Umarmung, obwohl ich sie genossen habe. Ich möchte dem Witwer keine falschen Hoffnungen machen und setze mich auf die Küchenbank.

«Entschuldige. Das war wohl noch zu früh?», sagt er sichtlich verlegen und macht sich an der Kaffeemaschine zu schaffen.

«Magnus, ich mag dich wirklich sehr gerne, aber ich stecke noch in einer Beziehung und muss sehen, was die Zeit bringen wird.»

«Ja, ich weiß. Ich bin … gerade etwas durcheinander.»

«Ich werde dann mal gehen. Kommt doch am Nachmittag rüber und schaut euch Benji mal an.»

Magnus bereut vielleicht, dass er seinen Gefühlen freien Lauf gelassen hat. Ich hatte gespürt, dass er mich mag, aber dass er sich in mich verliebt hat, ist eine Überraschung, die ich erstmal verdauen muss. Natürlich freue ich mich darüber, aber ich muss mein Leben erstmal sortieren, bevor ich mich in eine neue Beziehung stürze.

Benji begrüßt mich freudig, als ich nach Hause komme und leckt mein Gesicht ab. Es wird mir schwerfallen ihn wegzugeben.

Elias schreibt mir täglich kurze Nachrichten und will wissen, ob ich seine Einladung nach Venedig annehme, da er das Hotel buchen muss. Ich will meinen Freund nicht enttäuschen, aber bin mir ganz sicher, dass ich mein altes Leben nicht wieder aufnehmen möchte. Zudem ist nun Magnus in mein Leben getreten, der so ganz anders ist als Elias und mit dem ich mir ein Leben auf der Insel vorstellen könnte. Ich weiß zwar noch nicht viel über den Witwer, kenne nicht mal sein Alter, aber weiß zumindest, dass mein Herz stark reagiert, sobald er vor mir steht.

Ich sitze im Strandkorb, genieße die warmen Sonnenstrahlen auf meiner Haut und schaue immer wieder aufs Meer hinaus, das an diesem Tag dicke Schaumkronen trägt. Benji liegt zu meinen Füßen und fühlt sich offensichtlich wohl bei mir. Ich bereue es, dass ich Magnus bereits von Benji erzählt habe, denn ich habe mich nach nur wenigen Stunden an den Hund gewöhnt und er an mich.

Als es klingelt, spitzt Benji die Ohren, bellt jedoch nicht. Barfuß eile ich an die Tür und spüre, wie mein Herz bis zum Hals pocht. Der Kuss vom Vormittag, der sich sehr gut angefühlt hat, hat alles zwischen Magnus und mir verändert. Wir können nun nicht mehr unbefangen sein, wissen um unsere Gefühle, die wir vor Piet verstecken müssen. Als ich die Tür öffne, verdrückt Benji sich in die Küche.

«Hallo, Piet. Wie geht es dir?», begrüße ich ihn überschwänglich und umarme den Jungen, der mir so schnell ans Herz gewachsen ist.

«Gut. Schön, dass du wieder da bist. Papa sagte, dass du eine Überraschung für mich hast.»

«Ja, kommt doch erstmal rein.» Ich bin ziemlich fahrig, kann Magnus nicht in die Augen sehen und suche Benji, der sich unter den Küchentisch verkrümelt hat.

«Setzt euch doch in den Garten. Mögt ihr einen Tee oder Kaffee?»

«Nein, danke», antwortet Magnus. Sein Gesichtsausdruck wirkt traurig.

«Ich nehme einen Tee, wenn es dir keine Umstände macht.»

«Nein, gar nicht.»

Während der Tee zieht, locke ich Benji unter dem Tisch hervor und nehme ihn auf den Arm, rede mit ihm und trage ihn zu den Gästen.

«Darf ich vorstellen, das ist Benji. Er ist noch etwas scheu und ängstlich.»

«Oh, ist der süß!» Piet ist sofort entzückt, was mir ein Stich ins Herz versetzt, denn das bedeutet, dass ich mich von meinem Hausbewohner trennen muss.

«Darf ich ihn mal nehmen?», fragt Piet und streckt bereits seine Arme aus.

«Du musst ihm etwas Zeit geben. Er wurde offenbar geschlagen. Halte ihm erstmal nur deine Hand hin und rede mit ihm.»

«Hi, Benji. Ich bin Piet …»

Nach zehn Minuten setze ich Benji ab. Erst drückt er sich gegen meine Beine, dann schaut er Piet an, der noch immer mit ihm spricht. Nach einer halben Stunde lässt der Hund sich von Piet streicheln und frisst das Leckerli, das er ihm hinhält.

«Piet, du hast ja bald Geburtstag und Emilia und ich dachten, dass du dich über einen neuen Hund freuen würdest. Emilia war so lieb und hat den Hund mitgebracht.»

«Was echt? Der ist für mich? Wow, das ist ein tolles Geschenk. Er ist zwar viel kleiner als Luise, aber total süß.»

«Dann möchtest du ihn nehmen?», frage ich nach und spüre, wie mein Herz sich krümmt.

«Ja, auf jeden Fall. Ich habe mich sofort verliebt.»

«Wir sollten ihn langsam an dich gewöhnen. Er hat schlechte Erfahrungen gemacht und braucht etwas Zeit, bevor er Zutrauen fasst. Ich schlage vor, dass du erstmal jeden Tag zu mir kommst, mit Benji spielst und ihn bei mir fütterst. Und zu deinem Geburtstag zieht er dann zu euch.»

«Ja, prima. Ich freu mich total. Danke, Emilia.» Piet umarmt mich und ich bin so gerührt, dass ich eine Träne verdrücke. Magnus lächelt mich an. Ich würde ihn jetzt zu gerne auch küssen, mit den beiden den restlichen Abend verbringen, aber zunächst muss ich Ordnung in mein Leben bringen.

# NEUNZEHN

Um mich abzulenken, streiche ich das Wohnzimmer in einem zarten Gelbton und hänge tuffige Gardinen auf. Piet kommt täglich zweimal zu mir und beschäftigt sich ausgiebig mit Benji. Ich bin begeistert, wie viel Feingefühl und Empathie der Junge besitzt. Piet baut schnell ein inniges Verhältnis zu dem Hund auf. Ich bin erleichtert, dass die beiden sich so gut verstehen und weiß, dass Benji es bei den Männern gut haben wird, zumal Magnus den ganzen Tag über zuhause ist.

Elias wird in zwei Tagen auf die Insel kommen. Ich freue mich nicht auf seinen Besuch, denn er erwartet eine Entscheidung von mir, will wissen, ob ich wieder zu ihm ziehen werde, damit wir unsere Beziehung fortsetzen. Vielleicht würde sie sogar besser laufen als zuvor, aber es ist nicht dass, was ich mir für meine Zukunft vorstelle, zumal mein Herz für Magnus schlägt. Piet würde es vielleicht begrüßen, wenn ich mit seinem Vater zusammen wäre, aber auch ihm möchte ich keine falschen Hoffnungen machen.

Als ich mit Piet in meinem Garten bin und er Benji bürstet, frage ich ihn: «Sag mal, wie alt ist dein Vater eigentlich?»

«Er wird im Oktober schon vierzig, aber er will nicht groß feiern. Das hat er schon gesagt.»

Ich bin erstaunt, denn Magnus sieht viel jünger aus. Er ist also dreizehn Jahre älter als ich. Generell habe ich nichts gegen einen größeren Altersunterschied, aber vielleicht macht er sich irgendwann bemerkbar? Zudem ist Magnus ein Inselmensch, der noch nie von Amrum runtergekommen ist. Er ist nicht so eloquent wie Elias, kann dafür aber anpacken, kochen und ist offensichtlich sehr ordentlich. Am liebsten würde ich Elias absagen, aber ich muss nun endlich eine Entscheidung treffen, auf die mein Freund seit Wochen wartet.

*

Die schwarze Limousine ist wie immer blitzblank und glänzt in der Sonne. Schwungvoll steigt Elias aus seinem Wagen und wirft einen kurzen Blick auf mein Haus. Gegenüber Magnus ist Elias ein junger Mann, der nicht in den nächsten Jahren mit ersten Alterserscheinungen kämpfen muss, der nicht so bald graue Haare bekommt oder unter Bluthochdruck leiden wird.

Elias Haare sind frisch geschnitten, er trägt ein weißes Hemd, das perfekt gebügelt ist und holt aus dem Kofferraum einen Blumenstrauß heraus, der noch in Papier gewickelt ist. Er wird zwei Tage bleiben, an denen wir vermutlich viel miteinander reden, streiten und auch weinen werden.

Als ich die Haustür öffne, wagt Benji sich an die Tür, da er neugierig ist und seine Scheu täglich kleiner wird.

«Hallo, Emilia. Ich bin erstaunt», begrüßt mich der Mann, mit dem ich sechs Jahre zusammengelebt habe und der mir plötzlich fremd erscheint.

«Hallo, Elias. Worüber bist du erstaunt?»

Er drückt mir Küsschen auf die Wangen, packt die Blumen aus und reicht sie mir.

«Über dein Haus. Es ist hübsch und viel größer als ich dachte.»

«Komm rein und sieh dich um.»

Ich bin ziemlich nervös und ertappe mich dabei, dass ich auf meiner Unterlippe herumbeiße, was ich nur tue, wenn ich angespannt bin, so wie früher im Job.

«Wow! Der Blick aufs Meer ist grandios.» Elias stellt sich vor das bodentiefe Wohnzimmerfenster, während ich ihn von der Seite betrachte. Er hat etwas zugenommen und trägt ein neues Eau de Toilette, das mir zu herb ist und dass ich nicht riechen mag.

«Komm! Ich zeige dir die anderen Räume.»

Mein Besucher zeigt sich begeistert, wirft einen Blick aus jedem Fenster und stellt viele Fragen zum Haus. Leider ist es kühl und nieselt, sodass wir nicht im Garten sitzen können.

«Ich habe einen Käsekuchen gebacken. Magst du jetzt Kaffee trinken?»

«Ja, gerne.»

Elias betrachtet mich verträumt und lächelt mehr als früher. Er tut alles, um einen guten Eindruck zu machen und lobt den Kuchen über den Klee.

«Jetzt kann ich dich verstehen. Das Haus ist wirklich toll und der Garten und der Blick sind wunderschön. Es tut mir leid, dass ich erst kein Interesse an dem Haus zeigte. Ich war so auf unseren Urlaub versteift und war bisher kein großer Nordseefan. Wenn die Sonne scheint, ist es bestimmt wunderschön hier.»

«Du musst dir den Strand ansehen. Er sieht ein bisschen aus, wie in der Karibik und ist unendlich breit.»

«Emilia, ich wollte mich bei dir entschuldigen. Es tut mir leid, dass ich dich einfach so gehenlassen habe. Mein letztes Projekt ist so anstrengend gewesen und dann kamst du mit diesem Haus und deinen Ideen. Ich möchte, dass du zu mir zurückkommst und wir vielleicht im Sommer heiraten. Mit Kindern könnte ich mich auch anfreunden, aber höchstens zwei.» Er greift nach meiner Hand, an dem sein Ring steckt, den ich in den letzten Wochen nicht mehr getragen habe.

Genau vor diesem Moment habe ich Angst gehabt und weiß nicht, was ich ihm antworten soll. Ich schweige betreten und beiße mir wieder auf die Unterlippe, die aufplatzt, denn ich schmecke mein eisenhaltiges Blut.

«Ich bin mir noch nicht schlüssig, was ich möchte. Es tut mir leid, aber ich kann dir noch keine Antwort geben. Ich kam noch nicht so richtig zum Nachdenken. Ob ich auf Dauer in Hamburg leben möchte, weiß ich nicht», druckse ich herum und kann Elias nicht in die Augen sehen.

Er zieht seine Hand weg und kräuselt die Stirn, ist offensichtlich enttäuscht und seufzt tief.

«Wir können auch an den Wochenenden nach Amrum fahren?», schlägt er mir vor, um mir entgegenzukommen.

«Es ist nicht allein das Haus und die Insel. Ich … habe gemerkt, dass wir nicht mehr so gut zusammenpassen, dass jeder sein Eigenleben entwickelt hat. Es war alles so eingefahren und unsere Liebe …»

«Ja, das stimmt und darum müssen wir etwas ändern. Ich tue etwas für dich und du für mich.»

«Ich weiß nicht, ob das so funktioniert. Wie gesagt, gib mir bitte noch ein paar Wochen und dann werde ich dir mitteilen, ob ich zurück nach Hamburg kommen werde oder nicht.»

«Gut, dann bleibt mir wohl nichts anderes übrig, als zu warten. Hast du dir denn schon überlegt, wie du deinen Lebensunterhalt verdienen willst?»

«Nein, das habe ich auch noch nicht. Wie gesagt, kam ich noch nicht dazu. Ich habe das Haus erstmal ausgemistet und etwas renoviert.»

«Und der Hund ist dein neuer Freund?»

«Nein, er kommt zu einem Nachbarn. Ich habe ihn von meinen Eltern geholt. Wollen wir ein Stück laufen? Es hat aufgehört zu regnen. Hast du eine Windjacke dabei?»

«Klar, ich bin richtig gut ausgestattet. Ich habe mir sogar Gummistiefel gekauft.»

Der Wind pustet heftig aus Norden und meine offenen Haare flattern um meinen Kopf herum. Unsere Worte werden durch die Luft getragen, sodass wir lauter reden müssen, um uns zu verstehen. Wir laufen bis zum Hundestrand, an dem Benji sich austoben kann. Bald werde ich wieder alleine sein, denke ich traurig und werde mir bei meinen Eltern vielleicht einen neuen Hund holen.

Nachdem uns der Wind ordentlich durchgepustet und unsere Gesichtshaut rosig gemacht hat, treten wir den Rückweg an. Elias nimmt eine Dusche, während ich das Abendessen zubereite. Mit nassen Haaren und einem frischen Hemd kommt mein Freund in die Küche. Er tritt dicht an mich heran, sodass ich seinen heißen Atem im Nacken spüre, legt eine Hand auf meine Schulter und massiert sie leicht. «Was kochst du denn Feines?»

«Eine Kartoffelsuppe mit frischen Krabben.»

«Oh, lecker! Du sitzt hier ja auch direkt an der Quelle. Soll ich den Tisch decken?»

«Ja, gerne. Die Teller stehen in der Vitrine im Wohnzimmer.»

Elias zeigt sich überaus hilfsbereit und von seiner besten Seite. Er will mich nicht verlieren und gibt nun alles, damit ich zu ihm zurückkommen werde.

«Die Suppe ist köstlich und die Krabben sind herrlich frisch. Sie schwammen gestern wohl noch in der Nordsee herum.»

Wir reden nach langer Zeit angeregt miteinander und lassen unsere Tablets und Handys liegen. Elias erkundigt sich nach Rike, will Fotos von ihr sehen und ist überaus interessiert. Ich zeige ihm Carls Abschiedsbrief, der ihn nicht kalt lässt. Denkt er vielleicht schon daran, wie es ihm ergeht, wenn ich ihn verlassen werde? Wie schnell wird er über mich hinwegkommen?

Wir sitzen auf dem kleinen Sofa eng aneinander, trinken einen gute Wein, den Elias mitgebracht hat, und schwelgen in Erinnerungen, die uns auch nach einer Trennung für immer bleiben werden. Mein Freund legt seine warme Hand auf meinen Oberschenkel und streichelt über die nackte Haut, sodass ich Gänsehaut bekomme. Ich lasse ihn gewähren, denn ich bin leicht beschwipst und in einer heiteren Stimmung.

Mein Freund präsentiert sich überaus liebenswert, was mich beeindruckt. Schon lange hat er mich nicht mehr so verliebt angesehen, mich so zärtlich berührt und mir so viele Komplimente gemacht, die mich nicht kalt lassen. Zudem sieht er gut aus und besticht durch seine intellektuelle Art, die mich bei unserem allerersten Treffen fasziniert hat.

Es dauert nicht lange und wir küssen uns, liegen auf dem Sofa und erforschen unsere Körper, als hätten wir sie noch nie zuvor gesehen. Ich lasse mich fallen, wehre mich nicht, obwohl ich noch immer an Trennung und auch an Magnus denken muss. Nach wenigen Minuten liege ich nackt unter Elias und stöhne laut, denn hier kann uns kein Nachbar hören. Mein Freund sackt stöhnend auf mir zusammen, sodass ich kaum noch Luft bekomme. Er hört nicht auf, mich zu streicheln, mir zärtliche Küsse zu schenken und mir deutlich zu zeigen, dass er mich noch immer liebt und begehrt. Da es auf dem schmalen Sofa unbequem wird, stehe ich auf und sehe, dass Benji sich unter dem Esstisch versteckt hat.

War es gescheit, mit Elias zu schlafen, ihm das Gefühl zu geben, dass ich ihn noch liebe? Elias bleibt liegen, lächelt mich zufrieden an und denkt, dass jetzt alles wieder gut ist.

«Ich muss nochmal mit dem Hund raus.» Ich sammele meine Kleider vom Boden zusammen, ziehe meine Regenjacke an und gehe an Magnus Haus vorbei. In seinem Arbeitszimmer brennt noch Licht. Ich bereue, dass ich mit Elias geschlafen habe, denn das macht die ganze Sache noch komplizierter.

Als ich vom Spaziergang zurückkomme, steht mein Gast, nur mit einer Boxershorts bekleidet, in der Küche und trinkt gierig ein Glas Milch.

«Es war schön», sagt er zufrieden und stellt das leere Glas in die Spüle, während ich Benji ein Leckerli gebe.

«Elias, dass wir zusammen ... geschlafen haben, hat auf meine Entscheidung keinen Einfluss. Ich habe dir das Bett im Gästezimmer fertig gemacht. Schlaf gut.»

Er wirft mir einen enttäuschten Blick zu und nickt. «Gute Nacht!», ruft er mir hinterher.

Ich finde nicht in den Schlaf, denn meine Gedanken kreisen und kommen nicht zur Ruhe. Wenn Elias sich wirklich ändert, wenn er regelmäßig mit mir nach Amrum fährt und wenn er sich Kinder vorstellen kann, kann er mich dann glücklich machen?

# ZWANZIG

Am nächsten Morgen werde ich durch die gleißende Sonne geweckt, die mich aus dem Bett lockt. Elias schläft noch. Ich schleiche durchs Haus, gehe mit Benji eine Runde und hole Brötchen. Als ich zurückkomme, steht mein Freund in der Küche und ist dabei, den Tisch zu decken.

«Guten Morgen. Hast du gut geschlafen?» Ich reiche ihm die Brötchentüte und halte Abstand, da ich keine weiteren Zärtlichkeiten mehr austauschen möchte.

«Die Seeluft scheint mir gut zu bekommen. Ich habe so fest, wie lange nicht mehr geschlafen.»

«Wir können draußen frühstücken, wenn es dir nicht zu kalt ist?»

«Gerne. Sag mir, was ich tun soll.»

Elias bemüht sich redlich mir zu gefallen und ich bin erstaunt über seine Verwandlung. Wir sitzen im Strandkorb, in dem der kühle Wind uns nichts anhaben kann. Mein Freund erinnert sich an unsere abenteuerliche Indonesienreise, auf der wir in den engen Rikschas nebeneinandersaßen und durch die vollen, lauten Straßen gondelten, wo die schlechte Luft in unseren Lungen biss und der Smog eine klare Sicht verhinderte.

Offensichtlich hat Elias verstanden, dass ich noch Bedenkzeit brauche und lässt die Finger von mir, dennoch kann er sich nicht beherrschen und entfernt mit seinem angefeuchteten Finger einen Marmeladenrest von meinen Lippen.

«Was willst du mit Rikes Bildern anstellen? Vielleicht kann man sie gut verkaufen? Soll ich mich mal in Hamburg umhören?» Elias denkt immer nur ans Geld, was uns sehr unterscheidet, denn für mich ist Geld nicht das Wichtigste im Leben.

«Nein, das musst du nicht. Ich möchte sie nicht verkaufen. Ich möchte sie gerne ausstellen und werde mich bald darum kümmern. Soll ich dir heute mal die Insel zeigen? Wollen wir sie mit dem Rad erkunden?»

«Ja, sehr gerne. Bei dem Wetter kann man gut radeln und vielleicht zwischendurch ein Bad in der Nordsee nehmen?»

«Wenn es dir nicht zu kalt ist, dann packe deine Badehose ein. Wir können mittags in Wittdün Fisch essen und am Nachmittag in einem netten Café ein Eis schlecken», schlage ich ihm vor und überlege, was ich solange mit Benji mache. Bisher habe ich ihn noch nicht lange alleine gelassen und würde ihn am liebsten mitnehmen. Mir kommt die Idee, dass ich mir einen Anhänger fürs Fahrrad mieten könnte.

Es ist kein Problem, der unkomplizierte Hund macht alles mit und findet es toll in dem Anhänger, in dem er brav sitzenbleibt.

Zum dritten Mal fahre ich die schöne Radstrecke quer über die Insel und erzähle Elias all die Geschichten, die ich bereits verinnerlicht habe. Wir stoppen an einem Lokal in Wittdün, genießen den frischen Fisch im Freien und legen am Strand eine Badepause ein. Elias rennt übermütig ins kalte Wasser, als hätte es Karibiktemperatur. Ich hingegen bleibe an der Wasserkante stehen, ziehe meine Schultern hoch und kann mich nicht überwinden, mich in die Fluten zu stürzen. Elias schwimmt recht weit raus und fordert mich, mit einer winkenden Hand, auf zu ihm zu kommen. Mutig und laut schreiend, springe ich in das kühle Nass und schwimme so schnell ich kann, damit mir warm wird. Die Wellen schwappen mir ins Gesicht und ich schlucke Salzwasser. Es ist mein erstes Bad in der Nordsee und sicherlich nicht mein letztes, denn es ist herrlich und nach wenigen Minuten ist mir gar nicht mehr kalt.

Erschöpft und lachend legen wir uns in den warmen, feinen Sand und lassen die Sonne unsere Haut trocknen. Elias Arm liegt auf dem meinen, er dreht sich zu mir, schaut mich, wie frisch verliebt an und nimmt mir eine nasse Strähne aus dem Gesicht. «Es ist wunderschön hier. Ich muss gestehen, dass ich die Insel unterschätzt habe. Warum in die Karibik reisen, wenn man es hier auch schön haben kann?»

«Ja, das denke ich auch. Komm! Wir gehen jetzt ein Eis essen.»

Ich freue mich, dass Elias von Amrum genauso angetan ist wie ich und es macht Spaß, mit ihm endlich wieder etwas gemeinsam zu unternehmen. Im letzten Jahr sind wir nicht ein einziges Mal zusammen mit dem Rad unterwegs gewesen.

Unsere Gesichter sind rot, da wir uns nicht eingecremt haben, meine Beine sind etwas müde vom Treten und ich genieße das Eis, das ich gierig löffele. Elias schaut mich nachdenklich an und wirkt wesentlich entspannter als sonst.

«Ich könnte mir vorstellen, hier den gesamten Sommer zu verbringen. Ich kann auch Homeoffice machen», überlegt er laut und streichelt Benji, der unter dem Tisch auf meinen Füßen liegt. Ist er plötzlich auch noch tierlieb geworden? Vor ein paar Wochen hat er die Hunde meiner Eltern noch als Köter bezeichnet und sie ignoriert.

Ich bin verwundert über seine Ideen. Entweder hat er sich tatsächlich in die Insel verliebt oder er will mich nicht verlieren. Seine neue Einstellung macht mir meine Entscheidung noch viel schwerer. Meine Gefühle geraten mehr und mehr durcheinander, da Elias sich von einer neuen Seite zeigt, die mir sehr gefällt, die aber nur gespielt und von kurzer Dauer sein kann.

«Ich dachte, dass dir die Nordsee generell nicht gefällt. Du weißt, dass das Wetter auch im Sommer sehr schlecht sein kann und die Temperatur im Juli im Schnitt 16 Grad beträgt. Das Wetter heute ist eine große Ausnahme. Morgen kann es schon wieder stürmen und regnen.»

«Ich schaffe mir einen Friesennerz an. Gummistiefel habe ich ja schon. Die Luft ist hier viel gesünder als in der Stadt und ich könnte mir vorstellen, morgens am Kniepsand zu joggen. Hier habe ich das Meer direkt vor der Nase. Das ist ein Traum.»

«Ja, schon, aber im Sommer sind hier auch viele Touristen unterwegs und es gibt nicht viel Abwechslung und auch keinen Golfplatz.»

«Dafür haben wir einen großen Garten. Ich habe gesehen, dass es auf Föhr einen Golfplatz gibt. Mit der Fähre ist es ein Klacks darüber.»

Vor ein paar Wochen hatte ich mir gewünscht, dass Elias sich für mein Haus und die Insel begeistert, doch nun hat sich alles geändert, denn ich habe Magnus kennengelernt, habe mich von Elias bereits innerlich losgesagt und empfinde keine leidenschaftliche Liebe mehr für ihn. Kann unsere Liebe wieder neu entfacht werden? Sollten wir einen Neustart wagen?

Am späten Nachmittag geben wir die Räder ab und sind erschöpft. Elias duscht vor mir und kommt, nur mit einem Handtuch um seine Taille bekleidet, zu mir in die Küche. Seine Brust ist weiß und rasiert. Offensichtlich denkt er, dass wir wieder Zärtlichkeiten austauschen können. Ich drücke ihm eine Wasserflasche in die Hand und verschwinde im Badezimmer. Als ich mich einseife, höre ich die Klingel, danach Magnus Stimme. Verdammt! Elias hat die Tür geöffnet, steht, mit nacktem Oberkörper und dem kleinen Handtuch, vor meinem Nachbar, der sich gewiss seinen Teil denkt. Ich trockne mich rasch ab, ziehe mir einen Bademantel über und rufe nach unten: «Was wollte der Nachbar?»

«Er fragte, ob du Wundspray hast. Sein Sohn hat sich wohl verletzt.»

Panik erfasst mich, ich streife mir ein Kleid über und renne so hastig die steilen Treppenstufen herunter, dass ich fast stürze. Ich wühle in einer Schublade und finde das Wundspray. «Ich komme gleich wieder!» Barfuß renne ich über den warmen Asphalt und klingele zweimal hintereinander an Magnus Tür. Es dauert eine Weile, bis er mir öffnet. Sein Gesichtsausdruck zeigt mir, dass er enttäuscht ist, was ich ihm nicht verdenken kann.

«Du brauchst Wundspray? Was ist denn passiert?», frage ich atemlos und würde ihm gerne sofort erklären, dass meine Gefühle für ihn stärker sind als für meinen Freund.

«Piet hat sich beim Basteln einen rostigen Nagel in die Hand gehauen.»

«Soll ich nach ihm schauen?»

«Nein, das musst du nicht.» Ich reiche ihm das Spray und will mich erklären, aber lasse es sein und verabschiede mich schweren Herzens.

Elias hat sich mittlerweile angezogen und steht in der Tür, als wäre er der Hausherr. «Na, gab es nebenan einen Unfall?»

«Nur eine kleine Verletzung.»

«Der Nachbar sieht nett aus.» Elias sieht mich forschend an.

«Er ist auch nett. Magnus hat vor zwei Jahren seine Frau verloren und hat einen Sohn, der sich um meinen Garten kümmert.»

Ich bin sauer auf Elias, weil er Magnus halbnackt die Tür geöffnet hat. Schlecht gelaunt verziehe ich mich ins Schlafzimmer und überlege, ob ich Magnus eine Nachricht schicken soll, lasse es jedoch bleiben. Mein Freund möchte an den Strand gehen, um den Sonnenuntergang zu sehen, was ich ihm nicht abschlagen kann.

«Lass uns Decken und Wein mitnehmen. Das wird bestimmt sehr romantisch werden. Weißt du noch, als wir jeden Abend auf den Malediven …», erinnert mein Freund sich und will unverkennbar die vergangene Romantik zurückholen.

Eigentlich wäre ich jetzt lieber bei Magnus und Piet, aber packe eine Tasche und gehe mit Elias missmutig an den Strand. Wir sind nicht die Einzigen, die auf das Himmelspektakel warten. Die Abendstimmung am Kniepsand ist immer anders und je nach Wolkenbildung und Gezeiten sehr abwechslungsreich. Es gibt windstille Tage, an denen sich Sonne und Wolken in den kleinen Seen auf dem Kniepsand spiegeln, an anderen Tagen führt der Wind zu einer kleinen Dünung oder das Wasser hat sich ganz vom Strand zurückgezogen. Sonnenuntergänge, bei denen die Sonne tatsächlich im Meer versinkt, sind selten. Oft ziehen Wolkenschleier auf oder es schieben sich Wolken dazwischen. Umso schöner kann ein Sonnenuntergang bei klarem Himmel sein, den wir tatsächlich an diesem Abend erleben dürfen. Es ist einer dieser seltenen Tage, an dem der Himmel wolkenfrei ist und wir das Glück haben, zu beobachten, wie der Feuerball in der Nordsee versinkt.

Elias breitet die Decke aus, schenkt uns Wein in Kristallgläser, die aus Rikes Nachlass stammen, und prostet mir zu. Er legt mir fürsorglich eine Jacke um die Schultern und flüstert mir ins Ohr: «Es ist unglaublich schön. Ich bin froh, dass du das Haus genommen hast. Ich kann mir hier alles mit dir vorstellen, auch Kinder, die es hier besonders gut haben werden.»

Elias, der immer gegen Kinder gewesen ist, denkt auf einmal an Nachwuchs! Ich bin verblüfft und sehe ihn erstaunt an. «Du willst Kinder?»

«Ja, wenn sie nicht so werden wie Marlon.»

Ich muss an Piet denken, der mir so sehr ans Herz gewachsen ist, für den ich gerne ein Mutterersatz sein würde.

Schweigend und voller Rührung sehen wir der Sonne dabei zu, wie sie sich von diesem wunderschönen Tag verabschiedet. Elias legt fürsorglich seinen Arm um mich und denkt vielleicht schon an den nächsten Sommer, den wir gemeinsam als verheiratetes Paar auf Amrum verbringen werden?

Es wird empfindlich kühl, wir packen unsere Sachen zusammen und treten den Heimweg an.

«Ich bin müde und gehe direkt ins Bett.»

«Möchtest du mich bei dir haben?» Elias sieht mich aus bettelnden Augen an und runzelt seine Stirn.

«Nein, ich möchte alleine sein. Es war heute wirklich schön mit dir, aber ich bin mir noch nicht im Klaren darüber, ob wir unsere Beziehung fortführen. Bitte, sei mir nicht böse. Ich denke, dass ich in drei Wochen soweit sein werde.»

«Ehrlich gesagt, weiß ich nicht, warum du dich von mir trennen möchtest. Ich bin begeistert von der Insel, schlage dir sogar vor, dass ich den Sommer mit dir hier verbringen möchte und plane Kinder in mein Leben zu lassen. Und du? Was willst du denn noch? Ich habe das Gefühl, dass du völlig durcheinander bist und habe keine Ahnung, warum. Steckst du in so einer komischen Findungsphase oder was? Hat Amelie dir einen Floh ins Ohr gesetzt?» Mein Gegenüber wird lauter und der Gesichtsausdruck verändert sich, sodass seine wahren Gefühle sichtbar werden. Das ist der Elias, den ich kenne! Er hat sich die letzten Stunden von seiner Schokoladenseite gezeigt, um mich zurückzugewinnen, aber er wird es auf Dauer nicht durchhalten, den Menschen zu spielen, den ich gerne hätte. Ich kenne ihn zu gut und bin mir sicher, dass wir nach ein paar Wochen wieder da wären, wo wir aufgehört haben.

«Ich möchte mich jetzt nicht mit dir streiten. Gute Nacht.»

Er ist wütend und haut mit geballter Faust auf den Tisch, als ich die Treppen nach oben gehe.

Am nächsten Morgen reist Elias, ohne mit mir zu frühstücken, ab und nimmt die erste Fähre nach Dagebüll. Er zeigt sich gekränkt und küsst mich nur flüchtig beim Abschied. Mein Herz ist schwer und ich finde es sehr schade, dass wir im Streit auseinandergehen, aber ich musste ihm meine wahren Gefühle mitteilen, um ihm keine falschen Hoffnungen zu machen.

Bin ich ungerecht zu Elias? Ist es falsch, unsere Beziehung in Frage zu stellen? Können wir wieder glücklich werden? Viele Fragen schießen mir, wie wilde Pfeile durch den Kopf, auf die ich keine Antworten finde.

Magnus wird ebenfalls enttäuscht sein und ich muss versuchen, alles wieder geradezubiegen. Um den Kopf frei zu bekommen, unternehme ich einen ausgedehnten Spaziergang und denke mit Kummer daran, dass ich Benji in ein paar Tagen abgeben muss.

Der Wind hat gedreht, dicke Wolken, die Regen im Gepäck haben, ziehen übers aufgewühlte Meer und lassen den Tag hässlich erscheinen. Das graue Wetter passt zu meiner trüben Stimmung und macht sie noch düsterer.

Kurz bevor ich zuhause bin, erwischt mich ein Starkregen, der im Nu meine Kleidung durchnässt. Meine Laune ist auf dem Tiefpunkt und ich heule mir meine Last von der Seele, lasse Benji, der mich trösten möchte, auf mein Bett hüpfen und mir von dem süßen Kerlchen mein verweintes Gesicht abschlecken.

Am Nachmittag gehe ich mit schweren Schritten zum Nachbarhaus. Piet öffnet mir die Tür und ist happy mich zu sehen.

«Ist dein Besuch abgereist?»

«Ja. Möchtest du heute mit Benji spazieren gehen? Vielleicht gewöhnst du ihn auch schon mal allmählich an euer Haus.»

«Ja, klar. Hi, Benji. Komm! Ich zeige dir mal dein neues Zimmer.» Der Hund sieht mich an, als wenn er mich um Erlaubnis fragen würde und tippelt Piet neugierig hinterher. «Komm doch auch mit, Emilia!», fordert Piet mich fröhlich auf.

Magnus sitzt vermutlich in seinem Arbeitszimmer und hat sicherlich kein Interesse daran mich zu sehen.

«Ich freue mich schon so auf Benji und kann es kaum erwarten, dass er bei uns einzieht.»

«Du kannst ihn dir jetzt jeden Tag holen und ihn langsam an sein neues Heim gewöhnen. Aber so, wie ich sehe, fühlt er sich schon sehr wohl bei dir. Du kannst wirklich gut mit Hunden umgehen. Benji spürte sofort, dass er dir vertrauen kann.»

«Er wird es gut bei uns haben. Bist du traurig, wenn du Benji abgeben musst?» Es ist unglaublich, wie empathisch Piet ist.

«Ja, ein wenig schon», vertraue ich ihm meine wahren Gefühle an.

«Du kannst jederzeit kommen, wenn du möchtest. Ich wollte dich fragen, ob du die nächsten Tage Zeit hättest, um mit mir zu lernen?»

«Ja, ich habe Zeit und helfe dir gerne.»

Ich schaue auf ein Foto, das Piet als kleinen Jungen zeigt. Er trägt ein Indianerkostüm und sieht sehr niedlich aus.

«Das war beim Fasching im Kindergarten. Meine Mutter hat mir das tolle Kostüm genäht und ich bin so stolz gewesen. Leider passte es im nächsten Jahr nicht mehr und meine Mutter nähte mir dann einfach das gleiche nochmal. Ich war so glücklich.»

«Du sahst wirklich toll aus. Was ist mit deiner Verletzung? Soll ich sie mir mal ansehen?»

«Ne, brauchst du nicht. War gar nicht so schlimm. Papa hat einen großen Aufstand gemacht und wollte mich sogar zum Arzt fahren. Er ist immer sehr besorgt um mich und hat Angst, dass er mich auch noch verliert. Dann hätte er niemanden mehr. Ich wünsche mir, dass Papa eine nette Frau findet, dann wird er bestimmt wieder fröhlicher.»

«Ja, das wäre bestimmt gut. Ich muss jetzt rüber und mir Gedanken machen, wie ich zukünftig mein Geld verdienen könnte. Bringst du mir Benji nachher zurück?»

«Ja, das werde ich tun. Bis später.»

Auch beim Verlassen des Hauses läuft mir Magnus nicht über den Weg. Er meidet mich bewusst und schmollt vermutlich.

Frustriert setze ich mich an den Laptop und starre auf meine, noch nicht sehr umfangreiche, To-do-Liste. Ich verspüre keinen Elan, mich um eine Beschäftigung zu bemühen, habe keine Lust, in nächster Zeit als freie Texterin zu arbeiten und bin mir nicht mal sicher, ob ich diese Arbeit überhaupt wieder aufnehmen möchte. Ich könnte mir auch etwas ganz anderes vorstellen. Ich klappe den Laptop zu und gehe in Rikes Atelier, schaue mir ihre Bilder genau an und setze mich auf den Hocker, der vor der Staffelei mit dem unvollendeten Werk steht. Die Farbe am Pinsel, mit dem Rike ihren letzten Federstrich getan hat, ist eingetrocknet. Ich suche in den Schubladen nach einem neuen Pinsel, greife nach einer blauen Ölfarbe und versuche, das Meer zu malen, das nur halb fertig geworden ist. Nach über zwei Stunden habe ich die Nordsee vervollständigt, bin erstaunt über das Ergebnis und betrachte mir das Bild mit etwas Abstand. Das Malen hat mir unheimlichen Spaß gemacht. Die Klingel reißt mich aus meiner kreativen Phase. Piet steht mit Benji vor der Tür. Die beiden erwärmen mein Herz und am liebsten würde ich sie beide küssen. «Magst du einen Kakao und Kekse?», biete ich dem Jungen an.

«Ach ja, da sage ich nicht nein.»

Während ich Milch erhitze, spielt Piet mit dem Hund und ich bin mir sicher, dass ich Benji guten Gewissens abgeben kann.

«Ihr seid ja schon ein Herz und eine Seele. Das freut mich.»

«Er ist ein drolliger Hund und so ganz anders als Luise. Emilia, ich muss dir mal etwas erzählen, aber du darfst es nicht meinem Vater sagen. Ich habe mich … auf so einer Dating-App angemeldet und die Daten von meinem Vater eingegeben. Auf Amrum gibt es ja nicht viele Frauen, die für ihn in Frage kommen. Auf der App finden sich die tollsten Frauen, die hübsch und intelligent sind und auch noch Kinder mögen. Nun habe ich mit drei Damen Kontakt aufgenommen und die wollen sich nun mit Papa treffen. Nun weiß ich nicht, wie ich das anstellen soll, dass er sich mit ihnen trifft.» Der Junge knetet seine Hände und sieht mich erwartungsvoll an.

Ich werde kreidebleich und stütze mich auf die Arbeitsplatte. Der sonst so plietsche Junge ist noch nicht auf die Idee gekommen, dass ich und sein Vater ein Paar werden könnten. Vermutlich bin ich Piet zu jung.

«Ich weiß nicht, ob das eine so gute Idee gewesen ist. Meinst du denn, dass dein Vater schon eine neue Beziehung möchte? Und wenn, dann will er sich sicherlich selbst umsehen.»

«Papa ist ein bisschen schüchtern und aus der Übung. Da muss man einfach ein bisschen nachhelfen. Schau mal!» Piet holt sein Handy aus der Hosentasche und zeigt mir nacheinander drei hübsche Frauen, die älter sind als ich.

«Die sind alle Ende dreißig. Papa will bestimmt nicht so ein junges Huhn haben, das nicht reif genug ist. Die sollten fest im Leben stehen und Erfahrung haben.» Bin ich in seinen Augen ein junges Huhn ohne Erfahrung?

«Du hast wirklich einen guten Geschmack. Die sehen alle drei sehr nett aus.»

«Nicht so gut, wie du, aber sie sind recht ansehnlich.» Das geht runter wie Öl und ich schöpfe neue Hoffnung.

«Hast du den Damen denn geschrieben, dass dein Vater auf Amrum lebt?»

«Ja, klar. Man muss schon bei der Wahrheit bleiben. Kannst du mir vielleicht ein bisschen dabei helfen, dass Papa sich mit den Frauen trifft?»

Ich puste Luft zwischen meinen Lippen aus und ziehe ein Gesicht. «Das wird nicht einfach sein, aber ich kann ja mal überlegen.»

«Du bist echt die Beste. Ich vermisse Rike ja, aber bin echt froh, dass du hier jetzt wohnst.»

«Danke! Und ich bin froh, dass ihr meine Nachbarn seid.»

Nachdem Piet fort ist, rufe ich Amelie an, um ihr meine zahlreichen Probleme mitzuteilen. Sie mixt Marlon gerade einen Schlummertrunk und will mich zurückrufen. Derweil schreibe ich Elias eine Nachricht, erkundige mich, ob er gut angekommen ist und teile ihm mit, dass ich mich über seinen Besuch gefreut habe.

Benji kuschelt sich an mich und spürt vielleicht schon, dass er mich bald verlassen muss. Ich beschließe, mir am nächsten Tag einen Fernseher zu kaufen, da ich mich am Abend langweile und nicht immer Lust habe, Rikes anspruchsvolle Klassiker zu lesen. Nach über einer Stunde ruft Amelie mich zurück. «Entschuldige, dass es solange gedauert hat. Marlon hat ein Glas fallen lassen und es gab eine Riesensauerei. Zudem wollte er nicht ins Bett und hat so laut geschrien, dass eben die Nachbarin klingelte. Manchmal bin ich echt mit den Nerven am Ende und hätte so gerne Entlastung.» Eigentlich wollte ich mich bei ihr ausweinen!

«Was ist denn mit deinem Fotografen?»

«Ich habe ihm noch nicht von Marlon erzählt. Bei unserem letzten Treffen hat er mir deutlich zu verstehen gegeben, dass Kinder überhaupt nicht in sein Leben passen und große Störfaktoren wären. Zudem findet er es unverantwortlich, Nachwuchs zu zeugen, weil er meint, dass sich unsere Kinder auf der Erde nicht mehr wohlfühlen würden.»

«Okay! Also trefft ihr euch nicht mehr?»

«Doch, wir haben echt guten Sex, aber eine Beziehung wird dann wohl nicht funktionieren.»

«Gut, dann wird ja wenigstens ein Bedürfnis bei dir gestillt. Du, ich wollte dir von Elias Besuch berichten ...»

«Entschuldige, ich lege dich mal eben zur Seite. Marlon ist wieder aufgestanden ...»

Ich höre meine Freundin schimpfen, dabei hatte sie mir doch immer lange Vorträge über eine gewaltfreie Kommunikation gehalten.

Nach zehn Minuten ist sie zurück am Hörer.

«Manchmal könnte ich ihm glatt den Hintern versohlen. Aber das werde ich natürlich nicht tun, damit er keinen Knacks bekommt. Du wolltest mir von Elias erzählen.»

«Sein Besuch war ... sehr emotional für mich. Er hat sich total ins Zeug gelegt, damit ich zu ihm zurückkomme. Er spielt sogar mit dem Gedanken, den Sommer auf Amrum zu verbringen und Homeoffice zu machen. Zudem haben wir ... Ich hatte viel Wein getrunken und es war ein schöner Abend. Eigentlich wollte ich ihm keine Hoffnung machen, aber wir sind ja noch zusammen ... Ach, ich weiß wirklich nicht, was ich machen soll. Magnus ist dummerweise auch noch auf Elias gestoßen, der ihm halbnackt die Tür geöffnet hat und du kannst dir denken, welchen Schluss Magnus gezogen hat. Der eingeschnappte Witwer lässt sich nun nicht mehr blicken und Elias ist gekränkt nach Hause gefahren, da ich ihn nicht in meinem Bett schlafen ließ. Und zur Krönung hat Piet auch noch drei Frauen für seinen Vater eingeladen, mit denen Magnus sich treffen soll. Ist das nicht ein schlimmes Chaos?»

«Meine Güte, bei dir ist ja richtig was los. Und was wirst du nun tun?»

«Keine Ahnung. Darum habe ich dich ja angerufen.»

«Sorry, aber ich habe genug eigene Probleme. Wie heißt es immer so schön, höre auf dein Herz.»

«Wenn ich das tun würde, dann schlägt es mehr für Magnus, aber ich kann Elias doch nicht so einfach fallenlassen. Hätte er doch eine andere Frau, in die er sich verknallt, dann wäre alles einfacher.»

«Ich hätte da eine Idee. Ich kenne ein sehr hübsches Mädel, das Single ist und so ein bisschen tickt wie Elias. Die spielt auch Golf und macht sich viel aus teuren Autos.»

«Du willst sie als Köder auslegen?»

«Ja, genau. Also, natürlich nur, wenn du Elias nicht mehr haben möchtest.»

«Da bin ich mir ja nicht sicher. Wir hatten einen wirklich schönen Tag, aber am letzten Abend zeigte er mir wieder seine dunkle Seite, die ich überhaupt nicht leiden kann. Ich muss nochmal mehrere Nächte darüber schlafen. Danke für dein Ohr. Wann kommst du mich besuchen?»

«Darüber wollte ich gerade mit dir sprechen. Passt es dir nächstes Wochenende? Ich nehme für Marlon auch Beruhigungsmittel mit», scherzt sie.

# EINUNDZWANZIG

E lias hat nicht auf meine Message reagiert, was mich traurig stimmt. Er war schon immer sehr nachtragend und unversöhnlich.

Ich lege mich ins Bett, starre an die Decke, an der Rike augenscheinlich eine Mücke totgeschlagen hat. Mein Hirn arbeitet angestrengt, denn Piet erwartet eine Idee von mir, wie er möglichst zufällig seine drei Damen an den Mann bringen kann. Vielleicht sollte ich die erste Anwärterin als meine Freundin ausgeben? Aber, wenn Magnus sich in sie verliebt, stehe ich schön blöd da und gucke in die Röhre. Oder ich gestehe Piet, dass ich seinen Vater liebe und ob er sich vorstellen könnte, dass ich seine Ersatzmutter werde? Aber was ist, wenn ich mich doch für Elias entscheide, dann fände ich es auch schön, wenn Magnus eine Partnerin und Piet eine Stiefmutter hätte. Ich befehle meinen Gedanken, dass sie sich zur Nachtruhe begeben sollen und falle in einen tiefen Schlaf, in dem Marlon all meine Blumen mit einem scharfen Säbel köpft, Rikes Bilder mit grünem Smoothie zerstört und in den Strandkorb kotzt.

Am nächsten Morgen bin ich so erschrocken von den nächtlichen Bildern, dass ich kurz davor bin, Amelie auszuladen.

Da es kurz nach Sonnenaufgang noch einsam am Strand ist, stehe ich sehr früh auf und gehe an den fast menschenleeren Kniepsand, an dem die Standkörbe einsam in der Morgensonne leuchten und das Meer silbern glitzert. Nur das leise Schlagen der Wellen an den Strand und die kreischenden Vögel sind zu hören. Benji liebt es, frei über den feinen Sand zu laufen und stupst ab und zu mit der Nase ins Wasser. Auf dem Rückweg hole ich Brötchen und gehe an Magnus Haus vorbei. Will Magnus mir zukünftig aus dem Weg gehen? Ich möchte ihn gerne aufklären, aber da ich selbst noch nicht weiß, was ich will, ob ich wirklich eine Beziehung mit einem Insel-Witwer eingehen möchte, kann ich ihm nichts versprechen. Vielleicht stecke ich einfach nur in einer kurzen Krise und in ein paar Wochen sieht alles wieder ganz anders aus?

Lustlos nage ich am Brötchen und rede mit Benji, der mich mit seinen süßen Augen ansieht. Ich bestelle mir einen großen Fernseher im Internet und verziehe mich wieder auf den Dachboden, um Rikes Bild zu vollenden. Ich bemerke nicht, wie die Zeit vergeht, wie ich in dem Bild versinke und mit dem Pinsel zu spielen beginne.

Am Nachmittag kommt Piet und will Benji abholen. Die beiden sind bereits ein Herz und eine Seele.

«Komm doch bitte mal rein. Ich habe mir etwas überlegt.»

Ich koche Piet einen Kakao, der angeblich der beste sein soll, den er bisher getrunken hat, und hole eine Biskuitrolle aus dem Kühlschrank, die mich beim Bäcker verlockend angeguckt hat.

«Ich habe nachgedacht. Dein Vater soll ja nicht erfahren, dass du dich in seinem Namen bei einer Dating-App angemeldet hast und deshalb müssen wir die Damen, die sicherlich dafür Verständnis haben werden, einweihen und das Treffen mit deinem Vater so gestalten, dass es wie eine zufällige Begegnung aussehen wird. Ich schlage vor, dass du den Damen schreibst, dass du heimlich für deinen Vater auf Suche gegangen bist. Ich könnte eine von ihnen als meine Freundin ausgeben und wir arrangieren ein zufälliges Treffen.»

«Ja, daran habe ich auch schon gedacht. Wenn du das machen würdest, wäre es ganz toll. Das wäre am unauffälligsten.»

«Gut, dann informierst du die Damen und wenn sie das Spielchen mitspielen wollen, können wir einen Termin vereinbaren.»

«Super! Die Babette sieht wirklich nett aus. Sie kann gut kochen und liebt Kinder, mag das Meer und ist sehr naturverbunden», erzählt Piet mir ganz euphorisch.

Er wünscht sich sehnlichst eine Frau im Haus, die für ihn kocht, seine Leidenschaft für Blumen teilt und seinem Vater die Unbeschwertheit zurückgibt, die er verloren hat.

«Das hört sich perfekt an. Ich drück dir die Daumen, dass Magnus sie mag und die Chemie zwischen beiden stimmt.»

Es fällt mir nicht leicht, dieses Spielchen mitzuspielen. Vielleicht soll es so sein, dass Magnus eine andere Frau findet? Vielleicht passen wir gar nicht zusammen? Vielleicht ist es richtig, wenn Elias und ich wieder zusammenfinden und unser altes Leben aufnehmen, denn es war akzeptabel, vor allem für Elias. Wird es nicht in jeder Beziehung früher oder später so sein, dass man die Partnerschaft in Frage stellt, dass man sich fragt, ob man mit einem anderen Partner viel glücklicher sein könnte? Gibt es den perfekten Partner, mit dem man bis an sein Lebensende zusammen sein möchte?

«Ich gehe dann mal mit Benji spazieren und danach schreibe ich den Frauen und bin echt gespannt, wie sie reagieren werden.»

«Sag mal, was wünscht du dir eigentlich zum Geburtstag?» Ich nehme die Sahnereste mit dem Finger vom Teller auf und lecke meinen Zeigefinger ab.

«Du hast mir doch schon Benji geschenkt.»

«Ja, aber vielleicht hast du noch einen kleinen Wunsch?»

«Ich wünsche mir, dass Papa eine Frau findet, damit er wieder mehr lacht.»

«Daran arbeiten wir ja bereits. Wirst du ein paar Freunde einladen?»

«Nein, ich … habe keine richtigen Freunde. Ich bin nicht so beliebt und … ich brauche auch keinen Freund. Ich hatte ja Luise und nun habe ich Benji und dich. Du bist natürlich zu meinem Geburtstag eingeladen. Ich muss Papa mal fragen, was wir machen wollen. Ich denke, dass er sich am Freitag freinehmen wird. Also halte dir mal den Tag frei.»

«Das ist nicht schwierig. Ich habe ja keine Termine. Am Wochenende besucht mich meine Freundin mit ihrem Sohn.»

«Und an meinem Geburtstag kommt Benji dann zu uns. Darauf freue ich mich schon sehr.»

«Ja, nun hat er sich bei euch schon gut eingelebt. Er wird mir fehlen. Vielleicht werde ich mir auch einen Hund zulegen.»

«Mach das doch. Dann bist du nicht mehr so alleine.»

Als Piet fort ist, setze ich mich an den Computer und schreibe die Namen Elias und Magnus nebeneinander. Es fällt mir nicht schwer, einige schlechte Eigenschaften unter Elias Namen zu schreiben. Mir fallen viele Kleinigkeiten ein, die mich an ihm stören, die ich am Anfang unserer Beziehung nicht bemerkt oder einfach übersehen habe. Es gibt auch ein paar positive Dinge, die für Elias sprechen. Unter Magnus Namen schreibe ich ein Dutzend positive Eigenschaften, die ihn zu einem liebenswerten Gesamtpaket machen.

Soll ich meinen Freund tatsächlich in die Wüste schicken, obwohl er versucht, mir entgegenzukommen und sich meinen Wünschen beugt? Wäre das nicht unfair? Ich kann mir Elias überhaupt nicht als Vater vorstellen, denn er ist ein ungeduldiger Mensch und hat in Krisensituationen mehrmals Jähzorn gezeigt, der mich erschreckt hat. Wenn er diesen gegenüber seinem Kind zeigt, wäre es für mich ein Trennungsgrund. Ich klappe den Laptop zu, gehe in den Garten und pflücke mir einen Strauß Blumen, die zahlreich in meinem wunderschönen Garten wachsen.

Elias hat noch immer nicht auf meine Entschuldigung reagiert, was mich ärgert und ihm keine Pluspunkte einbringt, denn ich mag keine nachtragenden Menschen.

Als Piet Benji zurückbringt, teilt er mir mit: «Ich habe eben mit meinem Vater über meinen Geburtstag gesprochen. Wenn ich aus der Schule komme, werden wir ein Picknick am Strand machen und du bist natürlich eingeladen. Am Abend wollen wir dann grillen.»

«Prima. Ich freue mich.» Piet rennt fröhlich davon. Es war eine gute Idee, ihm einen Hund zu schenken, aber vielleicht zeigt er auch so viel Freude, weil er bald eine neue Mutter hat, die ihn verwöhnt und ihm bei den Hausaufgaben helfen kann?

Am nächsten Tag fahre ich nach Wittdün und suche nach einem Geschenk für Piet. Ich habe keine Ahnung, worüber sich ein Dreizehnjähriger freuen könnte und frage daher eine Verkäuferin in einem Geschenkartikelladen. Sie macht mir mehrere Vorschläge, aber die gefallen mir allesamt nicht. Auf dem Heimweg habe ich eine gute Idee. Ich werde versuchen, Benji zu zeichnen, um Piet ein Bild von seinem neuen Hund zu schenken. Ich habe keine Ahnung, ob es mir gelingen wird, aber ich habe Lust und setze mich vor die Staffelei. Benji habe ich gebeten, sich auf eine Decke zu legen, aber er steht immer wieder auf und läuft zu mir. Ich mache ein Foto von ihm, da das Model nicht stillsitzen kann und bin am Anfang sehr unzufrieden mit meinen Pinselstrichen, aber nach über zwei Stunden ähnelt der Hund auf dem Bild Benji. Ich finde sogar den passenden Farbton des Fells und bin am Ende sehr zufrieden.

Am Abend fehlt mir Unterhaltung und ich erinnere mich an meine Abende in Hamburg zurück, die ich meistens vor dem Fernseher verbracht habe, während Elias vor seinem Computer hockte. Sehnsüchtig warte ich auf meinen Fernseher, der in einer Woche geliefert werden soll. Um die Zeit totzuschlagen, rufe ich Darius an, der immerzu beschäftigt ist, jedoch mit seinem Leben vollauf zufrieden ist.

«Hi, große Schwester. Wie geht es dir?»

«Eigentlich gut.»

«Was bedeutet eigentlich?»

«Ich fühle mich sehr wohl auf Amrum und stell dir vor, ich habe eine neue Leidenschaft entdeckt.»

«Und die wäre?»

«Ich habe ein Bild von Rike vollendet und ich habe heute einen Hund gemalt und das Ergebnis war gar nicht mal so schlecht.»

«Ach! Das ist ja toll! Vielleicht inspiriert dich die Insel und die nötige Ruhe hast du ja auch. Und was macht die Liebe?»

«Die Liebe? Sie ist - wie so oft – überaus kompliziert. Sei froh, dass du ein glücklicher Single bist.»

«Das hat seine Vorteile, aber ganz klar auch seine Nachteile. Was ist denn mit Elias? Hast du ihm den Laufpass gegeben?» Ich weiß, dass Darius es begrüßen würde, wenn ich meinen Freund verlasse, da er mit Elias leider nie richtig warm werden konnte und weil mein Freund sich einmal ziemlich abfällig über seine Arbeit als Clown geäußert hat.

«Nein, noch nicht. Ich weiß überhaupt nicht, was ich tun soll. Elias war so bemüht als er hier war und kann sich sogar plötzlich Kinder vorstellen. Er ist vielleicht nicht der perfekte Partner für mich, aber wir hatten gute Zeiten und kennen uns nun schon so lange. Ich weiß auch nicht, was gerade mit mir los ist. Das Haus, die Insel, Piet und sein Vater, das hat mich alles total durcheinandergebracht. Ich habe meinen guten

Job geschmissen, was sich vielleicht auch noch als großer Fehler herausstellen wird. Wie soll ich denn hier mein Geld verdienen?», jammere ich und komme mir vor wie ein Teenager, der Flausen im Kopf hat.

«Du weißt, dass ich mir immer einen anderen Mann an deine Seite gewünscht habe. Wenn du mit Elias glücklich gewesen wärst, hätte ich ihn auch als deinen Ehemann akzeptiert. Du hast mir doch erzählt, dass du ihn nicht vermisst. Dann kann es auch keine wahre Liebe sein. Aber du musst es letztendlich ganz alleine entscheiden. Einen Clown nimmt ja sowieso keiner ernst.»

«Ach, Brüderchen, ich bin so froh, dass ich dich habe. Kommst du mich bald wieder besuchen?»

«Ich habe noch eine schlechte Nachricht für dich, die für mich jedoch sehr gut ist.»

«Erzähl!», bitte ich ihn, obwohl ich bereits ahne, worum es sich handelt.

«Ich habe einen Studienplatz ... in Israel bekommen. Ist das nicht großartig? Ich habe es heute Nachmittag erfahren und bin ganz aus dem Häuschen.»

«Das ist wirklich toll, auch wenn ich natürlich traurig bin. Aber ich wollte schon immer mal nach Israel. Deine kleinen Patienten werden dich vermissen.»

«Ja, aber ich habe schon einen guten Ersatz gefunden und werde nach dem Studium nach Hamburg zurückkommen.»

«Wann geht es los?»

«Im Oktober. Also habe ich noch etwas Zeit und werde dich sooft besuchen, wie es mir möglich ist.»

Alles ist in Veränderung begriffen, denke ich als ich im Bett liege, an die Decke schaue, an dem noch immer der Fleck ist, den ich eigentlich überstreichen wollte. Da Elias sich noch immer nicht gerührt hat, nehme ich mir vor, ihn anzurufen.

Am nächsten Morgen treibt mich nichts aus dem Bett. Der Himmel zeigt ein trübes Grau und es nieselt. Doch da Benji raus muss, rappele ich mich auf und gehe den Weg, den ich jeden Tag zweimal laufe. Der böige Wind zerrt an meinen Haaren und es ist das erste Mal, dass er mich nervt, dass ich mir wärmere Temperaturen wünsche, weil es Sommer ist und ich nicht frieren möchte. Auf einmal bekomme ich Zweifel, ob mich das raue Klima auf Dauer nicht depressiv stimmen wird. Ich muss an unsere Fernreisen denken, an die wunderschönen Strände, an denen man nicht fror und das Meer Badewannenwärme hatte. Ich muss an die Wohnung in der HafenCity denken, die Elias und ich uns vor einem Jahr angesehen haben, die wirklich schön gewesen ist und unser beider Traum gewesen war. Will ich das wirklich alles nicht mehr? Während ich in tiefe Gedanken versunken bin, sehe ich, wie ein großer Hund auf Benji zuläuft und höre eine Frau rufen, die versucht, ihren Hund zurückzupfeifen. Doch das ungehorsame Tier hört nicht auf sein Frauchen und hat es auf Benji abgesehen, der davonläuft. Panik ergreift mich und ich renne, so schnell ich kann, hinter den Hunden her. Mein Herz springt fast aus der Brust und ich sehe voller Entsetzen, wie der fremde Hund Benji einholt und mehrmals zubeißt. Ich schreie so laut ich kann, Tränen rinnen mir über die Wangen. Es dauert viel zu lange, bis ich die Hunde erreiche. Ohne lange zu überlegen, packe ich das Halsband des Angreifers und drehe es in einer festen, kraftvollen Bewegung. Eine Option, den angreifenden Hund möglichst schnell und effektiv außer Gefecht zu setzen. Hierdurch verengt sich die Luftröhre des Angreifers und er kann nicht mehr atmen. Ich halte diesen Würgegriff solange, bis die Besitzerin kommt und ihren verdammten Köter an die Leine nimmt.

Benji blutet an zwei Stellen und zittert. Ich nehme ihn auf den Arm und rede beruhigend auf den verstörten Hund ein.

«Das tut mir so leid. Ich weiß nicht, was mit …»

«Geben Sie mir Ihren Namen. Kommen Sie von der Insel?», frage ich wütend und japse nach Luft.

«Nein, ich mache hier Urlaub.» Die Frau zeigt sich genauso geschockt wie ich.

«Wo wohnen Sie?»

«Im Seeblick.»

«Gut, ich werde mich bei Ihnen melden. Die Tierarztrechnung bekommen Sie umgehend und vielleicht auch noch eine Anzeige. Wenn man einen aggressiven Hund hat, dann darf man ihn nicht frei herumlaufen lassen», belehre ich sie und beherrsche mich, die Frau, die selbst unter Schock steht, nicht anzuschreien.

Auf wackligen Beinen laufe ich mit Benji auf dem Arm nach Hause und bin so wütend, dass mir dieser Übergriff so kurz vor der Übergabe passieren musste. Piet wird geschockt sein, wenn ich ihm seinen verletzten Hund übergeben werde. Es hätte ihm auch passieren können und Piet wäre vermutlich nicht zwischen die Hunde gegangen, was man eigentlich auch nicht tun soll. Da ich bei meinen Eltern des Öfteren in der Praxis assistiert habe, kann ich die Wunden selbst versorgen. Zum Glück sind sie nicht tief. Doch die seelische Verletzung ist deutlich zu spüren. Benji versteckt sich wieder unterm Tisch und zittert die ganze Zeit über. Als Piet klingelt und seinen Hund abholen möchte, kommt Benji nicht, wie gewöhnlich, an die Tür gelaufen, sondern bleibt unterm Küchentisch sitzen.

«Hallo, komm bitte rein. Es ist etwas passiert.»

Piet sieht mich aus seinen himmelblauen Augen fragend an. Es tut mir so leid, ihm von dem Vorfall berichten zu müssen, denn der arme Junge hat schon so viel durchmachen müssen.

Piet fängt an zu weinen und legt sich neben Benji, der leise fiept.

«Die Wunden sind nicht schlimm. Das Schlimmste ist, dass Benji nun wieder etwas ängstlich ist.»

«Ich werde dich gut beschützen, Kleiner. Du musst keine Angst mehr haben», flüstert der Junge dem Hund zu und legt seinen Kopf auf den Boden, was mir Tränen in die Augen treibt.

Nachdem die Gemüter sich etwas beruhigt haben und Benji zwischen uns auf dem Sofa liegt, hat Piet Neuigkeiten zu verkünden.

«Die Babette hat sogar schon reagiert. Sie findet es total süß, dass ich für meinen Vater eine Frau suche und lässt sich auf unser Spielchen ein. Die Yvonne hat mir geschrieben, dass sie bereits einen Partner gefunden hat und Sabrina hat sich noch nicht gemeldet.»

«Das ist ja prima!» Nichts ist prima, denke ich frustriert und habe keine Ahnung, was noch alles passieren wird.

Piet nimmt Benji nicht mit zu sich nach Hause, da er Ruhe braucht und ich die Wunden beobachten möchte.

Eigentlich hatte ich mir vorgenommen, Elias anzurufen, aber meine Stimmung befindet sich auf einem Tiefpunkt. Der Tag war einfach nur düster und deprimierend und ich hoffe, dass der nächste besser werden wird.

Benji ist in der Nacht in mein Bett gesprungen und liegt zu meinen Füßen. Morgen ist Piets Geburtstag und unsere Trennung steht unmittelbar bevor.

Als ich meinen morgendlichen Blick aus dem Fenster richte, sehe ich blauen Himmel, aber auch Wolken, die sich alle paar Minuten vor die Sonne schieben. Die Cumulus humilis werden von einem kräftigen Wind übers Meer getrieben, das sehr aufgewühlt ist, genau wie ich.

Auf dem Weg zur Schule klingelt Piet um halb acht und will wissen, wie es Benji geht, der an die Tür kommt und sich freut. Ich kann den besorgten Jungen beruhigen und stecke ihm ein paar Kekse zu.

Am nächsten Tag werde ich Magnus, der mir die ganze Zeit über aus dem Weg gegangen ist, endlich wiedersehen. Vermutlich wird er sich mir gegenüber noch immer reserviert zeigen und denken, dass ich mit meinem Freund zusammen bin.

Am Vormittag male ich das Bild für Piet fertig, setze meine Initialen darunter, die Rikes sehr ähneln. Ich suche einen passenden Bilderrahmen und packe mein Werk in Geschenkpapier ein, backe einen Geburtstagskuchen, der mir fast anbrennt und dekoriere ihn mit bunten Streuseln. Vermutlich konnte Piets Mutter besser backen als ich, aber ich hoffe, dass sich das Geburtstagskind dennoch freuen wird.

Am Nachmittag kommt Piet und setzt sich in die Küche, um seinen geliebten Kakao zu trinken. Er will wissen, wo die Frau mit dem aggressiven Hund wohnt und ist noch immer so wütend über den Vorfall, dass er eine Zornesfalte auf der Stirn bekommt, die ich das erste Mal wahrnehme.

«Ich werde nachher im Hotel anrufen und mit der Frau in Ruhe reden. Sie wird ihren Hund hoffentlich nicht mehr frei herumlaufen lassen. Wenn dir so etwas auch mal passieren sollte, darfst du auf keinen Fall zwischen die Hunde gehen, da es zu gefährlich ist. Nicht nur der Angreifer kann dich beißen, auch der eigene Hund kann es tun. Gut wäre es, wenn du immer einen kleinen Klappschirm bei dir hast, den du zwischen die Hunde hältst und aufspannst. Sie erschrecken sich und gehen dann im besten Fall auseinander.»

«Wir haben Klappschirme zu Hause. Ich werde dann immer einen mitnehmen.»

«Das wäre gut. Geht es deinem Vater gut?»

«Er arbeitet viel und wirkt irgendwie traurig. Vermutlich, weil er meine Mutter und seinen Vater vermisst, die nicht meinen Geburtstag mitfeiern können.»

«Ja, das ist wirklich traurig. Wir machen uns morgen einen schönen Tag. Ich freue mich sehr, dass ich mit euch feiern darf.»

«Und ich freue mich auf Benji und auf das Grillen. Papa wollte noch wissen, welches Fleisch du gerne isst.»

«Ich esse alles. Ich hätte auch nichts gegen ein veganes Würstchen.»

Am Abend sitze ich auf dem Sofa und verwöhne Benji ein letztes Mal ausgiebig mit Streicheleinheiten. Die letzten Wochen waren sehr aufregend für den kleinen Kerl und es wird Zeit, dass er zur Ruhe kommt.

Zögerlich und mit erhöhtem Pulsschlag nehme ich mein Handy in die Hand und öffne das Telefonbuch. Was soll ich Elias sagen? Ich weiß noch immer nicht, was ich will und hoffe täglich auf eine Eingebung, die jedoch nicht kommt. Ich will auf mein Herz hören, das mir jedoch auch nicht weiterhilft. Meine alberne Bewertungsliste, die mir bei meiner Entscheidung helfen sollte, habe ich wieder gelöscht. Ginge es nach meiner Familie und Amelie, wäre ich schon längst von Elias getrennt.

Ich schaffe es wieder nicht, Elias anzurufen und hoffe, dass ich am nächsten Tag herausfinden werde, was ich für Magnus empfinde.

Anstatt mit Elias zu reden, rufe ich die Frau mit dem Hund an, der Benji angefallen hat. Aufgeregt erklärt mir die Besitzerin, dass sie ihren Hund erst vor Kurzem aus dem Tierheim geholt hat und dass es ihr so leidtäte und sie ihren Fritz zukünftig nicht mehr ohne Leine herumlaufen lassen will. Sie bietet mir eine Entschädigung an, die ich jedoch ablehne und bitte sie, Geld an den Tierschutz zu spenden.

## ZWEIUNDZWANZIG

In der Nacht träume ich von Magnus. Ich bin mit ihm auf einem Fischkutter unterwegs, über dem große Möwen kreischen und die Gischt mir ins Gesicht spritzt. Der Fischer zeigt mir, wie man Krabben fängt und sie kocht. Der Kutter schaukelt sehr, sodass Magnus mich fest an seinen Körper drückt, damit ich nicht über Bord gehe. Dann küsst er mich und will wissen, ob ich seine Frau werden möchte.

Der Wetterbericht hat, passend zu Piets Geburtstag, sehr gutes Wetter angekündigt. Gleich nach dem Erwachen spüre ich, dass es ein wunderschöner Tag werden wird, an den ich mich immer wieder gerne erinnern werde. Mein erster Blick nach dem Aufstehen richtet sich aufs Meer, das sich immerzu von einer anderen Seite zeigt. Ich bin erstaunt, wie viele unterschiedliche Farben es haben kann, die Rike auf ihren vielen Bildern festgehalten hat.

Benji hat die Attacke gut weggesteckt und die Wunden heilen langsam. Ich mache meinen Morgenspaziergang und halte nun achtsamer nach freilaufenden Hunden Ausschau.

Auf dem Rückweg gehe ich beim Bäcker vorbei und genieße mein Frühstück im Freien. Danach packe ich wehmütig Benjis Sachen in einen Beutel und stelle ihn in den Flur. Der Hund sieht mich mit schiefem Kopf fragend an und ich erkläre ihm, dass er heute umziehen wird. Mein Herz wird schwer und ich kämpfe mit Tränen.

Piet schickt mir eine Nachricht, dass ich gegen dreizehn Uhr rüberkommen kann. Seitdem ich nicht mehr ins Büro gehen muss, verzichte ich auf Schminke und trage nur noch bequeme Kleidung, doch an diesem Tag schminke ich mich dezent, ziehe ein weißes Sommerkleid an, setze einen großen Strohhut von Rike auf und gehe kurz nach eins zu den Männern. Ich bin nervös und unsicher, weil ich nicht weiß, wie Magnus sich mir gegenüber verhalten wird und weil ich Benji heute Abend nicht mehr bei mir haben werde. Ich atme tief durch, drücke die Klingel und sehe auf Benji, der freudig mit dem Schwanz wedelt.

«Ab heute wohnst du hier. Ich werde dich oft besuchen», flüstere ich ihm zu. Piet öffnet mir die Tür und hat sich auch schick gemacht. Er trägt ein neues T-Shirt mit einem großen Aufdruck und hat sich seine Haare gegelt.

«Herzlichen Glückwunsch, lieber Piet und alles Gute.» Da ich die Hände voll habe, kann ich ihn nicht umarmen, stelle die Sachen ab und drücke den Jungen, der einen Platz in meinem Herzen gefunden hat, an meinen zarten Körper.

«Ich habe einen Kuchen gebacken und das ist auch noch für dich.»

«Dankeschön. Papa hat mir auch einen Kuchen gebacken. Komm doch kurz rein! Papa ist noch in der Küche und packt den Picknickkorb.»

«Hallo, Magnus!», begrüße ich den Mann, der sich in den letzten Tagen vor mir versteckt hat und den ich erst wieder aus der Reserve locken muss.

«Hallo, Emilia.» Er reicht mir seine Hand, als wäre ich eine Vertreterin.

«Ich bin gleich soweit.»

«Kann ich schon auspacken?», erkundigt sich Piet und ist neugierig, was sich in dem großen Paket befindet.

«Ich hoffe, dass es dir gefällt?»

Vorsichtig öffnet er den Kleber und zieht das Bild behutsam aus dem Papier.

«Wow! Hast du das gemalt?», will Piet wissen und betrachtet sich seinen Hund genau.

Ich nicke und bin recht stolz auf mein Erstlingswerk.

«Du bist ja genauso talentiert wie Rike», stellt Piet fest und zeigt das Bild Benji. «Schau mal! Das bist du.»

«Das ist wirklich schön geworden», sagt Magnus und begutachtet das Bild, als wäre er ein Kunstkenner.

«Vielen Dank, Emilia. Das ist ein ganz tolles Geschenk.» Piet drückt mir einen Kuss auf die Wange, über den ich mich riesig freue.

«Und das tollste Geschenk ist natürlich Benji. Bist du jetzt traurig, dass du ihn abgeben musst?», fragt Piet zum wiederholten Mal. Ich bin erstaunt, über sein Einfühlungsvermögen, das ich bei Elias so oft vermisst habe. Wieder ein Punkt auf der Liste, die ich wieder gelöscht habe.

«Ja, ein bisschen schon, aber ich weiß ja, dass er in gute Hände kommt und werde ihn ja vermutlich häufig sehen.»

«Wollen wir dann los?», erkundigt sich Magnus, der es vermeidet, mir in die Augen zu sehen.

Es ist ein richtig schöner Sommertag. Der Wind weht nur schwach, sodass es in der Sonne sehr warm wird. Die Männer beladen einen Bollerwagen und haben alles dabei, was man zu einem Picknick braucht. Magnus zieht den Bollerwagen, Piet hat Benji an der Leine und ich folge den beiden und freue mich auf einen schönen Tag.

«Hast du auch Badesachen dabei?», fragt mich das Geburtstagskind, bleibt stehen und lässt Benji an einem Grashalm schnuppern.

«Nein, ihr?»

«Ja, klar! Du kannst dir doch noch schnell einen Badeanzug hole.»

«Heute nicht. Ehrlich gesagt, finde ich das Wasser noch ziemlich kalt. Piet lacht und bleibt erneut stehen, da Benji wieder schnuppern muss. Es gefällt mir sehr, wie er mit dem Hund umgeht.

Die Männer wählen einen Platz am Dünenrand, breiten eine große Decke auf dem feinen Sand aus, der einen an diesem Tag mal nicht um die Ohren fliegt. Sie bohren gemeinsam einen Sonnenschirmständer in den Boden und decken die Tafel mit echtem Geschirr. Ich bin begeistert und auch hungrig, da ich seit dem Frühstück nichts gegessen habe.

«Das sieht köstlich aus.»

«Papa hat alles selbst gemacht», informiert mich Piet stolz und reicht mir eine Stoffserviette, auf der ein kleines gesticktes Küken ist. Ich betrachte es mir entzückt.

«Das Küken hat meine Mutter gestickt. Sticken war eines ihrer vielen Hobbys. Sie hat ihre Arbeiten auch verkauft», informiert mich der Halbwaise, der jedes Mal einen traurigen Gesichtsausdruck bekommt, wenn er über seine Mutter spricht.

«Wie hübsch.» Ich sehe Magnus an, der konzentriert die Folie von den Schüsseln nimmt und mich keines Blickes würdigt. Wie lange will er mich noch ignorieren, frage ich mich und hoffe, dass er etwas auftaut, damit sein Sohn nicht bemerkt, dass zwischen uns eine Unstimmigkeit herrscht. Piet denkt vermutlich, dass sein Vater in sich gekehrt ist, weil er seine Frau und seinen Vater an diesem besonderen Tag schmerzlich vermisst.

Piet plappert die ganze Zeit über und macht einen fröhlichen Eindruck, vielleicht auch, weil er sich auf eine Stiefmutter freut und sie wieder eine richtige Familie werden?

Nachdem wir uns die Bäuche vollgeschlagen haben, gehen die Männer ins Wasser, bleiben jedoch im Flachen und spielen Ball. Ich lege mich unter den Sonnenschirm und strecke meine weißen Beine in die Sonne.

Nachdem die beiden sich ausgetobt haben, kommt Piet atemlos angelaufen, spritzt mich nass und legt sich dicht neben mich. Seine Haut ist schon leicht gebräunt. Ich sehe, wie sein Brustkorb sich schnell hebt und senkt. Ich muss mich beherrschen, ihn nicht zu berühren. Magnus legt sich ein Stück von uns weg, in die pralle Sonne und schließt seine Augen, sodass ich seinen gut gebauten Körper studieren kann. Er hat kräftige, behaarte Beine, schmale Hüften und kein Gramm Fett am Körper; seine Oberarme sind muskulös, sodass ich vermute, dass er Krafttraining macht.

«Emilia, was ist jetzt eigentlich mit deinem Freund?», fragt Piet und blinzelt mich an.

«Wir … haben uns getrennt und … jeder wird nun seinen eigenen Weg gehen», höre ich mich sagen und bin selbst erstaunt über meine Worte, da ich eigentlich noch keine klare Entscheidung getroffen habe.

«Oh, das tut mir leid. Bist du jetzt sehr traurig?»

«Eine Trennung tut immer weh. Vor allem, wenn man solange zusammen gewesen ist.»

«Vielleicht findest du schnell wieder einen neuen Mann?», macht Piet mir Hoffnung und greift nach meiner Hand, sodass ich Gänsehaut bekomme und seine Hand fest drücke.

«Ja, vielleicht.» Ich beobachte, dass Magnus seine Augen öffnet, sich zu mir dreht und mir ein zaghaftes Lächeln schenkt.

Nach zwei Stunden verlassen wir den Strand. Ich gehe nach Hause, da die Männer noch eine Radtour machen wollen. Am Abend werden wir uns zum Grillen treffen. Ich dusche mir den Sand vom Körper, betrachte mich nackt im Spiegel und bin zufrieden mit dem Anblick.

Nicht nur mein Körper sehnt sich nach Magnus, auch meine Gedanken hängen ständig bei diesem liebenswerten Mann, den ich sehr begehre.

An diesem wunderschönen Tag fasse ich den festen Entschluss, Elias endgültig zu verlassen, denn ich möchte nichts lieber, als ein Teil der kleinen Familie zu werden, in der ich mich sicherlich wohlfühlen und ganz viel Liebe finden werde. Ich weiß nur noch nicht, wie Piet darauf reagieren wird, wenn ich ihm offenbare, dass ich seinen Vater liebe, zumal er sich bereits eine Ersatzmutter ausgesucht hat, die schon bald kommen wird.

Um den Männern zu gefallen, schminke ich mich, ziehe ein Kleid und hohe Sandaletten an, die ich jedoch wieder gegen bequeme Schuhe tausche. Beim Verlassen meines Hauses sehe ich bereits auf Piets Grundstück Rauch aufsteigen. Ich gehe direkt in den Garten, wo die Männer am Grill stehen und lachen.

«Hi, Emilia! Der Grill wurde gerade angemacht», informiert mich Piet, der zu mir gelaufen kommt.

«Fein! War die Radtour schön?»

«Ja, aber wir haben uns einen Sonnenbrand geholt.» Piet zeigt mir seine roten Arme. Es fehlt eindeutig die Frau im Haus, die ihnen auf jeden Fall Sonnencreme mitgegeben hätte.

«Oh, das ist ja ganz schön rot geworden. Habt ihr Aloe Vera im Haus?»

«Ne, was ist das?»

«Das ist eine Pflanze, die ein heilendes Gel enthält, das bei Verbrennungen und auch bei einem Sonnenbrand hilft. Ich gehe rasch rüber und hole es euch.»

Nach fünf Minuten bin ich zurück und verreibe das Gel vorsichtig auf Piets junger Haut. Mir gefällt diese fürsorgliche Mutterrolle, die ich sehr gerne übernehmen würde.

«Das fühlt sich gut an. Papa, möchtest du auch Alau vera?»

«Wenn ihr noch etwas habt.»

Magnus steht am Grill und stochert in der Kohle herum, sodass Funken in die Luft fliegen.

«Soll ich dir etwas auf die Arme reiben?», frage ich den Grillmeister, der mich endlich wieder beachtet.

«Wenn du magst, sehr gerne, denn ich habe gerade schwarze Hände.»

Als ich meine Finger auf seinen Arm setze, spüre ich ein wohliges Gefühl und sehne mich nach mehr körperlicher Berührung. Es knistert gewaltig zwischen uns. Behutsam massiere ich das Gel ganz sanft in seine Haut ein und sehe Magnus dabei in seine wunderschönen, blauen Augen, die mich freudig anfunkeln.

«Danke! Es ist wirklich schön, dass du hier bist. Piet freut sich sehr über den Hund und deine Gesellschaft.»

«Ich bin sehr gerne bei euch und …»

«Papa! Soll ich die Würstchen holen?», ruft Piet und fällt mir in meinen Satz, den ich nicht vollenden kann.

«Ja, die Kohle ist gleich durch.»

«Magnus, ich muss mit dir reden. Ich …» Piet kommt auf uns zugestürmt und reicht seinem Vater einen Teller mit verschiedenen Würstchen.

Piet weicht uns nicht mehr von der Seite, sodass wir keine Gelegenheit haben, um in Ruhe über unsere Gefühle zu reden.

Als wir an dem rustikalen Holztisch sitzen, den Magnus selbst gezimmert hat, verkündet Piet freudig: «Papa hat mir nach der Radtour noch ein ganz tolles Geschenk gemacht. Wir fahren morgen früh nach Hamburg und übernachten dort auch. Ist das nicht toll?»

«Wow! Das ist wirklich toll.» Ich bin etwas überrascht, denn ich hätte die beiden gerne begleitet und durch meine Stadt geführt. Warum hat Magnus mich nicht gefragt?

«Wir wollen Benji nicht mitnehmen und du hast doch sicherlich nichts dagegen, ihn zu nehmen?»

«Nein, natürlich nicht.»

«Papa geht mit mir auf den Dom und natürlich ins Miniaturwunderland, wo ich schon so lange hinwollte.»

«Hamburg wird euch gefallen.»

Da die beiden am nächsten Tag früh raus müssen und ich Besuch bekomme, trennen wir uns bereits kurz nach neun. Ich nehme Benji mit und verabschiede mich von den Männern. Magnus haucht mir Küsschen auf die Wangen und schaut mir bedeutungsvoll in die Augen.

Bis nach Mitternacht putze ich das Haus, richte das Gästebett her und starre wieder lange an die Decke, an den Fleck, den ich nächste Woche endlich entfernen werde.

# DREIUNDZWANZIG

B evor die zahlreichen Touristen an den Strand strömen, mache ich meinen Morgenspaziergang, setze mich kurz in einen Strandkorb und genieße den herrlichen Logenplatz direkt am Meer.

Gegen Mittag trudelt Amelie mit ihrem zerknirschten Kind ein, das mich feindselig beäugt. Hat Marlon die Geschichte mit dem Porsche noch immer nicht vergessen?

Die junge Mutter kommt aus ihrer Entzückung nicht wieder heraus und beneidet mich um das schicke Reetdachhaus, den zauberhaften Garten und vor allem um den Meerblick, der wie eine Therapie ist, wie sie meint. Marlon quengelt, weil er in der Nacht kaum geschlafen hat und saugt an seinem Schnuller wie ein neugeborenes Baby. Ist er nicht zu alt für einen Schnulli?

Damit Amelie sich bei mir wohlfühlt, habe ich in der kleinen Bio-Ecke im Supermarkt fast das ganze Sortiment aufgekauft und mir auf einem veganen Blog Rezepte rausgesucht, die auch mir halbwegs schmecken müssten.

«Diese Kulisse ist einfach perfekt für meine Insta-Posts. Meine Follower werden begeistert sein», schwärmt die erfolgreiche Influencerin, die wohl nicht viel Zeit für mich haben wird, weil sie ihre Follower stündlich mit neuen Bildern oder Videos füttern muss.

«Aber mache bitte nicht zu viel Werbung für Amrum, sonst ist die Insel nächstes Wochenende mit deinen Leuten überschwemmt.»

Nachdem ich uns einen Hirse-Gemüse-Eintopf gekocht habe, schläft Marlon auf dem Sofa ein, sodass wir uns endlich entspannen und ohne Störung unterhalten können.

Ich freue mich über meinen Besuch, denn so ganz habe ich mich noch nicht ans Alleinsein gewöhnt.

«Schade, dass dein Magnus ausgerechnet an diesem Wochenende nicht da ist. Ich hätte ihn so gerne kennengelernt.»

«Ich habe gestern ein paar Fotos gemacht.» Ich hole mein Handy und zeige meiner Freundin stolz den blonden Mann mit den leuchtenden Augen und der kräftigen Statur.

«Meine Güte! Der ist ja zuckersüß und sieht so nordisch aus. Und warum zögerst du noch?», fragt sie mich verwundert und kann ihren Blick nicht von dem Mann wenden, den ich liebe, nach dem ich mich in diesem Moment sehne und der mich glücklich machen kann.

«Weil ich mir nicht sicher bin, ob ich mich wirklich von Elias trennen soll. Immerhin sind wir schon so lange zusammen und hatten ja auch eine gute Zeit. Elias will sich ändern und es fällt mir so schwer, ihn einfach in die Wüste zu schicken. Zudem ist Magnus älter und ...»

«Papperlapapp! Das sind doch alles keine richtigen Gründe. Du darfst nicht nur aus Rücksicht bei Elias bleiben. Fakt ist doch, dass du Magnus mehr liebst als Elias, und du hast mir doch selbst beim letzten Mal aufgezählt, was dich alles an ihm stört. Hör auf dein Herz, sonst wirst du unglücklich werden. Zudem liebt Magnus dich auch und vor allem sein Sohn scheint in dich vernarrt zu sein.»

«Ich weiß nicht, was Piet davon hält. Er ist gerade auf der Suche nach einer Mutter, aber an mich hat er dabei noch nicht gedacht.»

«Weil er denkt, dass du noch mit Elias zusammen bist und weil du sehr jung bist. Er würde dich sicherlich liebend gerne als Stiefmutter haben.»

«Ich bringe es einfach nicht übers Herz, mich endgültig von Elias zu trennen», sage ich verzweifelt und streichele Benji, der meine Füße wärmt.

«Er wird drüber hinwegkommen. Er ist ein erfolgreicher und smarter Typ, der nicht lange allein bleiben wird. Was ist denn mit unserer Köderidee? Ich könnte meine Bekannte auf ihn ansetzen.»

«Ich weiß nicht. Im Moment ist er sowieso eingeschnappt und meldet sich nicht mehr bei mir. Er wollte mir eine Venedig Reise zu unserem Jahrestag schenken und wartet noch auf meine Entscheidung.»

«Dann sag ihm, dass du nicht reisen willst und dich neu verliebt hast. Mensch, Emilia. Nun sei doch mal entschlossen und gib dir einen Ruck. Oder soll ich mit Elias reden?»

«Nein, das kann ich schon selbst. Du hast recht, ich muss mich jetzt endlich entscheiden.»

«Und was wirst du hier jetzt machen? Wie willst du auf der Insel Geld verdienen?»

«Keine Ahnung. Ich komme einfach nicht zum Nachdenken, da ich immerzu mit anderen Dingen beschäftigt bin.»

«Werde doch Influencerin.»

«Nein, danke, das ist nichts für mich. Bitte komm mir nicht mit den sozialen Medien. Bei mir bleibt alles schön privat.»

«Ich muss jetzt noch etwas arbeiten. Es dauert nicht lange.»

Während Amelie sich stylt und im Garten ein paar Fotos knipst, bringe ich die Küche in Ordnung.

Marlon kommt leider nur noch mit wenig Schlaf aus und hüpft nach einer Stunde putzmunter auf meinem Sofa herum, zieht Benji am Schwanz und rupft Blumenköpfe ab, die er in seinen Händen zerreibt. Damit er nicht noch mehr anstellen kann, gehen wir an den Strand und bauen mit dem aufgeweckten Jungen eine Burg, die eher aussieht wie ein Iglu, dass er in Windeseile unter lautem Juchzen zerstört. Wie angenehm ältere Kinder doch sind!

Während Marlon unsere Füße im warmen Sand einbuddelt, erinnern wir uns an vergangene Zeiten, an unseren ersten gemeinsamen Griechenlandurlaub. Wir waren beide neunzehn gewesen und freuten uns auf das Leben, das wie eine bunte Palette vor uns lag, freuten uns auf unsere erste Liebe und alles, was wir noch vor uns hatten. Es war eine schöne, unbeschwerte Zeit, nach der ich mich manchmal zurücksehne.

«Der Strand ist unglaublich schön. Wie wäre es, wenn ich bei dir einziehe? Du hast ja noch zwei Zimmer übrig.» Amelie lässt den feinen Sand zwischen ihren Fingern hindurchrieseln und rückt Marlons Sonnenhut gerade.

Ich hoffe, dass sie es nicht ernst meint und lächele sie kommentarlos an.

Am Abend sitzen wir zu dritt im Strandkorb und lesen Marlon abwechselnd eine Geschichte vor, bis er endlich einschläft. Wir werden auch früh müde und gehen vor elf ins Bett. Wieder kreisen meine Gedanken. Ich muss endlich eine Entscheidung treffen, eine tiefgreifende Entscheidung, die mein zukünftiges Leben bestimmen wird. Bleibe ich bei Elias, werden wir vermutlich den Winter über in Hamburg wohnen und vielleicht, wenn Elias es auf der kleinen Insel so lange aushält, den ganzen Sommer auf Amrum verbringen. Dann werde ich Magnus, den ich nicht so einfach aus meinem Herzen bekommen werde, ständig über den Weg laufen und es vielleicht bereuen, dass ich mich nicht für ihn entschieden habe. Der Witwer wird vielleicht mit Babette zusammen sein, die ich beneiden werde.

In der Nacht träume ich wieder von Magnus. Wir heiraten am Kniepsand. Piet hängt uns Ketten aus Muscheln um den Hals und sagt «Mama» zu mir. Rike und Carl sitzen auf geschmückten Stühlen am Strand und halten sich verliebt an den Händen.

Am nächsten Morgen weiß ich, was ich will, vermutlich bestärkt durch Amelies Rat und meinen Traum. So schwer es mir auch fällt, so sehr ich Elias auch verletze, ich werde mich von meinem Freund trennen und ein neues Leben beginnen, ob mit Magnus oder ohne ihn, ich werde den Schritt ins Neuland wagen, denn ich bin mir ganz sicher, dass ich mein altes Leben nicht zurückhaben möchte und ich weiß, dass Elias sich zwar bemüht hat, sich jedoch auf Dauer nicht ändern wird. Ich habe nur dieses eine Leben und ich möchte es so einrichten, dass ich glücklich bin, dass ich später nichts bereuen werde und mir nichts vorwerfen muss.

Erleichtert darüber, dass ich endlich eine klare Entscheidung getroffen habe, stehe ich sehr früh auf, gehe mit Benji meine erste Runde und hole Brötchen. Als ich nach Hause komme, höre ich Marlon schreien und bin froh, dass ich keine direkten Nachbarn habe. Benji verzieht sich untern Küchentisch, denn er fühlt sich von dem aufgeweckten Jungen ebenfalls belästigt.

«Guten Morgen!», rufe ich laut, damit ich gehört werde. «Alles okay bei euch?»

«Guten Morgen! Ja, Marlon möchte sich nicht waschen lassen.»

Ich decke den Tisch auf der Terrasse, gieße die Blumen und warte auf meine Gäste, die sich beide herausgeputzt haben.

«Ihr seht aber hübsch aus.»

«Ich muss noch ein paar Fotos machen, bevor wir frühstücken.» Amelie sieht sich im Garten um und überlegt eine Weile. «Können wir den Strandkorb mal so drehen, dass wir dahinter das Meer haben?»

«Ja, klar.»

«Und kannst du den Blumenkübel vielleicht rechts neben den Strandkorb stellen?»

«Der ist sehr schwer. Ich probiere es mal.»

Unter großer Anstrengung ziehe ich den schweren Tontopf einige Meter durch den Garten und spüre beim Aufrichten, dass ich mir offenbar einen Nerv eingeklemmt habe. «Aua! Verdammt!», fluche ich und berühre die schmerzhafte Stelle, während Amelie mir mit der Hand anzeigt, dass der Topf wieder ein Stück zurückgeschoben werden muss.

«Ich kann nicht mehr!», jaule ich und ziehe ein schmerzverzerrtes Gesicht.

«Was ist denn los?»

«Mein Rücken. Ich habe mir wohl einen Nerv eingeklemmt», jammere ich und lasse mich im Strandkorb nieder.

«Emilia, kannst du bitte aus dem Strandkorb gehen. Marlon, du setzt dich jetzt mittig rein …»

Stöhnend schleppe ich mich auf einen Gartenstuhl und sehe der Influencerin genervt bei der Arbeit zu.

«OK. Fertig! Du kannst alles wieder zurückstellen.»

«Ich glaube, dass ich nicht mehr aufstehen kann.»

Amelie scheint mich nicht ernst zu nehmen und lächelt mich nur müde an. «Ist es wirklich so schlimm?»

«Ja, kannst du mir bitte mal hochhelfen.»

Nachdem meine Freundin mir Pferdesalbe auf den schmerzenden Punkt geschmiert hat, wird es etwas besser.

Ich bin erstaunt, dass meine Gäste ganz normale Brötchen essen, die beim letzten Mal noch verteufelt wurden, weil Weizenmehl für die gesundheitsbewusste Mutter ungenießbar ist, als würde es sich um einen Knollenblätterpilz handeln.

«Die Brötchen werden hier in aller Früh in der Backstube noch von Hand hergestellt. Wenn man dort gegen fünf Uhr vorbeiläuft, duftet es himmlisch.»

«Die schmecken wirklich gut. Das ist für uns aber eine große Ausnahme, weil wir im Urlaub sind. Am Montag gibt es wieder unseren Smoothie und selbstgebackenes Brot.»

«Ich will immer diese Brötchen haben. Dein blöder Smoothie schmeckt mir nicht und dein Brot ist hart und trocken», beschwert sich Marlon und beißt genüsslich in das tuffige Milchbrötchen, das garantiert aus hundert Prozent Weißmehl besteht.

Ich muss lachen und spüre dabei wieder den Schmerz, der mich vermutlich länger begleiten wird. Marlon springt aus dem Strandkorb und jagt einem Schmetterling hinterher. Ich hoffe, dass er es nicht schafft, ihn zu fangen.

«Ich habe heute Morgen einen festen Entschluss gefasst.»

Meine Freundin sieht mich mit großen Augen an und leckt sich die teuflische Schokocreme, die niemals auf ihrem Frühstückstisch stehen wird, von den Fingern. Denkt sie etwa, dass ich sie frage, ob sie bei mir einziehen möchte?

«Ich werde Elias verlassen.»

«Gratuliere! Das ist eine sehr gute Entscheidung. Du wirst sehen, dass dein Leben ohne ihn viel reicher und schöner wird.»

Amelie umarmt mich und danach ihren Sohn, da er zur Eifersucht neigt.

«Es wird mir verdammt schwerfallen, es ihm zu sagen, aber ich muss es endlich tun, damit er sich neu orientieren kann.»

«Rufe ihn doch jetzt an. Ich kann dich moralisch unterstützen und dich trösten, wenn er dir böse Sachen an den Kopf werfen sollte.»

«Ich weiß nicht …»

«Mach schon! Dann hast du es hinter dir und wirst dich besser fühlen.»

«OK! Lass uns vorher ein Glas Prosecco trinken und dann werde ich es hinter mich bringen.»

«Oh, kannst du die Flasche und ein Glas auf den Baumstumpf stellen. Das ist ein tolles Bild.»

Nach zwei Gläsern Prosecco und einer letzten Anfeuerung seitens meiner Freundin, die mit Marlon in einem frisch angelegten Kräuterbeet herumtrampelt, lege ich mein Handy ans Ohr und räuspere mich. Ich habe einen dicken Kloß im Hals und fürchte, dass ich keinen Ton herausbekommen werde.

Es dauert eine ganze Weile, bis Elias sich meldet. Mein Herz springt fast aus der Brust und das Blut pulsiert so stark in meinem Kopf, dass er beginnt zu schmerzen.

«Hallo, Elias! Störe ich?»

«Hallo, nein, ich …» Habe ich ihn geweckt oder bei einem Computerspiel gestört?

«Ich bin wirklich betrübt darüber, dass wir im Streit auseinandergegangen sind und dass du nicht auf meine Nachrichten reagiert hast. Ich habe sehr lange nachgedacht und bin zu dem Entschluss gekommen …»

Im Hintergrund höre ich eine unbekannte Frauenstimme so laut rufen, dass ich jedes einzelne Wort gut verstehen kann: «Eli, das Klopapier ist alle. Kannst du mir ganz schnell neues bringen.»

«Hast du Besuch?», wundere ich mich.

«Nein, ja, ich … glaubst du denn, dass ich wie ein Mönch lebe? Ich habe auch meine Bedürfnisse. Bei uns lief ja in den letzten Monaten nicht mehr viel», wirft er mir an den Kopf, sodass ich sprachlos bin und mein Entschluss, ihn zu verlassen, kräftig untermauert wird.

«Gut, ich will es kurz machen, damit du weiter vögeln kannst. Ich beende unsere Beziehung und danke dir für die guten Tage, die wir zusammen hatten. Ich wünsche dir für die Zukunft alles Gute. Ich werde in den nächsten Wochen nach Hamburg kommen und dann können wir besprechen, was wir mit der Wohnung und unseren gemeinsamen Sachen machen werden», rappele ich herunter und bin erleichtert, dass er es nun weiß und ich endlich Nägeln mit Köpfen gemacht habe.

«Aber, warum willst du dich denn trennen? Ich habe dir doch sogar angeboten, viel Zeit auf Amrum zu verbringen und wir können auch Kinder haben …»

«Bitte, Elias, mach es uns nicht so schwer. Ich will mit dir nicht mein restliches Leben verbringen, da wir zu wenig Schnittmengen haben. Denk doch bitte mal an deine Unordnung, die mich ständig zur Weißglut bringt. Ich habe keine Lust, mein restliches Leben hinter dir herzuräumen. Zudem magst du keine Tiere und gibst für ein Auto so viel Geld aus, anstatt eine größere Summe zu spenden.»

«Deinen Benni finde ich aber ganz süß. Ich würde ihn auch für dich küssen und er dürfte auch zwischen uns in unserem Bett schlafen.»

«Lass es gut sein, Elias. Mein Entschluss steht fest. Hol jetzt Klopapier und amüsiere dich gut. Ich melde mich, wenn ich nach Hamburg komme. Mach's gut.»

Bevor er versucht, mich umzustimmen, drücke ich rasch den roten Hörer und atme tief durch. Meine Wangen glühen und mein Puls muss bei zweihundert sein.

«Geschafft!», rufe ich laut und fühle mich von einer schweren Last befreit.

«Gratuliere! Sorry, aber Marlon hat dieses Kraut eben aus dem Boden gerissen und auf den Kompost geworfen.»

«Nicht schlimm. Das war nur meine Petersilie. Dann gibt es heute halt Kartoffeln ohne Petersilie.»

Nach dem überfälligen Telefonat fühle ich mich frei und erleichtert. Ich könnte vor Freude durch den Garten tanzen und laut mit den Vögeln zwitschern.

«Und wie hat er reagiert?», erkundigt sich Amelie und wischt sich die erdigen Hände mit einem Taschentuch sauber.

«Er war ziemlich durcheinander, weil er Besuch hatte.»

«Waren seine Eltern da, um ihren einzigen Sohn zu trösten?»

«Nein, er hatte Besuch von einer Frau, die auf dem Klo saß und nach Papier rief.»

«Was? Das ist nicht dein Ernst?» Amelie lacht sich schlapp und haut sich auf ihre nackten Schenkel, die einen leichten Sonnenbrand haben.

«Es war Glück, dass das Klopapier alle war, sonst hätte ich nicht gewusst, dass Elias sich schon mit einer anderen amüsiert. Und dann wirft er mir auch noch vor, dass bei uns in den letzten Monaten … du weißt schon.»

«Er hat es dir wirklich leicht gemacht. Nun hast du es hinter dir. Du gehst am Montag gleich rüber zu deinem Wikinger und erzählst ihm, dass du frei bist und ihn heiraten möchtest.»

«Ja, klar. Nun warte ich erstmal ab und werde dann weitersehen.»

«Ich würde zu gerne noch länger bei dir bleiben, aber am Dienstag ist das Sommerfest im Kindergarten auf das Marlon sich schon die ganze Zeit freut.»

«Dann komme bald wieder. Für euch ist immer ein Zimmer frei.»

Am Nachmittag gehen wir wieder an den Strand und beschäftigen zu zweit das Kind, das sich schnell langweilt. Wir versuchen, einen Drachen steigen zu lassen, was uns jedoch nicht gelingt, sammeln ein Kilogramm Muscheln und schöpfen hundert Eimer Wasser aus dem Meer, die Marlon in seine Badewanne füllt, die jedoch nie voll wird, da das Wasser sofort versickert.

Am Abend sitzen wir erschöpft zu dritt im Strandkorb und essen den restlichen Hirseeintopf, in dem eindeutig die Petersilie fehlt. Etwas wehmütig schaut Amelie auf das Meer hinaus, das langsam in der Dunkelheit verschwindet. «Es ist so schön bei dir. Falls du keinen Mann findest, könnten wir auch zusammenziehen.»

Wenn sie Marlon zu seinem Vater bringt, kann sie es gerne tun, denke ich und lächele sie kommentarlos an.

Am nächsten Morgen muss ich von meinen lieben Gästen schweren Herzens Abschied nehmen. Marlon zieht den Schuller aus seinem Schmollmund, drückt mir erstaunlicherweise einen feuchten Kuss mitten auf den Mund und sagt: «War toll bei dir. Dürfen wir bald wiederkommen?» Ich glaube, dass wir doch noch Freunde werden können.

# VIERUNDZWANZIG

V oller Ungeduld warte ich am nächsten Tag auf Piet, der sich nach der Schule vermutlich Benji abholen möchte. Der arme Hund wird ständig hin- und hergeschoben, aber macht alles gut mit.

Das Wetter hat umgeschlagen, es regnet in einem fort, aber die Luft ist mild und der Wind weht kräftig aus Süden. Dennoch unternehme ich einen Spaziergang und bade Benji, dessen Wunden gut verheilt sind.

Am späten Nachmittag steht Piet vor der Tür und strahlt mich an.

«Hallo, Emilia. Geht es Benji gut?»

«Ja, bestens. Ich habe ihn gerade gebadet. Willst du auf einen Kakao reinkommen?»

«Ja, gerne.»

Piet schlüpft in die Puschen, begrüßt seinen Hund überschwänglich und setzt sich in die Küche, während ich seinen Kakao anrühre.

«Und wie war es in Hamburg?»

«Toll! Wir haben ganz viel gemacht und gesehen. Am besten hat mir das Miniaturwunderland gefallen.»

«Das freut mich.»

«Sag mal, die Babette möchte jetzt möglichst schnell meinen Vater treffen. Wann hättest du denn Zeit und wie wollen wir das genau machen? Willst du sie als deine Freundin ausgeben und wir begegnen uns dann zufällig am Strand und du lädst uns zum Kaffee ein?»

Mein Magen zieht sich zusammen und ich bringe es nicht übers Herz, dem Jungen mitzuteilen, dass ich seinen Vater liebe und dass er gar keine Frau für ihn suchen muss.

«Ja, so könnten wir es machen. Wie wäre es denn nächsten Samstag?»

«Da haben wir noch nichts vor. Ich schreibe Babette mal an und gebe dir dann Bescheid.»

«Gut, dann bin ich gespannt auf Babette, meine Freundin, über die ich dann noch ein bisschen wissen muss, damit es alles möglichst echt wirkt.»

«Ihr könnt ja vorher noch schnacken. Ich habe Babette die Pension «Zum Leuchtturm» empfohlen, die ist eine Straße weiter, dann hat sie keine langen Wege.»

«Aber wenn wir sie als meine Freundin ausgeben, ist es dann nicht komisch, dass sie nicht bei mir wohnt?»

«Papa muss das ja nicht erfahren.»

«Gut, das können wir ja noch besprechen.»

«Dann werde ich Benji mal mitnehmen. Und du bist wirklich nicht traurig?»

«Nein, alles gut. Benji liebt dich und ich weiß, dass er es bei euch sehr gut haben wird. Ich muss sowieso bald nach Hamburg fahren und dort einiges regeln.»

Es drängt mich, mit Magnus zu reden, ihm mitzuteilen, dass ich frei bin, dass ich ihn liebe und mir eine Zukunft mit ihm auf der Insel vorstellen kann, aber die Tage verstreichen so dahin, ohne dass ich den Witwer zu Gesicht bekomme. Piet dagegen kommt täglich zu mir und liefert mir immer mehr Informationen über Babette, mit der er täglich schreibt. Offenbar ist sie ganz wild nach Magnus und Piet, der sie sehr hübsch findet und sich von ihren Kochkünsten beeindruckt zeigt. Ich muss diese heikle Aktion wohl oder übel mitspielen, um den Jungen nicht zu enttäuschen.

*

Elias hat sich mehrmals bei mir gemeldet und teilt mir mit, dass die Frau vom Klo ihm nichts bedeutet, dass er mich liebt und heiraten möchte, so wie wir es geplant hatten. Ich mache mir nicht die Mühe, ihm zu antworten, da ich Elias deutlich meine Meinung gesagt habe. Sein Damenbesuch macht mir die Trennung wesentlich leichter, auch wenn sie nicht ganz emotionslos an mir vorübergeht.

Ich versuche mich an einem neuen Bild, male die bizarre Dünenlandschaft, durch die ich täglich wandere. Das Malen entspannt mich und macht mir viel Spaß. Ich kann nachvollziehen, wie Rike sich beim Malen gefühlt haben muss. Zwar sind meine Bilder bei Weitem nicht so gut wie ihre, aber können sich durchaus sehen lassen.

Piet kommt am Freitagabend zu mir, um die restlichen Details seiner Verkupplungsaktion zu besprechen. Er ist aufgeregt und fragt mich, was er anziehen und wie er seine Haare kämmen soll.

Für mich wäre es großes Pech, wenn Magnus sich in Babette verliebt, wenn es eine Liebe auf den ersten Blick geben sollte. Ich muss jedoch mit dem Worst Case rechnen und stelle mich darauf ein, Magnus an eine andere Frau zu verlieren. Es wird mir vielleicht auch mal guttun, eine Zeit lang ohne einen Mann zu leben, um mich auf meine beruflichen Pläne zu besinnen und mir neue Hobbys zu suchen, zu denen ich bisher keine Zeit hatte.

Ich hole Babette in Wittdün von der Fähre ab, da sie ohne Auto auf die Insel kommt. Damit sie mich findet, hatten wir vereinbart, dass ich ein rotes Tuch in der Hand halte. Ein Menschenstrom ergießt sich von der Fähre und ich halte Ausschau nach der Frau, die zehn Jahre älter ist als ich und auf den Fotos, die Piet mir gezeigt hat, gut ausschaut. Als eine kleine, gedrungene Frau mit lebendigen Augen vor mir steht, bin ich überrascht und stelle fest, dass die Frau, die vor mir steht, nicht viel mit dem Foto gemein hat, das Piet mir freudig unter die Nase gehalten hat. Die gute Babette hat Piet offensichtlich ein älteres und stark bearbeitetes Foto geschickt.

«Hallo, sind Sie Babette?», frage ich zögerlich und stecke das rote Tuch in meine Hosentasche.

«Ja, und Sie sind Emilia? Wollen wir uns duzen?»

«Ja, klar. Hattest du eine gute Anreise?»

Ich schaue verwundert auf ihren großen Koffer und frage mich, was da wohl alles drin ist.

«Eine lange Anreise. Ich bin über sieben Stunden mit der Bahn unterwegs gewesen und dann musste ich noch so lange auf die Fähre warten.» Sie stöhnt und wedelt sich Luft mit der Hand in ihr rotes Gesicht, auf dem kleine Schweißperlen zu sehen sind.

«Oh, dann bist du sicherlich müde?»

«Ja, etwas schon. Es ist ziemlich frisch hier.»

«Auf Amrum wird es nie richtig warm. Die Durschnittstemperatur beträgt im Sommer nur 16 Grad. Und es regnet und stürmt oft. Wir sind hier eben nicht in der Karibik», mache ich ihr die Insel madig.

«Oh, das wusste ich nicht. Also ich meine, dass es hier so kalt ist.»

«Ich fahre dich jetzt erstmal in die Pension und am Nachmittag hole ich dich dann ab. Du kannst dich ein bisschen ausruhen oder etwas essen. Gegenüber von deiner Pension ist ein nettes Fischlokal, das durchgehend geöffnet hat.»

«Oh, ich mag keinen Fisch. Fische finde ich ekelhaft.»

Dann ist sie hier vollkommen verkehrt und sollte lieber in Süddeutschland bleiben.

«Die haben aber auch Fleisch oder Salate.»

Während wir den kurzen Weg nach Norddorf fahren, erzählt Babette mir so viele Dinge, die ich mir nicht alle merken kann und die mich auch gar nicht interessieren. Ich bin mir sicher, dass Babette keine Frau für Magnus ist, dass sich der Witwer nicht in diese wortgewaltige Frau, die keinen Fisch mag und schnell friert, verlieben wird.

«Und wie ist Magnus so? Piet hat mir geschrieben, dass du erst vor Kurzem auf die Insel gezogen bist.»

«Ja, das stimmt. Magnus ist ein sehr umgänglicher Mann, aber ist oft depressiv. Er vermisst seine Frau sehr. Ich habe das Haus von meiner Großtante geerbt und wohne jetzt hier.»

«Ist das auf Dauer nicht zu einsam?»

«Das weiß ich noch nicht, weil ich erst seit ein paar Wochen hier bin. Könntest du dir denn vorstellen, auf Amrum zu leben?»

«Also, wenn ich in einen Mann so richtig verliebt bin, dann würde ich mit ihm auch in die Arktis oder auf den Mars ziehen.» Sie kichert komisch, was mich an unsere erste Henne erinnert, die nur ein Bein hatte, uns jedoch jahrelang zuverlässig mit Eiern versorgte.

Ich öffne den Kofferraum und lasse Babette ihren schweren Koffer rausheben, da ich noch leichte Schmerzen im Rücken verspüre. «Ich hole dich dann um drei ab.»

Kaum bin ich zuhause, ruft Piet mich an. «Und?», fragt er neugierig.

«Sie ist nett, aber die Frau auf dem Foto sieht anders aus.

«Wie anders?», will er wissen. Ich höre Magnus leise nach seinem Sohn rufen.

«Ich muss jetzt Schluss machen. Um 15.30 Uhr treffen wir uns am Strand», flüstert Piet.

Ich ziehe eine knappe Jeans Shorts an, in der meine langen, schlanken Beine bestens zur Geltung kommen und schminke mich dezent. Ich stöbere in Rikes Schmuckkästchen und hänge mir eine filigrane Halskette um, an der ein kleiner Anker hängt. Vermutlich hatte Rike sie von Carl bekommen, der die Kette vielleicht von einer Reise mitgebracht hat?

Als ich mein Grundstück verlasse, kommt Stine Carlson des Weges und winkt mir mit ihrem Stock zu. Seit unserer letzten Begegnung scheint sie noch krummer geworden zu sein.

«Moin!», ruft sie laut und steuert auf mich zu. Ich habe keine Zeit für ein Pläuschchen, denn wir dürfen Piet und seinen Vater nicht verpassen, sonst gerät unser strikter Zeitplan durcheinander.

«Moin, Frau Carlson.»

«Haben Sie sich schon gut auf der Insel eingelebt?», erkundigt sich die alte Dame und sieht mich aus trüben Augen, unter denen tiefe Falten sitzen, an.

«Ja, sehr gut sogar. Ich habe leider nicht viel Zeit und muss eine Freundin abholen.»

«Ich halte Sie nicht auf. Seit Sie hier wohnen, hat sich der Piet ganz verändert. Er ist so fröhlich und singt immerzu vor sich hin.»

«Das ist schön. Ich wünsche Ihnen einen schönen Tag, Frau Carlson. Ich muss jetzt leider weiter», versuche ich mich fortzuschleichen.

«Was haben Sie denn mit Rikes vielen Bildern gemacht?»

«Noch gar nichts. Sie sind noch alle im Haus. Ich habe überlegt, ob ich sie irgendwo ausstelle.»

«Das ist eine gute Idee. Darüber hätte Rike sich bestimmt gefreut. Sie werden das Haus behalten oder wollen Sie es verkaufen?»

«Ich werde es nicht verkaufen.»

«Das ist gut. Wir wollen keine Nachbarn haben, die nur in den Ferien hier wohnen.»

«Das kann ich verstehen.» Ich werfe einen Blick auf meine Uhr. «Ich muss jetzt wirklich.»

«Wenn Sie mal Langeweile haben, kommen Sie ruhig mal auf einen Grog vorbei.»

«Das werde ich gerne tun.»

Im Galopp laufe ich zur Pension. Babette sitzt vorm Haus auf einer weißen Friesenbank und hält ihr blasses Gesicht in die Sonne. Sie hat sich schick gemacht, trägt ein dunkles, festliches Kleid, unter dem sie ihre kurzen, stämmigen Beine versteckt. Die pummelige Babette sieht aus, als wenn sie zum Abiball gehen würde.

«Hallo!», ruft sie mir mit piepsender Stimme zu. Erst als ich vor ihr stehe, sehe ich, wie schlecht sie sich geschminkt hat. Ein hellblauer Lidschatten soll das Gesicht verschönern, passt jedoch überhaupt nicht zu ihren braunen Augen. Das Rouge ist zu übertrieben und sitzt zu tief. Amelie, die das Schminken perfekt beherrscht, hätte sich totgelacht. Ich überlege schmunzelnd, ob ich Amelie ein Foto von dem Clowns Gesicht schicken soll. Piet wird von Babettes Aussehen vermutlich enttäuscht sein, was mir ein bisschen leidtut.

«Gefällt dir die Pension?»

«Sie ist entzückend und die Gastwirtin ist überaus freundlich.»

Auf dem Weg zum Strand gehen wir nochmal alles durch, damit es den Anschein hat, dass wir beste Freundinnen sind. Babette redet viel und ist eine Sorte Frau, die nicht merkt, wann sie mal den Mund halten muss.

Wir sind genau um 15.30 Uhr am verabredeten Treffpunkt, aber Piet und sein Vater sind nicht zu sehen. Ich halte Ausschau nach den beiden und erkenne schließlich Piet in der Ferne. Er ist alleine!

«Piet kommt, aber ohne seinen Vater.»

«Oh, ich hoffe, dass er noch kommen wird.»

«Bestimmt.»

Piet kommt angerannt und hat Benji bei sich, der mich überschwänglich begrüßt.

«Hallo, ich bin Piet», stellt er sich wohlerzogen vor und reicht Babette seine Hand. Er hat sich extra noch seine Fingernägel gesäubert, die von seiner täglichen Gartenarbeit meistens schwarze Ränder haben.

«Hallo, Piet. Schön, dich persönlich kennenzulernen. Wo ist dein Vater?», will Babette sogleich wissen, denn immerhin hat sie eine lange Reise angetreten, um ihren Traummann zu treffen.

«Er wurde eben von Stine aufgehalten. Sie hatte ein Problem mit einem Fenster, das sich nicht mehr schließen lässt. Aber keine Sorge, ich habe Papa eben gesagt, dass Emilia uns zum Kaffee eingeladen hat und ich denke, dass er sich die Einladung nicht entgehen lässt.»

«Gut, dann gehen wir jetzt zu mir und warten dort auf Magnus», schlage ich vor und sehe, dass Babette Benji skeptisch beäugt.

«Hast du Angst vor Hunden?», erkundige ich mich. «Nein, Angst nicht, aber ich habe eine Hundehaarallergie.»

«OK, dann müssen wir Benji von dir fernhalten.»

«Wohnt der Hund bei euch, Piet? Davon hast du mir nichts geschrieben.»

Der Junge sieht mich schulterzuckend an und sagt: «Ich habe Benji auch erst letzte Woche zum Geburtstag bekommen. Emilia hat ihn mir geschenkt.»

Während Babette im Strandkorb sitzt, decken Piet und ich den Tisch. Er flüstert mir ins Ohr: «Die sieht ja überhaupt nicht aus wie auf dem Foto und dann hat sie auch noch eine Hundehaarallergie. Toll!»

«Sie hat etwas gemogelt, aber sie macht doch einen ganz netten Eindruck.» Ich muss innerlich schmunzeln.

«Ich weiß nicht. Ich muss sie erstmal genauer kennenlernen. Sie ist ja auch sehr klein und etwas dick. Meinst du, dass sie Papa gefällt?»

«Es kommt ja nicht nur auf das Äußere an. Die inneren Werte sind auch wichtig.»

«Ja, aber …»

«Wir werden sie jetzt mal auf Herz und Nieren prüfen.» Ich merke Piet seine Enttäuschung an und bin natürlich froh, dass Babette keine Schönheit ist und keine Konkurrenz für mich darstellt.

«Du hast einen wunderschönen Garten», sagt unser Gast, pflückt eine Mohnblume und schnuppert an ihr. Sie hat keine Ahnung, dass Mohnblumen nicht duften.

«Den hat Piet angelegt. Er kümmert sich um meinen und auch noch um seinen Garten.»

«Das ist ja großartig. Ein kleiner Gärtner mit einem grünen Daumen. Ich habe leider nur einen Balkon.»

Die Klingel ist schwach zu hören, Benji bellt und rennt mit Piet an die Haustür.

Babette zupft an ihrem Haar, setzt sich zurück in den Strandkorb und schlägt ihre kurzen Beine elegant übereinander. Ich sehe hektische Flecken an ihrem Hals und flüstere ihr zu: «Nun kommt er.»

Magnus tritt in den Garten und begrüßt mich mit Küsschen, die er mir etwas unbeholfen auf die Wangen haucht. Er hat Babette noch nicht gesehen.

«Ich habe Besuch von einer Freundin.»

Babette erhebt sich und kommt auf uns zu. «Hallo, ich bin Babette.» Ihre Wangen glühen und sie schaut Magnus bewundernd an. Sicherlich gefällt er ihr, denn in seinem weißen T-Shirt, das sich von seiner gut gebräunten Haut abhebt und der dunklen Jeans sieht er jugendlich und äußerst attraktiv aus.

«Hallo, ich bin ein Nachbar.» Magnus reicht ihr seine Hand.

«Die Kaffeetafel ist fertig. Es gibt Erdbeerkuchen», verkünde ich und verschwinde in der Küche, um die Torte zu holen.

Babette setzt sich neben Magnus und plappert wie ein Wasserfall, ohne zwischendurch Luft zu holen. Magnus erweist sich als geduldiger Zuhörer und stellt nur ab und an eine Frage.

Piet ist offensichtlich enttäuscht von seiner Auserwählten, die mit ihrem Äußeren geschwindelt hat. Der frustrierte Junge sitzt mit hängenden Schultern neben mir und schaufelt betreten den Kuchen in seinen Mund. Hoffentlich lädt er nicht noch eine Frau ein.

Ich nehme mir fest vor, so schnell wie möglich mit Magnus zu reden, ihm meine Gefühle darzulegen und danach Piet zu informieren.

Ich glaube, dass Magnus von meiner Freundin ziemlich genervt ist, denn er verabschiedet sich nach einer Stunde unter dem Vorwand, dass er noch arbeiten muss. Nachdem er fort ist, zieht Babette ein enttäuschtes Gesicht und tupft sich mit einer Serviette den Schweiß von der Stirn. Ich habe Mitleid mit ihr und lege meine Hand auf ihre Schulter. «Es sieht wohl so aus, als wenn Magnus leider kein großes

Interesse an dir hat. Du bist offenbar nicht sein Typ. Seine Frau war groß und schlank und hatte lange, blonde Haare. Aber immerhin hast du nun Amrum kennengelernt.»

Piet hat bereits das Interesse an seiner potentiellen Stiefmutter verloren und tollt mit Benji auf dem Rasen herum.

«Vielleicht kann ich Magnus noch mal alleine treffen», gibt sie die Hoffnung noch nicht auf.

«Du kannst es probieren.»

«Ich bin ja morgen auch noch hier. Vielleicht können wir alle zusammen einen Strandspaziergang unternehmen?», schlägt sie vor und zieht ein Gesicht, als würde es regnen.

«Das können wir machen. Hast du dich denn schon mit mehreren Männern getroffen?»

«Ja, mit mehr als einem Dutzend. Das war alles nix. Du glaubst gar nicht, wie schwer es ist, in meinem Alter etwas Passendes zu finden. Dabei bin ich nicht mal anspruchsvoll. Ich war ganz happy, als Piet mir eine Anfrage schickte und war so begeistert von Magnus. Er würde mir wirklich sehr gefallen, aber was soll ich machen, um ihm zu gefallen?», sagt sie schulterzuckend und spielt mit ihrem Haar.

«Liebe kann man nicht erzwingen», rutscht es mir heraus und ich muss an Magnus Kuss denken, der wunderschön gewesen ist.

«Vielleicht verliebt Magnus sich ja doch noch in mich? Wenn er mich besser kennenlernt ... Piet, fragst du deinen Vater nachher mal, ob er mich nett findet?», ruft sie dem Jungen zu, der mein zertrampeltes Kräuterbeet in Ordnung bringt.

«Ja, das kann ich machen. Ich geh dann auch mal rüber, da ich noch Hausaufgaben erledigen muss. Danke, dass du gekommen bist, Babette.» Piet zwinkert mir verschwörerisch zu.

«Wir sehen uns morgen. Vielleicht kann ich mit deinem Vater dann mal in Ruhe nur zu zweit reden?», hofft die Singlefrau, die sich so sehr einen Partner wünscht.

«OK. Tschüss und danke für den Kuchen.»

Prima! Jetzt sitze ich hier mit der fremden Frau, die nicht meine beste Freundin werden wird und kann zusehen, wie ich sie loswerde.

«Möchtest du noch mehr von der Insel sehen?»

«Ehrlich gesagt, bin ich etwas deprimiert und hatte mir das alles anders vorgestellt.»

«Ja, das kann ich verstehen. Du könntest dir ein Fahrrad mieten? Es gibt hier sehr schöne Radwege.»

«Ich fahre kein Fahrrad mehr, seitdem ich mir vor zwei Jahren bei einem Fahrradsturz das Handgelenk gebrochen habe.»

«Oder willst du ein Bad im Meer nehmen?»

«Ich kann nicht schwimmen und mag kein kaltes Wasser.»

Kein Wunder, dass Babette keinen Mann findet.

Ich bin mit meinem Latein am Ende und hoffe, dass die wehleidige Plappertasche sich bald verabschiedet, jedoch bleibt Babette stoisch in meinem Strandkorb sitzen und erzählt mir von ihrer Mutter, zu der sie kein gutes Verhältnis hat und noch viele andere Geschichten, die mich nicht interessieren, die ich mir aber geduldig anhöre.

«Meinst du, dass ich noch eine kleine Chance bei Magnus habe? Worüber redet er denn gerne?»

«Oh, ich kenne ihn ja auch noch nicht lange, aber ich glaube, dass er gerne über seine Insel und das Fischen redet.»

«Gut, dann versuche ich morgen nochmal mein Glück. Ich gehe dann mal in die Pension.»

Am Abend kommt Piet nochmal vorbei und zieht ein Gesicht. «Das war ja wohl ein Schuss in den Ofen.»

«Hast du deinen Vater gefragt, wie ihm Babette gefällt?»

«Er meint, dass er noch nie eine Frau getroffen hat, die so viele Worte in einer Minute ausspucken kann. Er war ziemlich genervt und optisch wohl auch nicht angetan.»

«Sie redet ein bisschen viel. Tut mir leid, dass du enttäuscht bist.»

«Wenn sie so ausgesehen hätte, wie auf dem Foto und weniger quatschen würde … Ich habe ja noch weitere Interessentinnen, aber wenn das auch alles Reinfälle sind …»

«Piet, ich weiß ehrlich gesagt nicht, ob dein Vater es gut findet, wenn du für ihn eine Partnerin suchst. Er wird schon selbst eine suchen, wenn er bereit dafür ist.»

«Papa ist in dieser Beziehung etwas träge.»

Soll ich dem Jungen jetzt endlich gestehen, dass ich seinen Vater sehr gerne habe, dass ich mir vorstellen könnte, seine Partnerin zu werden?

«Piet, ich … wollte dir sagen …» Benji bellt auf einmal aufgeregt. Im Garten steht ein Mann, der auf den ersten Blick aussieht wie Elias. Nach genauerem Hingucken muss ich feststellen, dass es tatsächlich mein Freund ist, der wie ein Geist auf dem Rasen steht.

«Ist das dein Freund?», erkundigt sich Piet und hält Benji am Halsband fest, da er knurrt. Benji kann Elias auch nicht leiden, dabei hat Elias mir sogar versprochen, ihn zu küssen.

«Ja, das ist mein Ex-Freund», flüstere ich und bin nicht erfreut über seinen Überraschungsbesuch.

«Ich geh dann mal.»

«Tschüss, Piet.»

«Hallo, Emilia!» Elias kommt zögerlich auf mich zu und will mich küssen, was ich nicht zulasse.

«Was willst du hier? Ich habe dir doch gesagt, dass ich mich trennen möchte», fahre ich ihn unfreundlich an und spüre, wie mein Herz zu rasen beginnt. Ich bin wütend, dass er so einfach in mein neues Leben platzt, in dem er nichts mehr zu suchen hat.

«Das willst du doch nicht wirklich? Die Frau, die bei mir war …, das hat wirklich nichts zu bedeuten.» Er rudert mit seinen Armen und sieht mich flehentlich an.

«Die Frau ist mir egal. Ich habe mich entschieden und mein Entschluss steht fest. Ich habe dir meine Gründe bereits mehrmals mitgeteilt und habe dem nichts hinzuzufügen», bleibe ich hart und schaue in Elias traurige Augen, die glasig werden.

«Lass es uns doch wenigstens nochmal probieren. Du kannst dir nicht vorstellen, wie sehr ich leide. Ich kann nicht mehr schlafen und nicht mehr konzentriert arbeiten.»

«Das tut mir leid, Elias, aber ich habe mich in einen anderen Mann verliebt. Ich liebe dich nicht mehr, schon seit einiger Zeit habe ich nichts mehr gefühlt, obwohl ich es nicht wahrhaben wollte.»

Nun rollen Tränen, die mich nicht kalt lassen.

«Komm rein, es wird kühl.»

Ich koche uns einen Tee, während Elias mit hängendem Kopf auf dem Küchenstuhl sitzt und leidet.

«Wer ist es?», fragt er mit zusammengekniffenen Augen und sieht mich durchdringend an.

«Du kennst ihn nicht und es ist auch nicht wichtig.»

«Wohnt er auf Amrum? Ist es der blonde Typ, dem ich die Tür geöffnet habe, als ich bei dir gewesen bin?»

«Ja.»

«Na, toll! Ich habe ja gesagt, dass dieses verfluchte Haus an allem schuld ist.» Elias vergräbt sein Gesicht in seinen Händen und stöhnt.

«Es ist nicht das Haus und es ist auch nicht Magnus, was mich dazu bewogen hat, mich von dir zu trennen. Unsere Beziehung lief für mich nicht mehr zufriedenstellend. Ich habe mich nicht mehr wohlgefühlt.»

«Du hättest ja einfach sagen können, was dir nicht gefällt, dann hätten wir etwas ändern können.»

«Diese Diskussion hatten wir schon und ich bin müde, darüber zu reden. Es ist aus und ich werde nicht wieder zu dir zurückkommen.»

Es klingelt, worüber ich ganz froh bin.

Babette steht auf dem Fußabtreter und klimpert mich mit ihren großen Augen an. Noch so ein unglückliches Wesen, das Trost braucht.

«Störe ich?»

«Nein, ich … mein Ex ist gerade da.»

«Dann will ich nicht stören.»

«Komm bitte rein. Dann machen wir uns einen netten Abend zu dritt.»

Elias hält seine Tasse mit beiden Händen fest umklammert als wir die Küche betreten.

«Das ist mein Ex-Freund», stelle ich Babette Elias vor, der mich verwundert ansieht. Ich glaube, dass es ihm nicht gefällt, wenn ich ihn jetzt schon so bezeichne.

«Hallo, ich bin Babette.»

Elias erhebt sich und reicht ihr die Hand.

«Magst du einen Tee oder ein Glas Wein?»

«Dann nehme ich einen Wein. Und ich störe wirklich nicht?», vergewissert sie sich und betrachtet sich eingehend den verlassenen Elias, der sich ein müdes Lächeln abringt. Vielleicht gefällt er ihr?

«Nein, gar nicht.»

«Mir war so langweilig im Zimmer und du hast mir ja angeboten, dass ich jederzeit vorbeikommen kann.»

«Ja, ist doch gut.»

«Ich habe nochmal nachgedacht ... Ich denke, dass Magnus kein Interesse an mir hat und werde mich dann morgen auch nicht mehr mit ihm treffen. Das würde mir dann nur noch mehr wehtun.»

Elias sieht mich mit großen Augen an und wird hoffentlich schweigen. Ich gebe ihm ein Zeichen, dass er seinen Mund halten soll.

«Es tut mir wirklich leid», sage ich zum wiederholten Mal und ziehe ein mitleidsvolles Gesicht.

«Du kannst ja nichts dafür. Ich bin eben keine Schönheit und vielleicht rede ich auch einfach zu viel und sollte einfach mal öfters die Klappe halten.» Sie lächelt verzweifelt und nimmt einen großen Schluck von dem guten Wein, den ich in Rikes Keller gefunden habe.

«Redet ihr von Magnus, diesem Wikinger mit den blonden Haaren?», fragt Elias verwundert und guckt erst mich und dann Babette an.

«Ja, kennst du ihn auch?», will Babette wissen.

«Ne, aber ich ...» Ich lege meine Hand auf seine und schüttele leicht den Kopf, damit er schweigt.

«Nichts!»

Wir unterhalten uns über eine Stunde sehr angeregt, leeren eine Flasche Wein und knabbern zwei Tüten Salzstangen auf. Der Alkohol und Elias alte Witze, die ich mehr als einmal gehört habe, konnten die enttäuschte Babette etwas aufmuntern.

«Ich suche mir dann mal eine Pension», sagt Elias etwas müde und reibt sich sein Gesicht.

«Es ist Ferienzeit und soweit ich weiß, ist alles ausgebucht. Du kannst bei mir schlafen, in meinem Gästezimmer», biete ich ihm großzügig an, da ich genug Platz habe und denke, dass er mich nicht wieder verführen wird.

«Wenn es dich nicht stört?»

«Nein, solange du schön in deinem Zimmer bleibst.»

«Das muss ich wohl.»

Elias tut mir wirklich leid, aber ich kann nicht nur aus Mitleid bei ihm bleiben. Meine Gefühle für Magnus werden täglich intensiver und ich nehme mir vor, so schnell wie möglich mit ihm zu reden.

# FÜNFUNDZWANZIG

A ls ich am nächsten Morgen in die Küche komme, finde ich einen gedeckten Tisch vor. Elias hat sogar Blumen im Garten gepflückt und sie in der Tischmitte platziert. Er ist nicht im Haus und auch nicht im Garten, sodass ich vermute, dass er Brötchen besorgt. Gibt er noch immer nicht auf? Ich öffne alle Fensterläden, lasse die herrliche Seeluft ins Haus und warte auf Elias, der mit einer großen Brötchentüte und einem breiten Lächeln in einer fröhlichen Stimmung zurückkommt.

«Seit wann bist du ein Frühaufsteher?»

«Guten Morgen. Ich würde jeden Tag früh für dich aufstehen.»

Ich rolle mit den Augen und nehme ihm die Brötchen ab.

«Ich habe eben den Wikinger beim Bäcker getroffen. Ist der nicht ein bisschen alt für dich?»

«Hast du mit ihm gesprochen?», erkundige ich mich aufgebracht. Magnus wird vermutlich denken, dass wir die Nacht zusammenverbracht haben.

«Ja, er ist wirklich sehr sympathisch und sieht gut aus. Ich soll dich grüßen.»

Na, prima! Ich muss so schnell wie möglich mit Magnus reden und ihm klarmachen, dass ich mich von Elias getrennt habe, was er mir vermutlich nicht glauben wird. Wer weiß, was Elias ihm alles erzählt hat?

«Reist du heute ab?», erkundige ich mich wütend, rupfe das Milchbrötchen in kleine Stücke und lege sie auf dem Teller ab, da mir der Appetit vergangen ist.

«Nein, ich habe mir den Montag freigenommen und bleibe noch eine Nacht. Wenn du mich hier nicht mehr haben möchtest, kann ich auf den Zeltplatz gehen.»

«Hast du denn ein Zelt dabei?»

«Nö, aber vielleicht kann mir dein Wikinger eins leihen.»

Ich finde Elias Witze nicht witzig und verdrehe die Augen.

«Dann können wir heute ja darüber reden, wie wir alles regeln. Du willst die Wohnung sicherlich behalten und die Möbel auch …»

«Erstmal ja, vielleicht kommst du doch noch zu mir zurück», gibt er die Hoffnung nicht auf und klimpert mit seinen langen Wimpern.

«Nein, das werde ich gewiss nicht tun. Ich fühle mich wohl auf der Insel und habe weder Lust zum Golfen noch auf Fernreisen.»

«Das ist schade. Ich fürchte, dass ich dich verloren habe. Aber wir hatten doch eine gute Zeit?»

«Ja, die hatten wir und ich möchte sie auch nicht missen. Ich wünsche dir vom ganzen Herzen, dass du eine liebe Partnerin findest, die deine Interessen teilt und gerne mit dir in ferne Länder reist. Zudem möchte ich, dass wir gute Freunde bleiben.»

«Ja, mal sehen. Darf ich dich denn ab und zu auf Amrum besuchen?»

«Klar, zu jeder Zeit, auch gerne mit deiner neuen Freundin.»

Nach dem Frühstück rufe ich Piet an und teile ihm mit, dass Babette kein weiteres Treffen mit Magnus möchte, worüber der Junge recht froh ist.

Ich unternehme mit Elias einen langen Strandspaziergang. Wir laufen mit den Füßen im Wasser und erinnern uns an alte Zeiten. Ich werde sentimental und es fällt mir nicht leicht, Elias endgültig zu verlassen. Jedoch bin ich erleichtert, dass wir im Guten auseinandergehen und er sich kooperativ zeigt.

Babette kommt am Nachmittag nochmal bei mir vorbei. Sie erzählt euphorisch, dass sie in der Pension einen alleinstehenden Mann kennengelernt hat, der äußerst sympathisch ist. Er ist zwar stark adipös, aber äußerst humorvoll und ein guter Zuhörer, was bei Babette sehr wichtig ist.

Sie will keinen Tee bei mir trinken, da sie die restlichen Stunden unbedingt mit dem Mann verbringen möchte, der zufälligerweise auch noch in ihrer Nähe lebt. Ich wundere mich über das Leben, das sich manchmal von ganz alleine wie ein Puzzle zusammensetzt.

Wir liegen uns lange in den Armen und ich drücke Elias ein letztes Mal einen Kuss auf den Mund.

«Pass auf dich auf. Ich wünsche dir alles Gute und eine neue, erfüllte Liebe», sage ich mit Tränen in den Augen und lege meine Hand auf seine Brust.

«Danke, Emilia. Das wünsche ich dir auch. Ich hoffe, dass du mit dem Wikinger glücklich wirst. Er ist ein toller Typ.»

Ich winke meinem Ex-Freund lange hinterher. Tränen kullern aus meinen Augen und Bilder von unseren schönsten Tagen laufen wie ein Film vor meinem inneren Auge ab.

Um auf andere Gedanken zu kommen, gehe ich an den Strand, setze mich an die Wasserkante und beobachte einen Kutter, der langsam über die Nordsee tuckert. Ich nehme mir vor, Magnus am Nachmittag aufzusuchen und ihm freudig mitzuteilen, dass ich frei bin, dass ich ihn liebe und mir nichts sehnlicher wünsche, als mein Leben mit ihm auf dieser kleinen Insel zu verbringen, auf der ich mich bereits heimisch fühle.

Doch dazu kommt es nicht, da das Leben immerzu neue Überraschungen bereithält. Kurz nachdem ich zuhause angekommen und dabei bin, das Gästebett abzuziehen, klingelt mein Handy. Ich höre Amelies aufgeregte Stimme: «Marlon ist im Krankenhaus. Er ist aus seinem Hochbett gefallen, auf den Kopf. Er wird gerade untersucht. Ich habe so eine Angst.»

«Oh, mein Gott! War er noch ansprechbar?»

«Ja, aber er machte einen benommenen Eindruck. Verdammt! Ich hätte ihm das Hochbett nicht kaufen dürfen», macht sie sich Vorwürfe und schluchzt.

«Ich komme zu dir. Ich nehme die nächste Fähre.»

«Echt? Das wäre toll. Ich kann jetzt nicht alleine sein. Ich melde mich, sobald ich etwas Neues weiß.»

Mein Herz pocht wild und ich überlege, was ich einpacken soll und laufe wie ein wildes Huhn durchs Haus. Ich muss Piet informieren, aber da er in der Schule ist, kann ich ihn nicht erreichen. Ich rufe bei Magnus an.

«Hallo, ich wollte euch nur Bescheid geben, dass ich heute nach Hamburg fahren werde. Nicht dass Piet sich wundert, dass ich weg bin.»

«Gut, werde ich ihm ausrichten.» Magnus klingt kühl und ist kurz angebunden. Kein Wunder, denn er hat Elias beim Bäcker getroffen und denkt, dass wir wieder ein Paar sind.

«Kannst du Piet ausrichten, dass ich mich bei ihm melden werde.»

«Ja, mache ich.»

«Tschüss!»

Am späten Nachmittag komme ich in Hamburg an und fahre sofort in die Klinik. Amelie sitzt mit gebeugtem Rücken an Marlons Krankenbett. Wir fallen uns stumm in die Arme. «Danke, dass du so schnell gekommen bist.»

«Und wie geht es ihm?»

«Er hat eine Gehirnerschütterung und einen Bruch im Handgelenk», flüstert die besorgte Mutter und streichelt die kleine Hand des Patienten.

«Gott sein Dank!» Ich betrachte mir den schlafenden Jungen, der aussieht wie ein Engel, leider aber eher ein wilder Bengel ist, der viele Flausen im Kopf hat und seiner Mutter ein ziemlich aufregendes Leben beschert.

«Warum habe ich nicht ein ruhiges, braves Mädchen bekommen?»

«Das kann man sich nun mal nicht aussuchen. Gut wäre es, wenn Marlon einen Vater hätte.»

«Ja, das denke ich auch. Aber mein Fotograf mag keine Kinder.»

«Dann solltest du die Finger von ihm lassen und dich nach einem anderen Mann umsehen.»

«Es ist nicht so leicht, einen Passenden zu finden. Mir fehlt leider auch eine gute Babysitterin. Ich lasse Marlon ungern mit Fremden alleine. Du weißt ja, was er schon alles angestellt hat.»

Amelie bleibt den ganzen Tag bei ihrem Kind, während ich meine Eltern besuche, die nur kurz in der Mittagspause Zeit für mich finden. Es gibt ein Tiefkühlfertiggericht, das mir nicht schmeckt. Wir sitzen auf der Terrasse, auf der Hunde, Katzen und ein paar Hühner um uns herumlaufen.

«Ich habe mich jetzt endgültig von Elias getrennt», berichte ich meinen Eltern, die sich ansehen und offensichtlich das Gleiche denken. Sie sind froh und hoffen, dass mein nächster Freund sich tierlieb und kinderfreundlich zeigt, denn über Enkel würden sich die beiden sehr freuen.

«Ich werde jetzt erstmal auf Amrum bleiben und mir überlegen, wie ich mein Geld verdiene.»

«Tu das, was dich glücklich macht», meint Mutter und stochert in dem Gemüse herum, das noch sehr bissfest ist.

«Stellt euch vor, ich habe Rikes unvollendetes Bild zu Ende gemalt. Das Malen macht mir sehr viel Spaß.»

«Das ist doch toll! Vielleicht hast du Talent, so wie Rike», meint Vater und nimmt eine Katze auf den Schoß.

«Ich weiß nicht, auf jeden Fall werde ich es nebenbei weitermachen.»

«Wir haben zwei neue Hunde aufgenommen. Guck sie dir doch mal an. Vielleicht möchtest du auch einen Hund an deiner Seite haben, um nicht ganz einsam zu sein?», schlägt Mutter mir vor und schiebt den halbvollen Teller zur Seite.

«Ich muss gestehen, dass mir Benji sehr fehlt. Ihr glaubt nicht, wie schnell er sich bei Piet eingelebt hat. Der Junge kann wirklich gut mit Hunden umgehen.»

«Du magst Piet sehr und seinen Vater auch», stellt Mutter fest und schaut mich forschend an.

«Ja.» Eine leichte Röte steigt in mein Gesicht und ich wende mich einem bettelnden Hund zu, der seine Schnauze zwischen meine Beine drückt.

Meine Eltern müssen zurück in die Praxis und ich gehe zu den Ställen und lasse mir von Ben die Neuzugänge zeigen.

«Du glaubs nicht, wo wir den armen Kerl gefunden haben.»

«Bitte, erzähle es mir nicht.»

«Er war total abgemagert, aber frisst schon ganz ordentlich. Er hat noch keinen Namen», klärt mich Ben auf und öffnet den Käfig.

Ich gehe ganz langsam hinein und rede ruhig auf den kleinen Mischling ein, der offenbar einen Schnauzer als Vater oder Mutter hatte. Ich hocke mich in eine Ecke und gucke dem Hund in die Augen, die mich skeptisch betrachten. Nach zwanzig Minuten gehe ich ein paar Schritte auf den armen Kerl zu und habe mir bereits einen Namen überlegt.

«Hi, ich nenne dich Max. Ist das OK? Leider kenne ich deinen Namen nicht ...»

Ich strecke Max meine Hand entgegen und nach zehn Minuten ist er soweit und schnuppert neugierig an ihr. Danach halte ich ihm ein Leckerli hin, das er sich vorsichtig aus meiner Hand holt.

Am Nachmittag fahre ich nochmal zu Amelie ins Krankenhaus und finde, zu meiner großen Überraschung, einen Mann an ihrer Seite vor.

«Das ist Noel», stellt sie mir den Fotografen mit einem breiten Grinsen vor.

Marlon ist wach und umarmt mich sogar, vielleicht auch, weil ich ihm ein großes Geschenk auf die Bettdecke lege, dass seine Mutter ausnahmsweise genehmigt hat.

«Ich geh dann mal», sagt Noel und küsst Amelie auf den Mund. Er verabschiedet sich von Marlon mit der High five-Geste.

Kaum hat Noel die Tür geschlossen, lasse ich mein Erstaunen raus: «Wow! Der sieht ja gut aus und gar nicht so alt.»

«Ich fand das ganz süß, dass er sofort gekommen ist. Er hat sogar einen Termin verschoben.»

«Der ist echt nett. Guck mal, Emilia, was er mir mitgebracht hat.» Marlon hält ein Auto in die Höhe und macht laute Motorengeräusche. Ich bin erleichtert, dass der Kleine wieder wohlauf ist.

«Toll! Pack doch mal mein Geschenk aus», fordere ich ihn auf und sehe gerührt auf seine kleinen Hände, die das hübsche Papier ungestüm aufreißen. Als Marlon den teuren Porsche sieht, flippt er total aus, hängt sich an meinen Hals und drückt mir mehrere feuchte Küsse ins Gesicht.

«Dafür gibt es aber zu Weihnachten nichts Großes mehr», kläre ich ihn auf.

«Vielleicht kann Noel dir helfen, das Auto zusammenzubauen?»

«Das schaffe ich auch mit Mama.»

Ich bin beruhigt, dass es Marlon gutgeht und bummele ausgelassen durch die Stadt, freue mich auf mein neues Leben, auf den Sommer und vor allem auf Magnus, Piet und meinen neuen Mitbewohner Max.

Am Abend fahre ich zu meinen Eltern, verbringe viel Zeit bei Max, der ein liebes, neugieriges Wesen besitzt.

Ich übernachte bei meinen Eltern, besuche Marlon und Amelie ein letztes Mal in der Klinik und gehe mit Max spazieren. Für den nächsten Tag buche ich eine Fähre, denn ich habe Sehnsucht nach Amrum.

Ich sitze mit Max auf dem Oberdeck in der Sonne und genieße die zweistündige Überfahrt. Bei bestem Wetter geht es an Föhr vorbei. In der Ferne erkenne ich die Buckel der Halligen im silbrig glänzenden Wasser. Dann sehe ich meine Insel, mit dem markanten Leuchtturm, auf dem ich noch immer nicht gewesen bin. Freude durchflutet meinen Körper und ich kann es kaum erwarten, Amrum zu betreten und Max sein neues Zuhause zu zeigen, mit ihm in der wunderschönen Dünenlandschaft spazieren zu gehen und barfuß im Sand zu laufen.

Max erweist sich als ein sehr pflegeleichter Hund, der neugierig und überhaupt nicht schüchtern ist.

Als ich mein Haus erreiche, ist Piet im Garten und wässert die Blumen, da es seit Tagen keinen Regen gegeben hat. Benji ist bei ihm. Ich hoffe, dass die Hunde sich riechen können.

«Hallo, Piet. Schau mal! Ich habe jetzt auch einen Hund.»

«Oh, hoffentlich mögen sie sich? Ich nehme Benji mal lieber an die Leine.»

«Nein, das musst du nicht.»

Die Hunde rennen neugierig aufeinander zu und begrüßen sich freundlich. Keiner von beiden bellt oder knurrt. Sie tollen durch den Garten und scheinen sich auf Anhieb zu mögen.

«Super! Jetzt hat Benji einen Spielkameraden», freut sich Piet und dreht den Wasserschlauch wieder auf.

«Und wie geht es dem kleinen Marlon?»

«Er hatte Glück und hat nur eine Gehirnerschütterung und eine gebrochene Hand.»

«Ich war früher nicht so wild.»

«Sag mal, Piet. Arbeitet dein Vater noch? Ich muss mal mit ihm reden.»

«Nein, aber wir haben Besuch. Papa hat sich zwei Tage frei genommen.»

«Ah, OK. Von wem?», frage ich neugierig.

«Von einer Spanierin. Meine Mutter hatte eine Freundin in Spanien. Die beiden haben sich kennengelernt, als meine Mutter dort als Au-pair-Mädchen gewesen ist. Mama und sie haben sich regelmäßig besucht. Aber seit Mamas Tod war sie nicht mir hier. Nun war sie beruflich zufällig in der Gegend. Sie ist sehr hübsch, hat braune Augen und schwarze, lockige Haare. Halt eine typische Spanierin.»

«Gut, dann kann ich ja später mit deinem Vater reden.»

«Ist es denn etwas Wichtiges?»

«Nein, ich wollte nur … mein Wasserhahn tropft und ich …»

«Das kann ich mir auch ansehen.»

«Heute tropft er nicht mehr so stark …Ist nicht eilig.»

«Ich muss dann mal wieder rüber. Alicia kann fantastisch kochen und ist supernett. Heute will sie uns Tortillas machen.»

«Toll! Ist sie verheiratet?» Kaum bin ich Babette los, lauert die nächste Gefahr.

«Nein, sie ist geschieden und hat keine Kinder.»

Dann passt sie ja perfekt zu Magnus und Piet!

«Vielleicht gefällt es ihr ja bei uns so gut, dass sie bleiben möchte? Sie spricht auch ganz gut Deutsch und ist Lehrerin.» Piet kommt gar nicht mehr aus dem Schwärmen heraus und sticht mir den spitzen Dolch immer tiefer in den Leib. Immerhin habe ich jetzt einen Hund!

«Ich muss jetzt leider, denn die Tortillas sollen um sechs fertig sein. Ich finde es übrigens super, dass du jetzt auch einen Hund hast. Dann können wir ja immer zusammen spazieren gehen.»

«Ja, das ist schön. Dann guten Appetit!»

Nachdem Piet fort ist, versinke ich in Trübsal und bin froh, dass ich Max habe, dem ich mein Leid klagen kann. Mich beschleicht das Gefühl, dass Magnus und ich nicht zusammenkommen sollen. Sicherlich verliebt der Witwer sich nun in die feurige Spanierin, die vielleicht auch noch eine Granate im Bett ist? Okay! Dann werde ich mich endlich um meine beruflichen Belange kümmern, werde malen und mich ganz auf mich besinnen. Vielleicht ist es ganz gut, wenn ich eine Weile ohne Partner sein werde? Vielleicht passen Magnus und ich auch gar nicht zusammen?

Am Abend sitze ich mit Max vor meinem neuen Fernseher und sehe mir eine Schnulze an, bei der Tränen fließen. Max erweist sich als hervorragender Tröster, denn er drückt sich an mich und schleckt meine Hand ab.

# LETZTES KAPITEL

Am nächsten Morgen werde ich durch das Klappern der Fensterläden geweckt. Ein kräftiger Sturm zieht über die Insel. Ich habe kein großes Verlangen, aus dem Bett zu steigen und stelle mir vor, wie Magnus mit der heißblütigen Spanierin flirtet, die singend das Frühstück zubereitet und die Männer mit ihrer südländischen Schönheit verzaubert.

Max drängt mich aus dem Bett und ich drehe mit ihm lustlos eine Runde, bei der der starke Wind mich schiebt. Auf dem Rückweg gehe ich an Magnus Haus vorbei, kann aber niemanden sehen. Ich trotte nach Hause, koche mir einen starken Kaffee und gucke Frühstücksfernsehen, das ich das erste Mal in meinem Leben sehe. Lustlos sitze ich später vorm Computer und habe weder eine Idee noch Lust, mir über meine berufliche Zukunft Gedanken zu machen. Mit meinem Ersparten könnte ich, wenn ich bescheiden lebe, mindestens zwei Jahre über die Runden kommen. Zudem haben meine Eltern auch noch eine größere Geldsumme für mich angespart, die für meine Hochzeit sein sollte.

Ich verziehe mich auf den Dachboden, werfe einen Blick auf Magnus Haus und sehe, wie der Witwer und die Spanierin das Grundstück verlassen. Da ich kurzsichtig bin, kann ich das Gesicht der Frau nicht erkennen. Jedoch kann ich erkennen, dass sie sich bei Magnus einhakt. Das Pärchen läuft in Richtung Strand. Ihre langen Haare wehen im

Wind und sie versucht, sich ein Tuch um den Kopf zu binden, das stark flattert.

Ich sitze mit krummen Rücken vor der Staffelei und blase Trübsal.

«Max, soll ich dich malen? Dann musst du aber stillsitzen.»

Doch auch das Malen will mir nicht gelingen und langweilt mich, so gehe ich einkaufen, backe einen Kuchen und setze mich am Nachmittag in den Garten, um alleine meinen Apfelkuchen zu essen, der in Gesellschaft wesentlich besser schmecken würde.

Mein einziger Lichtblick ist Piet, der nach der Schule bei der einsamen Frau vorbeischaut. Er bringt Benji mit. Die Hunde tollen ausgelassen im Garten, während Piet zwei Stückchen von meinem Kuchen verdrückt.

«Der schmeckt ja wie Rikes Apfelkuchen», wundert er sich und kaut mit vollen Backen.

«Das ist ja auch ihr Rezept. Ich habe es in einem ihrer handgeschriebenen Kochbücher gefunden. Haben die Tortillas geschmeckt?»

«Ja, sehr lecker und heute Morgen hat mir Alicia oberleckere Pausenbrote gemacht.»

«Das ist ja schön. Und wie lange bleibt sie noch?»

«Leider nur bis morgen. Aber sie will uns auf jeden Fall häufiger besuchen und hat uns auch zu sich eingeladen. Sie hat ein Haus in der Nähe von Granada.»

«Toll! Ist es nicht schön, dass Benji und Max sich so gut verstehen?»

«Ja, ich hatte erst Bedenken, weil einige Hunde sich ja nicht leiden können.»

«Wie bei den Menschen.»

«Kannst du mir morgen helfen? Wir schreiben nächste Woche eine Deutscharbeit.»

«Klar. Ich habe ja Zeit. Ich weiß noch immer nicht, was ich beruflich tun möchte.»

«Willst du nicht etwas mit Tieren machen? Oder malen?»

Ich glaube nicht, dass jemand meine Bilder kaufen würde und was soll ich mit Tieren machen?»

«Vielleicht eine Hundepension eröffnen?»

«Ich weiß nicht. Mal sehen, was kommt.»

«Ich muss dann wieder. Heute wollen wir Alicia in das beste Lokal Amrums ausführen. Danke für den Kuchen.»

Wie gerne wäre ich mit Magnus und Piet essen gegangen, denke ich wehmütig und setze mich mit einer Chipstüte vor den Fernseher.

Ich bin eingenickt und werde durch Max, der mich anstupst, geweckt. Mein Handy vibriert. Was für einen schlauen Hund ich habe!

«Hallo, Emilia. Hast du schon geschlafen?», höre ich Amelies Stimme, die verdammt laut in mein empfindliches Ohr dringt.

«Nein, ich … gucke fernsehen.»

«Und? Hast du mit Magnus geredet? Habt ihr schon?»

«Nein, es kam etwas dazwischen.» Ich muss gähnen und beobachte Max, der in den Flur trottet und mit seiner Leine im Maul zurückkommt. Ich muss lachen.

«Was ist so lustig?»

«Ich lache über Max. Er ist einfach großartig. Besser als jeder Mann.»

«Was ist denn nun mit Magnus?», bohrt sie weiter.

«Er hat gerade Besuch von einer spanischen Schönheit und frage mich nicht, was er mit ihr alles anstellt.»

«Was? Wieso hat der jetzt eine Spanierin? Hat Piet die organisiert?» Amelie scheint auch Chips zu essen, was gar nicht in ihr Ernährungsprofil passt.

«Sie ist eine Freundin seiner verstorbenen Frau. Piet ist sehr angetan von ihr, da sie wohl sterneverdächtig kochen kann. Und ob Magnus von ihr angetan ist, kann ich dir noch nicht sagen.»

«Mensch, Emilia. Du hättest damals nicht so lange zögern sollen. Gute Männer sind schnell vergriffen. Das ist wie beim Schlussverkauf.»

«Ich war ja bis vor Kurzem noch nicht so weit. Außerdem habe ich jetzt Max und einen Fernseher. Und was ist mit Noel?»

«Du wirst es nicht glauben. Er ist total vernarrt in Marlon und Marlon ist begeistert von Noel. Die beiden haben auch schon den Porsche gebaut. Er kann unglaublich gut mit Kindern umgehen und ich glaube, dass er sich vorstellen könnte, ein Teil unserer Familie zu werden.»

«Das sind ja gute Neuigkeiten. Dann hast du wenigstens Glück in der Liebe.»

«Du wirst auch noch deinen Prinzen finden. Vielleicht läuft da ja auch gar nichts zwischen Magnus und der Spanierin?»

«Ja, vielleicht. Ich muss jetzt mit Max raus, sonst habe ich hier gleich noch einen Haufen unterm Tisch. Grüß Marlon und auch Noel von mir.»

Als ich meine Abendrunde drehe, rollt Magnus Wagen im Schritttempo an mir vorbei. Piet kurbelt die Scheibe herunter und sagt: «Hallo, Emilia! Das Essen war super lecker.»

«Prima!», antworte ich und sehe, wie mich die Spanierin hinter der getönten Scheibe anlächelt. Magnus nickt mir nur kurz zu und fährt weiter.

Am nächsten Morgen werde ich durch Max aufgebrachtes Gebell geweckt. Mein Aufpasser steht an der Haustür und springt dagegen.

«Hi, was ist denn los?» Schlaftrunken gehe ich die Treppe hinunter und öffne die Tür. Ein kleines Körbchen steht auf dem Fußabtreter. Ich hebe das Geschirrhandtuch an und sehe zwei Kuchenstücke auf einem Teller. «Den spanischen Mandelkuchen hat Alicia gebacken. Er schmeckt himmlisch. Komme dann am Nachmittag zum Lernen. Liebe Grüße Piet» lese ich auf einem kleinen Zettel.

Der Kuchen schmeckt köstlich, aber es schmeckt mir gar nicht, dass Alicia die beiden so sehr verwöhnt. Das Wetter passt zu meiner deprimierten Stimmung. Dunkle Wolken jagen über die Insel und lassen ab und zu Regen ab. Dennoch mache ich meinen Spaziergang und bin nach einer Stunde durchgefroren, sodass ich die Heizung hochdrehe und den restlichen Mandelkuchen verdrücke. Am Nachmittag kommt Piet zum Lernen. Er zieht ein trauriges Gesicht, was mich beunruhigt.

«Ist was passiert?», erkundige ich mich und sehe dem Jungen dabei zu, wie er in die Pantoffeln schlüpft.

«Alicia ist eben abgereist. Sie ist so nett und hat uns so verwöhnt.»

«Oh, das tut mir leid. Aber sie kommt doch bestimmt bald wieder?», klopfe ich auf den Busch.

«Na ja, Granada ist schon ganz schön weit weg. Sie möchte, dass wir sie nächstes Mal besuchen.»

«Ja, dann … dann wollen wir mal lernen. Möchtest du einen Kakao? Ich habe auch noch Apfelkuchen …»

Es macht mir großen Spaß, mit Piet zu lernen. Er ist ein angenehmer Schüler, besitzt große Ausdauer und kann aufmerksam zuhören. Wir lachen viel, spielen zwischendurch mit den Hunden und ich kitzele Piet durch, was ihm gefällt. Ich habe den großartigen Jungen so gerne um mich und könnte mir sehr gut vorstellen, seine verstorbene Mutter zu ersetzen.

Wir vergessen die Zeit und es ist bereits kurz nach acht, als es an der Tür klingelt. Magnus steht vor mir, während Max ihn anbellt und knurrt. Mein Herz fängt an zu rasen, ich spüre eine unglaubliche Anziehung und empfinde eine tiefe Liebe, die ich Magnus so gerne mitteilen möchte, wäre da nicht die spanische Konkurrenz, die es mir verbietet.

«Das ist also Max. Piet hat mir schon erzählt, dass du dir auch einen Hund angeschafft hast.»

Magnus geht in die Hocke, redet ruhig auf den Hund ein und hält ihm seine Hand zum Schnuppern hin. Im Nu ist Max ruhig und wedelt mit dem Schwanz. Danach tobt er mit Benji durchs Wohnzimmer, sodass die Staubkörner durch die Luft tanzen. Wir wären wirklich eine tolle Patchworkfamilie!

«Ich wollte mal nachschauen, ob Piet noch bei dir ist. Ich habe das Abendbrot fertig.»

«Wir haben eifrig gelernt und gar nicht bemerkt, dass es schon so spät ist.»

Magnus bleibt draußen stehen und wartet auf seinen Sohn, der sich die Schuhe anzieht.

«Danke, dass du Piet hilfst. Deutsch ist nicht gerade mein Fach.»

«Das mache ich doch gerne. Piet ist ein sehr gelehriger Schüler.»

«Dann noch einen schönen Abend», verabschiedet sich Magnus und nimmt Benji an die Leine.

Als ich am nächsten Morgen erwache, höre ich leise die Brandung der Nordsee. Ein Geräusch, das mir mittlerweile schon sehr vertraut ist. Der Himmel zeigt sich von einem herrlichen Blau und lässt das Meer grün leuchten. Max schläft noch, wird aber sofort wach, als ich meine Füße auf die knarrenden Holzdielen setze.

Der junge Tag fühlt sich an, wie einer dieser guten Tage, an dem einem alles gelingt, an dem man Glücksgefühle erlebt und der angenehme Überraschungen für einen bereithält.

Nach meiner morgendlichen Runde am Strand kaufe ich mir meine Lieblingsbrötchen und frühstücke im Strandkorb.

Ich liebe mein neues Leben, meine Freiheit und die Insel, auf der ich mich bereits zuhause und angekommen fühle, so wie Rike, die zwar die meiste Zeit über alleine gewesen ist, sich aber auf Amrum wohlgefühlt hat. Vielleicht ist es mein Schicksal, dass ich auf die Insel kommen sollte, dass ich Bilder male und alleine in dem Haus leben werde, in dem ich Rikes Geist spüre?

Nach dem Frühstück baue ich mir die Staffelei im Garten auf und male das Meer und ein Stück vom bunten Blumenbeet.

Mittags wird er sehr warm, sodass ich meine Badesachen einpacke und ans Meer gehe. Während Max meine Kleidung am Strand bewacht, steige ich in die Fluten und genieße das erfrischende Bad in der Nordsee, die mir nicht mehr ganz so kalt vorkommt. Als ich aus dem Wasser komme, sehe ich Magnus, der mit Benji unterwegs ist. Ich winke ihm eifrig zu, aber er sieht mich nicht, da der Strand an diesem herrlichen Sommertag voller Touristen ist. Ich rufe laut seinen Namen und wedele mit meinem Arm. Schließlich wird mein Nachbar auf mich aufmerksam und steuert auf mich zu. Ich habe eine leichte Gänsehaut und löse meinen Dutt, sodass mir meine feuchten Haare über die Schultern fallen.

«Hallo, Magnus. Wie geht es dir?», frage ich und bin sichtlich nervös und schaue auf meine lackierten Zehennägel.

«Gut. Heute ist ein herrlicher Tag. Piet kommt später aus der Schule und ich musste mal eine Runde mit Benji drehen, da es unterm Dach ziemlich heiß ist.»

Die Hunde sind bereits beste Freunde und toben über den Strand.

Ich muss endlich mit Magnus reden, bevor er nach Spanien reist und mir Alicia diesen tollen Mann vor der Nase wegschnappt.

«Ich zieh mich rasch an und dann können wir ein Stück laufen», schlage ich ihm vor.

«Gerne. Die Hunde sind bereits ein Herz und eine Seele.»

Ich ziehe mir ein Kleid über den nassen Bikini und hänge mein Badetuch um die Schultern.

Es herrscht zunächst betretenes Schweigen, dann nehme ich all meinen Mut zusammen.

«Magnus, ich wollte dir sagen ..., dass ich meinen Freund verlassen habe. Ich werde fest auf Amrum wohnen. Ich habe zwar noch keine Ahnung, was ich hier tun werde und wie es mir im Winter gefällt, aber ich fühle mich hier sehr wohl.»

Ich schiebe meine Sonnenbrille ins Haar und bleibe stehen, schaue fest in Magnus wunderschöne Augen, in die ich jeden Morgen nach dem Erwachen sehen möchte. Ich balle meine Hände zu Fäusten und sage mit bebenden Lippen: «Magnus, ich ... liebe deinen tollen Sohn und vor allem ... liebe ich dich. Ich wünsche mir nichts sehnlicher, als ein Teil eurer kleinen, tollen Familie zu werden.» Mein Herz wummert und ich zittere am ganzen Körper.

Magnus sieht mich durchdringend an und fährt sich durch sein blondes Haar, das der Wind in Unordnung gebracht hat. Er schweigt einige Sekunden, in denen ich bange, in denen ich mir vorstelle, dass er mir einen Korb gibt, weil er sich in Alicia verliebt hat.

Schließlich nimmt er mein Gesicht in seine großen Hände und drückt mir einen sanften Kuss auf meine bebenden Lippen. Die Hunde springen an uns hoch und bellen, doch wir ignorieren sie, da wir in einem wundervollen Kuss verschmelzen. Als Magnus seine Lippen von meinem Mund löst, sagt er: «Ich liebe dich sehr, Emilia. Die ganze Zeit über habe ich gehofft, dass du auf Amrum bleiben wirst und deinen Freund verlässt. Bin ich dir denn nicht zu alt und zu langweilig? Schließlich bin ich noch nie von Amrum weggekommen.»

«Nein, überhaupt nicht. Ich mag reife Männer, die ihrer Heimat treu bleiben. Was meinst du, was Piet sagen wird, wenn wir ihm erzählen ...?»

«Piet! Er wird Luftsprünge machen. Er hat mir mehrmals gesagt, wie toll es wäre, wenn du meine Frau und seine Stiefmutter wirst, aber er hat nicht damit gerechnet, dass das wahrwerden könnte. Ich habe ihm ja auch verheimlicht, dass ich in dich verliebt bin.»

«Da bin ich aber erleichtert. Ich dachte, dass Piet mich zu jung finden würde. Was ist mit Alicia?»

«Was soll mit ihr sein?», fragt mich Magnus verwundert und legt einen Arm um meine Schulter.

«Sie ist sehr hübsch und kann ausgezeichnet kochen und ... ich hatte Sorge, dass du dich in sie verliebst.»

«Oh, ja, sie ist ohne Zweifel eine sehr attraktive Frau, aber nicht mein Typ. Sie ist mir zu temperamentvoll. Und ich hatte Sorge, dass du wieder mit deinem Freund zusammen bist. Als er mir halbnackt die Tür geöffnet hat, dachte ich ...»

«Keine Sorge, da läuft schon lange nichts mehr zwischen uns. Wollen wir es Piet heute Abend sagen? Kommt doch zu mir. Ich koche uns etwas.»

«Ja, das können wir machen. Ich kann dir gar nicht sagen, wie glücklich ich bin und habe das Gefühl, dass ich träumen würde. Als ich dich das erste Mal gesehen habe, habe ich mich sofort in dich verliebt, aber du schienst mir so unerreichbar. Ich habe mir so oft vorgestellt, dass wir alle drei zusammenleben und eine glückliche Familie sind.»

«Wir werden eine ganz tolle Familie werden, da bin ich mir ganz sicher.»

«Aber wo wird die Familie wohnen?»

«Das müssen wir noch alles in Ruhe besprechen.»

Magnus drückt mich an seinen kräftigen Körper und küsst mich zärtlich.

Ich wusste doch gleich am Morgen, dass es ein wunderschöner Tag werden wird.

Da ich es nicht für mich behalten kann und vor Glück fast platze, rufe ich nach meiner Rückkehr vom Strand Amelie an.

«Hallo, wie geht es Marlon?», erkundige ich mich zunächst und kann es kaum erwarten, mit der Neuigkeit herauszuplatzen.

«Er ist wieder ganz der Alte und rennt schon wieder in der Wohnung herum wie ein Irrer. Und bei dir?»

«Bei mir gibt es große Neuigkeiten.»

«Erzähl!»

«Ich habe es heute endlich getan und Magnus gesagt, dass ich ihn liebe und Elias verlassen habe.»

«Und?»

«Er hat nichts mit der Spanierin und liebt mich. Ist das nicht toll? Ich bin so happy und könnte vor Glück Purzelbäume schlagen. Heute

Abend werden wir es Piet sagen. Er wird sich auch freuen, denn er hat sich gewünscht, dass ich und sein Vater ein Paar werden.»

«Dann ist ja alles in Butter.»

«Und was ist mit Noel? Auch alles in Butter?»

«Nein, leider nicht. Er hat sich aus dem Staub gemacht. Er meint, dass er doch kein Familienmensch ist und seine Freiheit braucht.»

«Das tut mir leid, Amelie.» Lag es an Marlon, der jeden vergraulen kann?

«Du wirst auch noch den passenden Mann und Vater für Marlon finden. Kommt doch auf die Insel, wenn ihr Zeit habt.»

«Gibt es da noch einen zweiten Magnus?»

«Vielleicht. Ich drücke dich und sei nicht so traurig wegen Noel.»

«Schon vergessen!»

Ich schwebe auf einer Wolke, singe auf einmal, obwohl ich es nicht gut kann, tanze durchs Haus, koche voller Begeisterung, decke den Tisch auf der Terrasse und freue mich unbändig auf meine Männer, auf meine neue Familie. Niemals hätte ich gedacht, dass ich auf dieser kleinen Insel meine große Liebe finden würde, dass ich hier mein Glück finden sollte, in Rikes Haus, die vielleicht auch sehr glücklich war, bis sie von Carls Betrug und seinem Tod erfuhr?

Als es an der Tür klingelt, rennt Max sofort los und springt bis an die Türklinke. Piet fällt mir sofort um den Hals und flüstert mir ins Ohr: «Das habe ich mir so gewünscht. Das erste Mal in meinem Leben habe ich sogar gebetet und er hat mich tatsächlich erhört. Du kannst dir nicht vorstellen, wie glücklich du mich und auch meinen Vater machst. Wir lieben dich sehr, Emilia und hoffen, dass du bei uns bleiben wirst.»

Tränen schießen in meine Augen. Piet lässt mich gar nicht wieder los und drückt seinen Kopf gegen meine Brust. Sicherlich denkt er an seine Mutter. Ich werde alles dafür tun, damit Piet glücklich wird. Magnus drängt seinen Sohn behutsam zur Seite, um mich zu küssen.

Wir haben nach einigen Umwegen endlich zueinandergefunden. Ich bin mir sicher, dass wir eine sehr gute Zeit vor uns haben werden und hoffe, dass das Schicksal es gut mit uns meint.

Piet überreicht mir ein Kunstwerk aus Strandgut, es ist ein verrostetes Hufeisen, das er auf ein Stück Holz genagelt hat. Dann kann ja nichts mehr schiefgehen und wir werden das Glück auf unserer Seite haben.

**ENDE**

Liebe Leserinnen, liebe Leser,

es freut mich sehr, dass Sie mein Buch gelesen haben. Ich hoffe, dass es Ihnen gefallen hat und Sie noch weitere Werke von mir lesen werden. Wenn Sie sich die Mühe machen, eine Rezension zu schreiben, wäre ich Ihnen sehr dankbar. Sie können aber auch einfach nur Sternchen vergeben (nach den Leseproeben), ohne eine Bewertung zu schreiben. Falls Sie Fragen oder Kritik üben möchten, scheuen Sie sich nicht, mir eine E-Mail (andrea.froh@gmx.de) zu schreiben.

Alles Gute, bleiben Sie gesund und liebe Grüße

Andrea Froh

Meine weiteren Werke:

Zeit für eine neue Liebe
Sylter Herbstregen – Stürmische Zeiten
Sylter Glücksregen – Die beste Entscheidung meines Lebens
Zwei Sommer mit dir
Paradiesische Dezembertage
Amore mio – mein Herz lässt dich nicht los
Wundervolle Weihnachten
Tränen unter dem Mandelbaum
Ein Haus, 4 Frauen und das Leben
Unruhe in meinem Herzen
Verheiratet bis Weihnachten
Zeit des Schmerzes - Zeit des Glücks
Wechseljahre - Liebeswechsel (Teil 1 und 2)
Charlotte & Johann
Verlogene Liebe
4 Herzen für Paul
Adeus Lissabon
Ihn oder ihn?
B+B=Liebe?
Ein Hundemasseur zum Verlieben
Liebes Lebens Pläne
Ist er bestimmt für mich?
Frau im besten Alter auf Suche
Kanarische Liebeswelle
Felicita im Un-Glück
Adios Alltag, hola Abenteuer
Gesellschaft im Berg
Forbilt
Zucker ade - Tut das wirklich weh?
Schlanker und vor allem gesünder werden
Veggie Kochbuch mit Geschichtenbeilage

«Wie grau und trist Hamburg im Winter aussieht. Ich kann es kaum erwarten, dass die Bäume grün werden und wir bei «Marcella» im Garten Spaghetti aglio essen können.»

Lenas Worte erreichen mich nicht, denn meine Gedanken hängen woanders, seit fünf Jahren driften sie regelmäßig ab, werden an den kleinen österreichischen Ort gelenkt, den wir in diesem Jahr zum fünften Mal besuchen werden.

Meine Freundin Lena blättert in einer Illustrierten, da sie bemerkt, dass ich keine Lust auf Konversation habe. Ich starre aus dem Fenster und hefte meine Augen auf Gebäude und Bäume, die an uns vorbeiflitzen. Je näher wir unserem Ziel kommen, desto schwerer wird mein Herz und schreckliche Szenen laufen vor meinem inneren Auge ab. Seit fünf Jahren habe ich Alpträume und bekomme die entsetzlichen Bilder nicht aus dem Kopf. Ich sehe eine mächtige Schneelawine in Zeitlupe auf eine große Gruppe von Skiläufern zukommen, höre herzzerreißende Schreie und dann Totenstille.

«Carlotta, schau mal! Sieht der Adventskranz nicht toll aus? Den werde ich basteln.»

«Sehr hübsch!» Ich schaue nur flüchtig auf das Bild und freue mich weder auf die Adventszeit noch auf Weihnachten, da ich ohne meine

Familie in meiner Wohnung sitzen und Trübsal blasen werde, denn meine Eltern befinden sich am anderen Ende der Welt.

Kurz bevor wir den verschneiten Wintersportort erreichen, greift Lena nach meiner Hand und drückt sie ganz fest. Ich will nicht schon wieder weinen, aber ich kann es nicht verhindern und spüre, wie dicke Tränen über meine Wangen rollen.

«Lena, ich bin dir so dankbar, dass du mich jedes Jahr begleitest», sage ich mit tränenerstickter Stimme und löse mich aus ihren Händen, um meine Wangen trocken zu wischen.

«Das mache ich doch gerne. Trotz dessen, dass hier so etwas Schlimmes passiert ist, ist der Ort wunderschön. Schau! Wie hoch der Schnee liegt und dazu der strahlend blaue Himmel.»

«Es ist wirklich schön, aber mein Herz wird hier immer so verdammt schwer ...»

Die Bremsen des Zuges quietschen. Wir hüllen uns in dicke Daunenjacken, stülpen Wollmützen über unsere warmen Köpfe und laufen auf müd gewordenen Beinen durch den Waggon.

Als wir auf dem zugigen Bahnsteig stehen, atmen wir die klare Luft tief ein und lockern unsere steif gewordenen Glieder. Der Schnee blendet, sodass wir unsere Augen zusammenkneifen und nach den Sonnenbrillen suchen.

Eine Handvoll Menschen schwappt aus dem Zug auf den kleinen Bahnsteig. Kaum haben wir uns in Bewegung gesetzt, hören wir Antons Stimme, die uns immer wieder erheitert, denn sie ist sehr hell und passt so gar nicht zu seiner äußeren Erscheinung, denn Anton ist ein kräftiger Mann mit einem feisten Gesicht, kleinen dunklen Augen und buschigen Augenbrauen, die ich zu gerne kappen würde.

«Griaß enk! Fesch schaut ihr wieder aus. Ihr werdet immer jünger. Hattet ihre eine gute Reise?»

Anton nimmt sofort die Koffer an sich und mustert uns mit einem breiten Lächeln.

«Griaß di, Anton,» sagen wir im Kanon und müssen lachen. Über einer Höhe von 1000 Metern über dem Meeresspiegel spricht man in Österreich jeden per Du an.

Wir patschen durch den Schneematsch und folgen dem Hotelangestellten, der unsere Koffer im Kleinbus verstaut.

Meine Gefühle sind gemischt, wie jedes Jahr, wenn ich diesen Schicksalsort besuche. Zum einen fühle ich mich an dem beschaulichen Platz geborgen und bin fasziniert von der wunderschönen Bergwelt, zum anderen ist hier dieses Unglück geschehen, das die Welt niemals vergessen wird, dass diesem Ort etwas Tragisches und Dunkles verleiht, das er nicht verdient hat, denn er zeigt sich unschuldig und schön, so als wäre niemals etwas geschehen.

Anton ist immerzu fröhlich und redet viel. Zu Weihnachten und an meinem Geburtstag schickt er mir Postkarten, auf denen jedes Mal derselbe Text steht. Gleich bei unserer ersten Begegnung hatte ich das Gefühl, dass er sich für das Unglück mitverantwortlich fühlt, obwohl er gar nichts damit zu tun hatte. Aber es ist nun mal seine Heimat, in dem die Katastrophe geschah und für immer etwas Dunkles an sich kleben haben wird.

Als Anton uns aus dem Wagen hilft, kommt Marianne, der das schnuckelige Hotel gehört, in dem wir jedes Jahr für eine Woche absteigen, auf uns zugestürmt. Wie immer trägt sie schwarze Lackpumps und ein adrettes Dirndl, von dem sie mehrere Dutzend besitzt. Wir liegen uns in den Armen und auch dieses Mal fließen Tränen, denn Freude und Trauer bewegen uns.

Ich bin erschöpft von der langen Zugfahrt, zudem plagt mich seit einer Woche ein quälender Husten, den ich nicht richtig auskuriert habe.

Marianne bringt mir sofort einen Kräutertee, der bitter schmeckt. Die Kräuter sammelt sie im Sommer weit oben in den Bergen an geheimen Orten, die nur sie und ihre Mutter kennen. Die Hotelbesitzerin ist wie eine liebe Großmutter zu uns, was ich genieße, denn eine Oma habe ich nicht mehr und meine Eltern gondeln in der Welt herum, um die Menschheit auf die Klimakatastrophe aufmerksam zu machen. Ich finde es sehr lobenswert, dass sie engagiert sind, aber fühle mich auch vernachlässigt und alleine gelassen. Zwar haben meine Eltern mich eingeladen, über Weihnachten auf die andere Seite der Erde zu fliegen, jedoch habe ich weder Lust auf einen Langstreckenflug, der nicht gerade klimafreundlich ist, noch Spaß daran, mit ihnen in einem klapprigen Wohnmobil den Heiligen Abend zu feiern.

Lena stellt sich dünn bekleidet auf den Balkon, um den grandiosen Ausblick zu genießen. Sofort strömt eiskalte Luft ins Zimmer, die mich sofort frösteln lässt. Ihre Augen schauen auf die Stelle, an der das Unglück geschehen ist. Der beschauliche Ort und die vielen Pisten sind mit Touristen überfüllt. Viele von ihnen wissen sicherlich nicht, was hier Schlimmes geschehen ist. Aber das ist auch gut so, denn im Urlaub möchte man sich entspannen und nicht an negative Ereignisse erinnert werden.

Ich krieche unter die dicke Daunendecke und verschränke meine Arme hinterm Kopf. Lena hält es lange draußen aus und kommt nach einigen Minuten zu mir ins Bett gekrochen.

«Willst du dich auch erkälten?»

«Ich bin abgehärtet. Soll ich dich ein bisschen schlafen lassen? Ich bin nicht müde und werde etwas laufen.»

«Ich brauche eine kleine Pause. Du kannst mich in einer Stunde wecken, falls ich nicht von alleine aufwache. Zieh dich warm an!»

«Ja, Mutti!» Lena lächelt und streichelt mir liebevoll über den Kopf. Wenn ich sie damals nicht gehabt hätte ... Lena und meine Eltern sind mir damals eine große Stütze gewesen. Ohne sie hätte ich das alles nicht durchgestanden.

Ich schlafe schnell ein und träume wieder diesen Traum, den ich bereits unzählige Male geträumt habe. Ich sehe eine gigantische Schneelawine auf mich zukommen, will wegrennen, aber kann es nicht, denn meine Beine bewegen sich nicht. Der weiße Tod deckt mich und viele andere Menschen unter sich zu. Dann sehe ich Fin, er lächelt mich an, will zu mir und mich umarmen, plötzlich ist er weg.

Schweißgebadet erwache ich und spüre, wie mein Herz rast. Ich japse nach Luft, da meine Bronchien angegriffen sind. Lena ist nicht im Zimmer. Der Blick auf die Uhr zeigt mir, dass ich zwei Stunden geschlafen habe. Benommen trinke ich den kalten Kräutertee, der scheußlich schmeckt und spucke ihn ins Waschbecken. Im Spiegel sehe ich eine Frau mit einem traurigen Gesichtsausdruck. Meine Wangen glühen und meine grünblauen Augen leuchten über meiner Nase, die mit zahlreichen Sommersprossen verziert ist. Als Kind habe ich die wilden Pünktchen nicht leiden können, aber nun mag ich jede einzelne Sprosse.

Im Flur höre ich Schritte und Stimmen. Kurze Zeit später steht Lena im Raum und schaltet das Licht an.

«Hi, was machst du hier im Dunkeln? Ich wollte dich vor einer Stunde wecken, aber du hast so tief geschlafen, dass ich dich nicht stören wollte.»

«Ich habe wieder geträumt …» Ich ziehe mich aus und versuche ein fröhliches Gesicht zu machen.

«Das wird wohl nie aufhören mit deinen Alpträumen. Es war herrlich draußen. Der Schnee liegt meterhoch. Ich war unten und habe einen Tee getrunken und mit Marianne geplaudert.»

«Hast du eben mit jemandem im Flur geredet?»

«Ja, nebenan wohnt ein Mann, der mich begrüßt hat. Er ging auch gerade in sein Zimmer. Er sieht ziemlich gut aus, trägt aber einen Ring an seiner rechten Hand.» Lena zieht ein enttäuschtes Gesicht.

«Ich gehe jetzt duschen und danach könnten wir essen gehen. Wollen wir im Hotel speisen oder gegenüber?»

«Das darfst du entscheiden. Wir können gerne im Hotel bleiben.»

«Ja, finde ich gut. Ich habe nämlich großen Appetit auf Mariannes Schnitzel.»

Lange lasse ich heißes Wasser über meinen Körper laufen und atme den Duft des Duschgels ein, das nach Wald duftet. Lena hat den Fernseher eingeschaltet und sieht sich Nachrichten an. Nebenbei liest sie auf ihrem Handy und schiebt sich Erdnüsse in den Mund.

Die gemütliche Gaststube, in der ein knisterndes Feuer im Kamin lodert, ist gut gefüllt und bereits adventlich dekoriert. Marianne hat unseren Lieblingsplatz freigehalten und reicht uns die neue Speisekarte, auf der zum Glück noch das Schnitzel steht. Ich liebe die österreichische Küche, vor allem die Süßspeisen wie Kaiserschmarrn oder Marillenknödel. Nach unserer Österreichreise bringe ich jedes Mal vier Pfund mehr auf die Waage, was nicht tragisch ist, da ich viel zu dünn bin.

Immer wenn ich den Gastraum betrete, stelle ich mir vor, an welchem Tisch Fin gesessen, was er bestellt und wie er sein Essen hastig in sich hineingeschaufelt hat.

«Heute nehme ich vorweg die Grießnockerlsuppe und danach ... die Kasnocken mit Salat. Und wenn ich dann noch kann, würde ich einen Marillenknödel essen.»

«Da hast du dir ja ganz schön was vorgenommen. Ich schaffe bestimmt nicht mal das Schnitzel», meint Lena und sieht verträumt in das Feuer.

Während meine Freundin gierig ihre Suppe löffelt, starre ich aus dem Fenster, in die Dunkelheit. In der kommenden Nacht soll es sehr kalt werden und für den nächsten Tag ist Neuschnee angekündigt. Sobald ich in diesem beschaulichen Ort bin, wandern meine Gedanken ständig zu dem Tag, an dem sich das Unglück ereignet hat. Einen Tag bevor das Schicksal mich und meinen Freund für immer trennte, hatte es ebenfalls kräftig geschneit. Fin hatte genau an diesem Tisch gesessen, hatte sich auf die restlichen drei Tage im Schnee gefreut. Sicherlich hatte er sein heißgeliebtes Weizenbier getrunken und ein deftiges Fleischgericht gegessen. Wenn ich die Zeit doch nur zurückdrehen könnte ... Wäre Fin doch zuhause geblieben ... Immer wieder lasse ich die Tage vor dem Unglück Revue passieren, mache mir Vorwürfe, dass ich die Katastrophe hätte verhindern können.

Wir wollten im Sommer heiraten, hatten uns bereits ein Häuschen im Grünen ausgesucht und planten zwei Kinder zu bekommen. War es Schicksal oder einfach nur Pech, dass mein Verlobter so jung sterben musste? Ich habe mich redlich bemüht, nicht mehr mit dem Schicksal zu hadern, habe versucht, ohne Fin weiterzuleben, ihn loszulassen und mich für eine neue Liebe zu öffnen, aber ich habe es bisher noch nicht geschafft. Ich weiß, dass alle um mich herum genervt sind, es nicht verstehen können, dass ich noch immer trauere, aber sie haben ja auch nicht so einen schweren, völlig überraschenden Verlust erlitten. Zwei Männer hatten nach Fins Tod versucht in mein Leben zu kommen, aber ich habe sie nicht hineingelassen, habe sie immerzu mit Fin verglichen und ihnen keine Chance gegeben, mich glücklich zu machen. Kann ich mich jemals wieder richtig verlieben, einen Mann in mein Leben lassen, der es mit Fin aufnehmen kann? Manchmal hege ich sogar noch die leise Hoffnung, dass mein geliebter Freund plötzlich wieder auftaucht, dass er nicht gestorben ist und sich für einige Zeit einfach nur versteckt hat.

«Die Suppe ist köstlich. Möchtest du mal probieren?», reißt Lena mich aus meinen Gedanken.

«Nein, danke. Schau mal! Es fängt schon an zu schneien.»

«Wie schön! Ich liebe den Schnee. Carlotta ...» Meine Freundin legt ihre perfekt manikürte Hand auf die meine.

«Versuche, nicht immerzu an das Unglück zu denken. Es ist nun schon so lange her und ... Ich weiß, dass Fin deine große Liebe gewesen ist, aber du musst jetzt zusehen, dass du eine neue Liebe findest und dir deinen Kinderwunsch erfüllst. Du bist bald dreißig! Fin hätte es gewollt, dass du seinen Platz neu besetzt.»

Lena hat recht, dennoch mag ich ihre Ratschläge nicht mehr hören.

«Ich bemühe mich ja auch, aber ...»

«Einmal das Schnitzel und die Kasnocken», unterbricht Marianne mich und stellt uns große Teller auf die perfekt gebügelte und gestärkte Tischdecke.

«Lass uns das Essen jetzt genießen. Schau mal! Der Mann, der sich gerade dahinten in die Ecke setzt, wohnt direkt neben uns. Der sieht ja noch besser aus als vorhin.»

«Nun guck doch nicht so auffällig zu ihm hin!», ermahne ich Lena und werfe ihr einen bösen Blick zu.

«Er schaut doch die ganze Zeit über auf sein Handy und merkt es gar nicht. Er sieht wie ein Italiener aus», sagt sie etwas abfällig.

«Du hast ihn doch vorhin gegrüßt. Hat er «Ciao» gesagt?»

«Ne, weiß ich nicht mehr. Der könnte mir gefallen, allerdings habe ich mir, nach dem Reinfall mit Stefano, geschworen, keinen Italiener mehr zu daten.»

«Du bist ja nur enttäuscht gewesen, weil er seine Mutter mehr liebte als dich. Aber ich fand das total süß. Wenn ich einen Sohn hätte, der mich so liebt wie dein Stefano seine Mutter, dann wäre ich sicherlich eine glückliche Mama.»

«Ich erwarte von meinem Partner, dass er mich mit voller Hingabe und Aufmerksamkeit liebt. Oh, jetzt hat er zu uns geguckt!»

«Ja, weil du ihn die ganze Zeit über anstarrst! Das ist echt peinlich! Zudem hast du doch gesagt, dass er einen Ring an seinem rechten Finger trägt.»

«Aber wo ist seine Frau?»

«Es gibt auch Männer, die ohne ihre Frauen verreisen.» Ich muss an Fin denken, der ja auch ohne mich hier gewesen ist.

«Vielleicht lebt er in Scheidung oder der Ring ist gar kein Ehering? Vielleicht liebt er auch Männer?», flüstert Lena und macht mich mit ihren Spekulationen ganz verrückt.

«Nun genieße mal deine Nocken und lass den armen Mann in Ruhe. An dem Schnitzel kann ich drei Tage essen. Marianne meint es gut mit mir, aber so viel kann ja nicht mal ein ausgewachsener, hungriger Mann verdrücken.»

Lena kann es nicht lassen, den Mann weiterhin zu beobachten. Da ich mit dem Rücken zu ihm sitze, kann ich ihn leider nicht sehen, aber meine Freundin hält mich auf dem Laufenden. Sie erzählt mir, was er isst, was er trinkt, dass er traurig aus dem Fenster schaut und sich immer wieder durch sein dichtes, dunkles Haar fährt.

«Wollen wir noch etwas laufen?», schlage ich Lena vor, da meine Beine kribbeln und mein Bauch sehr voll ist.

«Ja, gerne.»


Die Schritte knirschen im festen Schnee und unsere Nasen werden rasch kalt und rot. Wir laufen durch den belebten Wintersportort, in dem alle Lokale gut besucht sind. Mittlerweile kenne ich jeden Winkel, jedes Restaurant und ein paar Einheimische. Einige Einwohner wissen wer ich bin und konnten sich sogar an Fin erinnern, mir erzählen, dass sie ihm begegnet waren, denn Fin war ein auffällig hübscher, offener Mann, der mit jedem sofort ins Gespräch kam.

«Hast du heute noch gar nicht mit deinen Eltern gesprochen?», erkundigt sich Lena und nimmt Schnee von einer Mauer, den sie zu einer Kugel formt.

«Ich melde mich morgen bei ihnen.»

«Willst du nicht doch Weihnachten bei uns feiern? Meine Eltern und vor allem Leon würden sich sehr freuen.»

«Das ist lieb von euch, aber es stört mich wirklich nicht, alleine zu sein. Ich kann es mir auch schön machen. Ich werde mir einen kleinen Baum kaufen, Sushi bestellen und einen alten Märchenfilm ansehen. Dann stelle ich mir vor, dass ich die Prinzessin bin und werde rundum zufrieden sein.»

«Ist doch doof allein. Also ich möchte Weihnachten niemals alleine sein. Guck mal! Da ist er wieder. Und er ist noch immer ohne weibliche Begleitung.»

«Pst! Nun zeig doch nicht noch so auffällig mit dem Finger auf ihn», zische ich Lena an und kann mich nicht beherrschen den Mann, der in meinem Alter ist, intensiv zu betrachten.

«Der ist so süß! Morgen werde ich ihn ansprechen und sicherlich schnell herausfinden, ob er liiert ist.»

«Tu, was du nicht lassen kannst. Mir ist jetzt kalt und ich gehe ins Hotel. Du kannst ihm ja hinterherlaufen und ihn ausfragen.»

«Nein, wir beide kuscheln uns jetzt unter die Decke und gucken noch etwas Fernsehen.»

In der Nacht wälze ich mich und falle in Träume, die ich schon so oft geträumt habe. Immer wieder kommen Schneemassen auf mich zu und ich sehe Fin, der herzzerreißend schreit und versucht vor der Lawine wegzulaufen.

Da ich nach dem Alptraum nicht wieder einschlafen kann, stehe ich auf und stelle mich kurz auf den Balkon, bis ich friere. Dicke Schneeflocken setzen sich auf meinen Kopf und wehen in mein Gesicht. Es ist ganz still und so friedlich im Ort. Lena schläft tief, während ich durchs Zimmer laufe und ein Glas Wasser trinke. Ich muss viele Schäfchen zählen, bevor ich endlich wieder einschlafe.

Gegen acht Uhr werde ich wach und sehe mir entzückt die verschneite Landschaft an. Lena reibt sich ihre Augen und dehnt sich, bevor sie aus dem Bett springt, um ihr Handy zu holen.

«Oh, nein. Annabelle hat mir geschrieben. Ich soll eine kurze Reportage über ein neues Wellness Resort schreiben.»

«Und wo ist das Resort?»

Lena wirft wütend ihr Handy auf die zurückgeschlagene Bettdecke und verzieht ihr Gesicht.

«Ungefähr dreißig Kilometer von hier entfernt.»

«Freu dich doch! Du kannst kostenlos dort wohnen, speisen und dich verwöhnen lassen.»

«Ja, schon, aber ich wollte die Zeit gerne mit dir verbringen. Oder du kommst mit?»

«Nein, ich möchte gerne hierbleiben. Du weißt schon, warum.»

«Ich kann dich verstehen. Annabelle hat mir schon ein Zimmer reserviert. Ich werde dann nach dem Frühstück aufbrechen.»

«Nun zieh keinen Flunsch! Du hast einen tollen Job, um den ich dich beneide. Es macht mir nichts aus, alleine zu sein», versichere ich ihr und versuche meine Enttäuschung zu verbergen.

Beim Frühstück macht Lena mich wieder auf den Italiener aufmerksam, der allein an unserem Nebentisch sitzt, wenig isst, jedoch viel Kaffee mit aufgeschäumter Milch trinkt. Er liest die ganze Zeit über auf seinem Handy und interessiert sich nicht für seine Umwelt. Obwohl Lena extra laut kichert und redet, schaut er nicht ein einziges Mal zu uns.

Mein Blick wandert immer wieder zu dem Mann, der mich in seinen Bann zieht, obwohl er uns keines Blickes würdigt. Eigenartigerweise habe ich das Gefühl, dass uns etwas verbindet, aber was es ist, weiß ich nicht.

Warum macht er als Italiener in Österreich Urlaub? Die Italiener haben doch selbst schöne Skigebiete. Vielleicht ist er beruflich unterwegs? Ich könnte Marianne fragen, ob sie den Gast kennt, aber möchte nicht neugierig wirken. Vermutlich wird Lena ihn bald ansprechen, da sie kein bisschen schüchtern ist und grundsätzlich bei allen Männern, die sie interessieren, die Initiative ergreift.

«Carlotta, hast du mir eben nicht zugehört? Wollen wir uns noch ein Brötchen teilen?»

«Ja, nein, entschuldige, ich …»

Lena legt mir ein halbes Brötchen auf den Teller und schmiert dick Butter auf ihre Hälfte. Sie schüttelt den Kopf und denkt vermutlich, dass ich wieder mal an Fin denke.

«Ich wusste doch, dass er nichts für dich ist! Ich hatte immer das Gefühl, dass er sein Auto mehr liebt als dich», stellte meine Mutter mit Genugtuung fest und polierte konzentriert ein Glas, das sie vor ein paar Jahren als Senfglas gekauft hatte und das seitdem als Trinkglas diente. Das war gelebte Nachhaltigkeit! Mutter hauchte das Trinkgefäß an und tat so, als wäre es teures Kristall.

Mein Kopf, der mit traurigen Gedanken vollgestopft war, lag auf meinen geballten Fäusten und meine tränenerfüllten Augen starrten in den kleinen Vorgarten, der in den Wintermonaten äußerst trist ausschaute.

«Du bist noch jung, aber dein Äußeres ... du musst mal mehr aus dir machen, sonst werden die Männer ... Wenn du ein bisschen abspeckst und ...»

Es dauerte ein paar Sekunden bis ich realisierte, was Mutter für unsensible Worte von sich gab. Ich riss meine Augen auf und starrte die Frau, die mir vor 29 Jahren das Leben geschenkt hatte, entgeistert an.

Mutter drückte mir das dämliche Senfglas in die Hand, aus dem Vater täglich seine Vollmilch trank. Zur Krönung kniff sie mir auch noch aufmunternd in das zarte, speckige Wangenfleisch. Das brachte mich vollends zum Kochen.

257

«Ich muss jetzt zum Sport, damit ich nicht so werde wie du. Du kannst ja den Rest abtrocknen.»

Ich stampfte mit dem rechten Fuß wütend auf die harten Fliesen, dass meine Ferse schmerzte und ich einen spitzen Wutschrei von mir gab; setzte mich auf den verblichenen, gelben Kunststoffstuhl und betrachtete die alte Küche, in der sich seit vierzig Jahren nichts verändert hatte. Warum konnten meine Eltern sich nicht endlich mal eine moderne, schicke Küche kaufen? Diese gelben Fronten, die noch tadellos aussahen, konnte ich einfach nicht mehr sehen!

Obwohl ich böse auf meine Mutter war, die ziemlich direkt sein konnte, trocknete ich brav den großen Geschirr Berg ab und warf nach getaner Arbeit das klatschnasse Handtuch auf die Eckbank. Früher hatte ich hier jeden Nachmittag unkonzentriert meine Hausaufgaben erledigt.

Vater saß mit einem dicken Buch auf dem Sessel, den er zu seinem 70. Geburtstag von uns geschenkt bekommen hatte. Er war nicht begeistert gewesen, als wir ihn mit verbundenen Augen in den Multifunktionsstuhl gesetzt hatten. «Der ist doch was für alte Leute», hatte er abfällig bemerkt und ein enttäuschtes Gesicht gezogen. Über eine Stange Zigaretten hätte er sich vermutlich mehr gefreut. Doch nach einigen Wochen hatte er sich an den Sessel gewöhnt und wusste seine Vorzüge zu schätzen.

Vater bemerkte mich nicht und ich hüstelte kräftig als ich ins Wohnzimmer trat. Zwischen seinen Lippen klemmte eine ausgerauchte Zigarette.

«Ich geh jetzt!», informierte ich ihn laut und verfolgte den bläulichen Rauch, der an die Decke mit dem Grauschleier aufstieg. Der Geruch in der Wohnung erinnerte mich an eine Kneipe. Auch die vier Duftlampen änderten nichts daran.

Da Vater schlecht hörte, wiederholte ich den Satz so laut, dass er aufschreckte und mich ansah, als wäre ich ein maskierter Einbrecher. Ich drückte ihm einen Kuss auf die Stirn und stellte den schweren, gläsernen Aschenbecher auf seinen linken Oberschenkel. «Papa, pass auf, dass du mit der Zigarette nicht wieder einschläfst, sonst habt ihr bald kein Heim mehr. Bei mir könnt ihr nicht wohnen.»

«Ja, ja. Warum ist dein … Ludwig denn heute nicht mitgekommen?» Vater drückte den Zigarettenstummel aus und schlug das dicke Buch zu.

«Leon!», korrigierte ich ihn und rollte mit den Augen. Er tat so, als hätte ich jeden Monat einen neuen Mann, sodass man mit den Namen durch den Tüdel kam. Ich nahm ihm den vollen Aschenbecher aus der Hand. «Wir haben uns getrennt.»

«Was? Warum das denn? Deine Mutter und ich haben uns schon auf eine baldige Hochzeit gefreut und dachten, dass du … dein Bauch ist in letzter Zeit so dick und wir … »

«Tut mir leid, ich bin nur dick und nicht schwanger! Leon und ich passten nicht zusammen. Es ist alles gut. Ich bin nicht unglücklich über unsere Trennung», erklärte ich in groben Zügen, die nicht ganz der Wahrheit entsprachen, denn ich war sehr wohl unglücklich! Sehr sogar! Aber das musste ich Vater nicht auf die Nase binden. Es genügte, wenn ich litt.

«Ich komme am Sonntag zum Kaffee. Mach es gut, Papa, und rauche nicht so viel!»

«Haben Sie das Buch von der … jetzt komme ich nicht auf den Namen. Ist ein Bestseller … », stammelte die junge Frau mit den roten Pausbacken und dem dunklen Mantel, unter dem sie einige Pfunde versteckte. Sie legte ihre linke, fleischige Hand auf den Tresen und flüsterte, als wenn sie etwas Unanständiges kaufen wollte: «Es soll die ultimative Fibel zum Abnehmen sein.»

«Meinen Sie das Buch «Morgen bin ich schlank und schön» von Susanna Dürr?», fragte ich laut und bemerkte, dass ein älterer Herr, der hinter der jungen Frau stand, spitze Ohren bekam. Er trug einen ballonartigen Bauch vor sich her und war vielleicht auch an dem Buch interessiert, das ich ihm aus gesundheitlichen Gründen nahelegen sollte.

«Ja, genau, das meine ich.»

Ich verließ die Kasse und holte den Bestseller von dem Verkaufstisch, an dem sich die Leute drängelten. Wir hatten bereits einige Hundert Exemplare davon verkauft.

«Soll ich das Buch als Geschenk verpacken?», erkundigte ich mich gespielt freundlich und kassierte, während die Frau wild mit dem Kopf schüttelte, wobei ihr Wangenfleisch wackelte.

Ich hatte mir Frau Dürrs Buch ebenfalls gekauft, aber es bisher noch nicht angerührt. Ich war nach dem plötzlichen Beziehungsaus derart frustriert gewesen, dass ich meinen Kummer mit ungesunden Lebensmitteln betäuben musste. Doch die Gewichtszunahme verschreckte mich noch mehr, sodass ich in einen Teufelskreis geriet, aus dem ich nicht herauskam. Innerhalb von drei Wochen hatte ich fünf Kilo zugenommen. Jeden Tag schwor ich mir, in ein paar Tagen mit einer Diät zu beginnen, kaufte aber weiterhin beträchtliche Mengen an Schokolade und ungesundem Zeug. Das tröstete mich abends, wenn ich alleine auf dem Sofa weinte, ein wenig und lenkte mich von meinem Kummer ab.

Mit verheulten Augen betrachtete ich mir Leons Foto, auf dem er ziemlich unnatürlich vor dem beleuchteten Eifelturm lächelte. Drei Kinder, ein Reihenhaus am Stadtrand und eine baldige Hochzeit hatte ich mir mit ihm vorgestellt; hatte mir so sehr gewünscht, vor meinem dreißigsten Geburtstag unter der Haube zu sein. Meine Eltern fragten mich jedes zweite Wochenende, wenn ich sie ohne Leon zum Kaffeetrinken besuchte, ob wir schon Ringe gekauft hätten.

Es war ein kalter, ungemütlicher Tag gewesen, an dem ich mit schmerzenden Füßen und leichten Kopfschmerzen von der Arbeit nach Hause gekommen war. Leon hatte kerzengerade und mit einer ernsten Miene wie eine Schaufensterpuppe auf dem Sofa gesessen. Seine Hände lagen wie zum Gebet im Schoß und er hatte uns noch keine Pizza in den Ofen geschoben. Neben ihm standen ein Koffer und eine Reisetasche. Wollte er spontan mit mir verreisen, dachte ich im ersten Moment freudig über seine Spontanität, die neu war. Sein starrer Gesichtsausdruck ließ jedoch nichts Gutes erahnen. Ich warf meinen Mantel auf die Kommode, was ich sonst nie tat, und spürte, dass in den nächsten Sekunden ein Hammer auf mich niedergehen würde. Leons unsicherer Blick, sein betretenes Schweigen und das Gepäck signalisierten mir nach wenigen Sekunden des Nachdenkens, dass er mich verlassen wollte. Ich spürte weder meine schmerzenden Füße, die er mir an manchen Abenden etwas ungeschickt massiert hatte, noch den Hunger, der mich auf dem Heimweg wie ein brutaler Räuber überfallen hatte. Wortlos, und wie in einem dichten Nebel, der mich betäubte, ließ ich mich auf unseren neuen Sessel plumpsen und wartete auf eine triftige Begründung, die erst nach einem verlegenen Räuspern zaghaft folgte. «Viola, ich … es tut mir leid. Ich brauche eine Auszeit … » Dann folgten das übliche Blabla und die Info, dass keine andere Frau im Spiel wäre. Ich hörte seinen schlecht formulierten, holprigen Sätzen nicht weiter zu und versuchte, Tränen zu unterdrücken, die hinter meinen Augäpfeln lauerten. Obwohl sich hundert Fragen und hundert Schimpfworte in meinem Kopf ansammelten und ich Leon beinahe angebettelt hätte, mich nicht zu verlassen, da ich doch unbedingt noch vor meinem nächsten Geburtstag heiraten wollte, bekam ich keinen Ton heraus.

In den letzten Monaten hatten wir uns ab und zu gestritten. Eigentlich hatten wir gar nicht zusammengepasst, aber ich hatte mir immerzu eingeredet, dass sich Gegensätze anziehen und man sich auf Dauer arrangieren kann, aber offenbar war das nicht der Fall. Trotz der Meinungsverschiedenheiten verbrachten wir in unseren zwei gemeinsamen Jahren ein paar nette Stunden zusammen, die mich zufrieden gestellt hatten und die ich unter einer guten, wenn auch nicht glücklichen, Lebenszeit abspeichern wollte.

«Viola, du bist eine tolle Frau und es war schön mit dir … », versuchte Leon sich, nicht gerade originell, zu erklären; stand auf, griff nach meiner Hand, an der ein schlichter Goldring steckte, den er mir am - vermutlich letzten gemeinsamen - Heiligen Abend geschenkt hatte. Als ich das schlichte Schmuckstück damals ausgepackt hatte, hatte ich im ersten Moment mit pochendem Herzen und voller Glück gedacht, dass Leon mir einen Heiratsantrag machen würde, aber da hatte ich mich gründlich geirrt, denn er hielt nicht um meine Hand an. Enttäuscht hatte ich nach der Bescherung eine halbe Gans und vier Knödel verdrückt, die mir in der Nacht schwer im Magen gelegen hatten.

Ehe er mich zum Trost spenden berühren konnte, schoss ich wie eine Rakete aus dem Sessel und flüchtete ohne Mantel und ohne

Haustürschlüssel aus der Wohnung auf die Straße. Es herrschte wie immer reges Treiben, doch ich spürte weder den eiskalten Ostwind, der an meiner dünnen Bluse zerrte, noch die Blicke der Passanten, die mich ansahen, als wäre ich aus der Psychiatrie geflohen. Das war ein ziemlich theatralischer Abgang gewesen, der Leon zeigen sollte, wie sehr er mich verletzt hatte. Ihn anzuschreien oder Geschirr nach ihm zu werfen, war mir zu abgedroschen erschienen, zumal mir das Geschirr meiner Oma heilig war. Bibbernd setzte ich mich auf die kalte Bank an der Bushaltestelle und versuchte, mich mit meinen Armen zu wärmen, die ich um meinen Körper schlang. Ich flüchtete zu meiner jüngeren Schwester, die in einer noblen Gegend wohnte und mit einer Bilderbuchfamilie gesegnet war, die ich auch gerne gehabt hätte.

Während ich zitterte wie ein zartes Bäumchen im Wind und nicht aufhören konnte dem Mann nachzuweinen, der vermutlich bereits, ohne unserer Beziehung nachzutrauern, bei einem Freund oder einer anderen Frau Unterschlupf suchte, wartete ich vor dem verschlossenen Eisentor auf Einlass. «Wer ist da?», hörte ich Vanessas Stimme, die lieblich und melodisch klang wie der Gesang eines Vögelchens.

«Ich bin es! Viola.», sagte ich halbwegs gefasst.

Mit steifen, kalten Fingern wischte ich mir durchs Gesicht. Durch die frostige Temperatur war mein Körper ausgekühlt. Ich sehnte mich nach einem heißen Bad.

«Wie siehst du denn aus? Was ist passiert?», empfing mich meine Schwester überrascht und holte mir sofort Puschen, da man ihre Puppenstube nicht mit Straßenschuhen kontaminieren durfte. Javier und Jamie, das drollige Zwillingspärchen, kam neugierig in den Flur gelaufen und hielt sich an Mutters Rockzipfel fest. Offensichtlich erkannten sie ihre zitternde, verweinte Tante nicht.

Meine Lippen bebten, ich war geschafft vom Tagwerk und bekam keinen klaren Gedanken mehr hin. Ich versuchte, ein paar verständliche Worte herauszubekommen, aber es gelang mir nicht.

«Du bist ja total durchgefroren! Warum hast du keine Jacke an?», wollte Vanessa wissen und sah mich an, als hätte ich einen Steckschuss im Kopf sitzen.

«Ich lasse dir sofort ein Bad ein und koche dir einen Ingwer Tee.» Mit den Kleinen im Schlepptau ging sie schnellen Schrittes in die obere

Etage und ließ mich im Flur stehen, obwohl ich mich nach einer warmen Umarmung und tröstenden Worten sehnte. Ich folgte ihr mit hängendem Kopf, rutschte dabei mit den viel zu großen Puschen auf der Treppe aus und fiel auf die Stufen. Den Schmerz in den Knien spürte ich nicht, so sehr überwog mein innerer Schmerz.

Im Badezimmer war es herrlich warm und es duftete nach Seife und Parfum. Die zweijährigen Jungs holten ihre Badeenten aus den Kinderzimmern, die auch quietschen konnten, was sie mir, begleitet von einem lustigen Kichern, demonstrierten. Die beiden brachten mich zum Lachen, obwohl ich am Boden zerstört war. Als sie die Entchen zu Wasser lassen wollten, sagte die Mutter energisch: «Nein! Die beiden baden jetzt nicht! Ihr geht mal in eure Zimmer.»

Vanessa holte zwei flauschige, weiße Handtücher aus dem Schrank und steckte einen Finger in die vollgelaufene Wanne, die einen hohen Schaumberg trug.

«Du badest erstmal in Ruhe und ich koche dir eine Suppe und einen Tee.»

«Danke!», brachte ich gerührt über die Lippen und schloss die Badezimmertür. Im warmen Wasser fühlte ich mich sofort besser, aber als ich die Augen schloss, sah ich Leon vor mir und seine letzten Worte hallten in meinem schmerzenden Kopf und hörten nicht auf zu verstummen. Erneut musste ich weinen. Nach zwanzig Minuten vernahm ich ein leises Klopfen. «Alles OK, Viola?»

«Ja, ich komme gleich.»

«Ich lege dir frische Sachen vor die Tür.»

Vanessas Pullover war mir definitiv zu klein und auch die Leggins drückte am Bauch. Ich saß vor der dampfenden Kürbissuppe, die meine Schwester schnell gezaubert hatte, und starrte in die gelbe Flüssigkeit.

«Und, was ist passiert?», wollte sie wissen und sah mich forschend an.

«Leon hat mich verlassen.»

«Oh, das tut mir leid.» Meine Schwester griff nach meiner Hand und drückte sie kurz.

«Ich war so geschockt, dass ich einfach weggelaufen bin. Das war ziemlich dämlich, ohne Jacke bei der Kälte … », erklärte ich ihr schluchzend und löffelte rasch die heiße Suppe, in der viel Ingwer und Chili steckte, sodass mir schnell warm wurde.

«Du kannst erstmal bei uns bleiben. Jan ist für eine Woche auf Geschäftsreise. Ich freue mich über Gesellschaft und vielleicht kannst du dich mal um die wilden Zwerge kümmern?»